天才感染症
THE GENIUS PLAGUE

デイヴィッド・ウォルトン
David Walton
押野慎吾［訳］

上

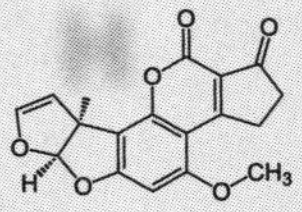

竹書房文庫

ルースへ

WIKYS

HBFFV

RDHFF

BUUYE

PLVKR

HWPQC

MVSHB

生命は戦いによってこの地球を支配したのではない。
ネットワークを張りめぐらせたことで支配したのである。

——リン・マーギュリス（共生進化論者）

天才感染症　上

アマゾンの熱帯雨林では、地球上のほかのすべての地域を合わせたよりも多くの生物が繁栄しており、一平方キロあたり百万以上の種が生存のため互いに依存しながら生息している。しかも、アマゾンの面積はアメリカ合衆国のそれとほぼ等しく、そしてその大部分がいまもってなお未開の地のままだ。

この地の生態系は植物でも動物でもないある生物が支配している。新しくもあり、古くもあるその生物は、そこを傷つけられることによって命を絶たれるような中枢器官を持たない強靭な生命力の持ち主だ。その特質を存分に生かし、熱帯雨林の木の根を包みこんで地中に伸び、広大な面積に生息地を広げている。ひたすら分裂し枝分かれしながらきわめて細い無数の糸でつくったネットワークを張りめぐらせ、そのネットワークを通じて湿度や養分、遺伝的多様性に関する情報をやりとりしているのだ。生物の行動は遠い昔から現在にいたるまで一貫していて、その情報に反応して酵素をつくっては淘汰と形成を繰り返し、みずからの必要性に合わせて熱帯雨林のほうを変化させてきた。

そうして急速な成長を遂げた生物はそれでも満足せず、子実体【注1】をふくらませては破裂させ、胞子を風の中にまき散らしつづけた。まかれた胞子は植物の茎にとりついたり、動物の肺に吸いこまれたりして成長し、相手のやわらかな組織に極細の糸を送りこむ。そして相手をじっくりと観察し、味わってから、最終的にコントロールを開始するのだ。ひそ植物や動物たちは自分の体内に巣くう別の生物の存在に気づかないまま生きつづけ、ひそ

6

かな影響力によってその生物の利益となるよう行動する。それをひたすら繰り返し、生物は日々生息範囲を広げ、強さを増していった。

やがて広大な森の端へと近づいていくうちに、その生物は新しい何かと遭遇した。それまで出会ったどんな種よりも洗練された種と出会ったのだ。この出会いは生物自身にとって脅威となる可能性もあったが、絶好の機会でもあった。

【注1】キノコ

プロローグ

ポール・ジョーンズはもう六日間、ほかの人間を見ていなかった。

アマゾンのジャングルから出たポールは疲労と筋肉痛にさいなまれていたが、心を躍らせてもいた。いきなり明るい場所に出たせいで、表情も自然と緩んでいく。目の前では、水源から遠く離れたこの場所でも幅が数キロもある川の水が、きらきらと輝いていた。

前方には古い木製の桟橋に看板を立ててあるだけの船着き場がある。朽ちかけたベンチがいくつか置かれていて、水のしみだらけで文字が色あせた看板には、ポルトガル語とスペイン語、そして英語で船の到着予定が書かれていた。そこでは十人以上の旅行者がベンチに腰かけるか、その周辺をうろつくかして船を待っている。旅行者たちを見ていると、未開の地でめずらしい動物を発見したときの記憶が頭によみがえってきた。まずは旅行者たちを驚かせないことだ。相手が逃げださないよう、できるだけ静かに近づいていかなくてはならない。

ここにつながる道を見つけるまで、ポールはジャングルの中で少なくとも二度は曲がる方向を間違い、それでなくとも長かった道のりに加えて余計な数キロを歩かねばならなかった。バックパックはまるで岩を背負っているかのように重く、ストラップが肩に食いこんで皮膚はひどくすりむけ、全身の筋肉も悲鳴をあげている。

バックパックは最初にアマゾンへやってきたときよりも重くなっていた。到着時に入っていたのは、フリーズドライの携行食料とエナジーバー、携帯用浄水器と寝袋、そして数百のサンプル容器などだ。食べた食料の分だけ荷は減ったが、集めた菌類のサンプルの量が膨大だったため、結局、重さは到着時をゆうに上まわっている。サンプルの大半がこれまでに分類も研究もされてこなかった貴重な菌で、少しでもたくさんの数を持ち帰るため、ポールは防水毛布といくらかの着替えを犠牲にしていた。

騒々しい旅行者たちのほうに近づいてみる。旅行者たちの多くは、故郷から遠く離れた地での冒険を求めてやってきた若い独身男女のようだ。もっとも、旅行者といってもここにいる男女は、ディズニーワールドやエッフェル塔で見かける旅行者たちよりずっとたくましく見えた。海岸と現代文明に近いサンタレンからは、手軽に楽しめる短いツアーが出ているし、ネグロ川がアマゾン川に流れこんで泥が豪快に渦巻く〈水の出会い〉を見るためにマナウスまで行く長いツアーもある。しかし、マナウスを越えてうわべの野生の向こう側に目を向け、そこにある現実を体験しようとする旅行者は、ごく少数のつわものたちだけだ。

巻いた寝袋を持っているところから察するに、この旅行者たちは前日にやってきて、この近辺で暗闇と勇敢に対峙しつつ夜を明かしたのだろう。おそらくはよく眠れなかったはずだ。それでもみな、危険と直面して乗り越えた人間独特の元気に支えられ、いきいきと会話を楽しんでいる。

ポールはこのグループなら違和感なく溶けこめると確信し、旅行者たちの中に紛れこんだ。旅行者たちと比べて髭はいくらか長く伸びているし、荷物はやや大きい。だが、年齢はまだじゅうぶんに若いし、装備も新しいものをそろえているので浮く心配はなさそうだ。それに、まさか十キロほどのキノコを背負っているとは誰も思うまい。バックパックを地面に置き、大きく伸びをする。研究のための採集旅行でアマゾンを訪れたのはこれで三度目だが、ここまでのところ、今回がもっとも成果の大きい旅だった。

「ねえ、どこから来たの？」唐突に女性の声がした。ポールが振り向くと、きれいな若い女性が控えめな笑みを浮かべ、彼の顔をじっとのぞきこんでいた。引き締まった体つきの金髪の女性は全身からあふれんばかりの元気をみなぎらせ、レース直前の陸上選手がするように、小さく体を動かしつづけている。「ずっと一緒だったけど顔を合わせなかっただけ、じゃないわよね？」

ポールは手を差しだした。「ポールだ」

女性が彼の手を握ってにっこりと笑う。「メイシーよ」

「みんな、どのくらい船を待っているのかな？」

「一時間くらいかしら」メイシーが答えた。「わたしは本気できいているのよ。いきなり現れたみたいだけれど、本当はいったいどこから来たの？　まさかひとりでキャンプをしていたとか？」

「あちこち移動していた。研究用のサンプルを集めてまわっていたんだ」バックパックを足で小突いてみせる。

「あなた何者なの？　科学者か何か？」

「菌類学者だよ。真菌の研究をしている」

「それはまたずいぶん楽しそうね」メイシーの顔に、まるで関心をそそられていないのがはっきりとわかる愛想笑いが浮かんだ。

「その気になれば楽しいさ」ポールは会話を続けようと試みる。「ここにはたくさんの菌が生息しているんだ。信じられない性質を持った新種の発見もあとを絶たない。何年か前には、もれた油や化学廃棄物の中でも成長できるキノコを持ち帰った者もいたんだよ。廃棄物をとりこんで、繁栄する生態に変えてしまうすごいキノコだ」

この話はメイシーの興味を引いたらしく、しばらく話すうち、ポールにも彼女が真剣で、単に話を合わせようとしているだけではないことが伝わってきた。彼女がときおりする質問も的確だ。気がつけば、ふたりのあいだで気安い会話が弾んでいた。退屈な帰り道、気分を紛らわせてくれる話し相手がいるのはありがたい。アマゾンの船の予定はあてにならなないので有名で、到着時間など漠然とした目安にすぎず、船が到着するまでにあと一、二時間ばかり待たねばならない可能性はじゅうぶんにあった。それに、船に乗ったら乗ったでそこからマナウスに戻るまで、たっぷり六時間ほどもかかる。

ポールの目には、メイシーが人生に退屈しているタイプに映った。働く必要に迫られた経験もなく、みずからに生きる目的を与えるためにフィットネスと活動的なライフスタイルに打ちこんできた裕福な女性だ。何にでも挑戦するし、実際、ピラニアのフライからベースジャンピング【注1】までさまざまなことを経験ずみで、途中で挑戦をあきらめたことはなかったらしい。

彼女について、ポールがいちばん好ましいと思ったのは、自分を理解し、受け入れているところだ。メイシーは、自分の恐れ知らずの性格がある種の生きる力になっていると堂々と語ることも、いまとり組んでいる都会の貧しい子どもたちのための募金活動がみずからの恵まれた生活をうしろめたく思う気持ちから来ている――少なくとも部分的には――と潔く認めることもできた。ただ異性関係に関しては、男性は裏切るものだと父親から教わったせいで、恋人との関係は長続きしないらしい。

「心理学で食っていくつもりはないのかい?」ポールは冗談めかして尋ねた。

メイシーが首をそらせて笑い、細い喉があらわになる。音楽の調べのような笑い声に続けて、彼女も冗談を返した。「じき菌類学者になるつもりよ」

「覚悟したほうがいい。そんな幸運に恵まれた人間はほとんどいないからね」

川の両岸ではジャングルが生い茂り、大きな木々にツルがびっしりとからみついている。川の水面からはじっとりと湿った空気が立ちのぼり、その上を何千匹もの虫たちが飛びまわったり、滑ったりしていた。どこか遠くのほうから猿が叫ぶ声や、鳥の鋭い鳴き声が聞こえてくる。顔も服もすっかり汚れて汗まみれだ。だが、飛びかう虫たちやうだるような暑さにもかかわらず、ポールはこの地を去るのが残念でならなかった。

「本当に学者さんだったのね」メイシーがいぶかる調子で尋ねる。「菌類？　それがあなたの情熱の対象なの？　一生キノコを研究しながら生きていくつもり？」

「研究費が入ってくる限りはね」

「まさか、もう博士号を持っているの？　年はいくつ？」

「二十五歳だよ」ポールは嘘をついた。本当は二十二歳だが、正直に答えれば何歳で大学を卒業しただとか、大学進学適性試験《SAT》の点数が何点だったかといった質問は避けられないし、そうした問いにいちいち付き合うつもりはない。ひとたびそちらに話が向くと、相手は若くして学問的に成功した話ばかりを聞きたがるからだ。経験上、女性はその手の話題にいたく感心するが、その感心が男女の関係に役立つような性質のものではないのもわかっている。どうせ檻に入れられた猿のような気分になるだけだ。「それに、キノコばかりを調べるわけじゃない」

「菌類の構造でいえば、キノコはほんの一部でしかないからね。キノコは菌がセックスをするためのあり方なんだ」

「違うの？」

メイシーが疑わしげに細い眉を上げた。「へえ、すごいわね」

「本当だよ。ここみたいな森の中では、ひとつの菌が地中の木の根を伝って、何キロも先まで広がっていくこともある。キノコはそういう菌の繁殖器官にすぎないんだよ。菌類というのはね、この地球でもっとも大きな生物なんだ。一本の菌糸はものすごく細いが、全部を足せばどんなセコイアの巨木だろうと、シロナガスクジラだろうと、重さではかなわない」

「つまり、あなたの研究は、ほかのどの生物学者の研究よりも重要だということ？」

ポールはにやりとした。「そうだとも。いいかい、キノコが地中から伸びて地面や木の幹に顔を出す」両手を使ってキノコの様子を示す。「そしてじゅうぶんに成長すると、無数の胞子を空気中や水中に放出するんだ。胞子は成長に適した環境を見つけると発芽して、ほかの発芽中の胞子と接合し新しい菌になる」

「要するに、菌は本体から遠く離れた場所でセックスをするわけね」

「そうだね。ときには大陸を越えることだってあるくらいだ」

「なんだか、あまり親密な感じがしないわ」

「たしかに親密さにかけては哺乳類のほうが上かもしれないな。セックスに関しては三億年以上もかけて追求してきたんだから、当然といえば当然だ」

やがて、ようやく船が到着した。二階建ての船体は青い塗装がすっかり色あせていて、いちばん上には日差しをさえぎるための薄っぺらな白い屋根が設置されている。エンジンを停止させた船はそのまま慣性でゆっくり進み、船体の横腹にくくりつけられた衝撃吸収のためのタイヤが桟橋にぶつかった。操縦士が軽々と船から飛びおり、ロープを杭に引っかける。操縦士の顔は風雨と日光にさらされて真っ黒に日焼けし、おまけにしわだらけなので年齢がさっぱりわからなかった。船が固定され、旅行者たちが乗船しようといっせいに動きだす。重さを受けとめる桟橋がきしんでたわみ、板のあいだから緑色の水が浮きでてきた。

ポールもバックパックを持ちあげて肩にかつぎ、乗船する列に加わった。腕に心地よい重みを感じて顔を向けると、メイシーが揺れる桟橋の上でバランスをとるためと見せかけ、彼の腕に手を置いている。ふと、彼女もマナウスで夜を過ごす予定になっているのだろうかという疑問が頭に浮かんだ。操縦士がひどい訛りの英語で慎重に乗るようにとがなりたてる。乗客たちはその指示に従い、そろそろと船に乗りこんでいった。

大型の観光船は何日かの船旅を前提に設計されており、たくさんのハンモックを用意し、食事を提供するキッチンや、深夜営業のバーを備えている。観光が盛んなルートでは、旅行者たちがナイトクラブと化した船上で大騒ぎをしているせいで、船体が見える前からこうした大型船の流す音楽が聞こえてくることもあるくらいだ。せっかくアマゾンまで来て、なぜわざわざ動物たちを何キロも遠ざけてしまうような大騒ぎをするのか、ポールにはこうした旅行者たちの心情がまったく理解できなかった。

一方、主に一日限りの航行に使われるこの船はずっと控えめで、船上にはせいぜいデッキチェアと手すりが備わっているだけだ。操縦席のそばにある冷蔵庫の中には水のボトルやスコル・ビールが入っているらしいが、航行の途中で出されるはずの食事がどこに隠してあるのかは見当もつかない。採集にあてた最後の日には食料が完全に底を突いていたこともあり、ポールは何かが出てくることを期待せずにはいられなかった。

旅行者グループの中で、女性はわずかにふたりだけだ。メイシーがもうひとりの女性と一緒に、その女性が高そうなカメラで撮った写真を見ているあいだに、ポールは上の階で空いているデッキチェアを見つけて腰を落ち着けた。川がよく見える南に顔を向け、マナウスで待っている熱いシャワーと上等な食事に思いを馳せる。マッサージで疲れを癒すというのも魅力的に感じられた。

下の階では、操縦士と乗客の男性がビールの値段をめぐって言い争いを始めている。話を聞く限り、どうやら乗客の男性はポールよりもずっと高い運賃を支払っているらしく、その中にビールの料金が含まれていると思っていたようだ。この地域ではあらゆるものに値段がついているが、実際に支払う金額を交渉できないものもまた存在しない。そして、言葉さえ知っていれば、その交渉はずっと簡単になる。結局、しばらく続いた交渉は最初に提示された値段よりも安い金額でまとまり、男性はいらだちのおさまらない様子だったが操縦士にしぶしぶ金を手渡した。

メイシーが疲れのにじむため息をつき、ポールの隣のデッキチェアに腰をおろす。「文明社会に戻るのが待ち遠しくてしかたないわ」

「マナウスに滞在するのかい？」

彼女はこくりとうなずいた。「一泊だけね」

「どこで？」

「〈トロピカル〉よ」

ポールは口笛を吹いた。「うらやましい。ぼくの予算じゃ考えられないよ」

メイシーの顔にぱっと明るい笑みが浮かぶ。「案内してあげてもいいわよ」

そのとき船の近くで水しぶきが上がった。何がしぶきを上げたのかは、ポールにもわからない。何か大きな生物が水面を盛りあげ、すぐに水中へと戻っていったのだろう。アマゾンの魚は大きく育つものも多いし、中には人間ほどのサイズになるもののもめずらしくない。このあたりなら、絶滅の危機に追いこまれて最近では滅多に見られなくなったアマゾンカワイルカだった可能性もある。

それから、ふたりはメイシーの故郷であるカリフォルニア北部や、ジャングルで見た光景、ブラジルの原住民たちにアメリカ人がどう見られているかについて語り合い、彼女はポールがブラジリアで育った話や、アメリカ大使館の外交官だった父親が実はスパイだったという話に目を輝かせて聞き入った。もっとも、ポール本人としてはごく普通の少年期だったと思っているのだが、そこは話がより劇的に聞こえるよう、いくらかの誇張をまじえてある。彼女を笑わせるのは楽しかった。こうして数キロにわたって何もない川をふたりで眺めていると、この地球上には自分たちしかいないような気分になってくる。だが、それがあくまでも気分にすぎないことはすぐに証明された。

航行を始めて数時間後、自分たちが乗る小さな船の音しかしなかった静かな空間に、力強いエンジンの咆哮が響きわたった。最初、ポールは大型の観光船かと思ってあきれた表情を浮かべたが、考えてみればその手の船がこんな上流までやってくることは滅多にない。彼の考えは正しく、実際に現れたのはブラジル海軍の警備艇だった。警備艇が高い船首で水を切り裂き、船体の後方にしぶきを飛ばしながら、のろまな観光船をはるかに上まわる速度で進んでくる。

ポールは、てっきりその船がそのまま自分たちを追い抜いていくものとばかり思っていたが、警備艇は大きな弧を描いて減速し、小さな観光船に近づいてきた。観光船の操縦士と警備艇の甲板に立った軍服姿の男が大声で言葉を交わす。それから、ふたりは何本かのロープを相手の船に向けて放り投げ、それぞれで互いの船体に結びつけた。

「どうなっているのかしら？」メイシーが不安そうに言う。照りつける太陽の光がまぶしく、手をかざして日差しをさえぎらないと何が起きているのかよく見えなかった。

「わからない。ひょっとして麻薬の捜索かな？」

二隻の船がエンジンを切って機械音がなくなると、不気味で緊迫した静寂があたりに広がっていった。川の水が二隻の船体をゆらゆらと揺らす中、上空からタカの鳴き声が聞こえてくる。警備艇では、迷彩柄のズボンに濃い黄緑色のシャツといういでたちの男性たちが船体どうしをつなぐロープを結ぶ作業を続けながら、しきりに会話を交わしていた。

「何か変だ」なぜだか急に声を落とさなくてはならない気がして、ポールはつぶやいた。

「どういう意味？」メイシーが尋ねる。

警備艇の兵士たちの行動は奇妙なまでに統率がとれていた。これといった合図もなしに完全に同調していて、それぞれの意思で動いているというよりも、あらかじめ決められた振りつけに従っているようにも見える。士官らしき男性がちらりと視線を送っただけで部下たちがいっせいに動きをとめ、直立不動の姿勢をとった。

士官が警備艇から観光船に移り、かけていたサングラスをたたんでポケットに入れる。操縦士が士官に向かって何か言葉を発したが、二階からではよく聞きとれなかった。

「隠れたほうがよさそうだ」ポールはメイシーに言った。

メイシーが不安そうな顔で周囲を見まわす。隠れられそうな場所など、どこにもない。「何が起きているの？　あなたが危ないの？」

「いいや、ぼくたち全員が危ない」

士官が船の旅行者たちに向かってうなずき、にっこりと微笑みかける。彼の顔は大きめで髭はきちんと剃られており、口元には笑いじわがあった。二階からだと、頭のほんの一部だけ髪のないところがあって、そこが日焼けしているのも見える。士官は続けて操縦士に視線を戻し、不便をわびるかのように大きく肩をすくめた。どうやら話のわかる男らしい。親しくなりたいと思わせるタイプだ。だが、ポールがそう思えたのも、男がいきなり拳銃を抜き、操縦士の顔面を撃ち抜くまでだった。

あまりにも唐突で予想外の出来事に、旅行者たち全員がその場に凍りつく。操縦士が後頭部から血煙を上げて甲板に倒れこみ、響きわたる銃声に驚いた鳥の群れが木からいっせいに飛び立っていった。その次の瞬間、観光船の甲板上はたちまち大混乱におちいった。

旅行者たちが叫び声をあげて逃げ惑う。警備艇の甲板では横一列に並んだ三人の兵士たちが自動小銃を構え、観光船に向けて掃射を始めた。何を考えたわけでもなく体が勝手に反応する。ポールは放心状態で警備艇を見つめるメイシーの肩をつかんで手すりの向こうへと押しやり、川に落ちていく彼女に向かって叫んだ。「岸まで泳げ！」

観光船の一階では、大勢の旅行者たちが死に瀕している。せまい船内に逃げ場はなく、川に飛びこんだ者も何人かいたようだったが、それが撃たれて落ちたのかどうかさえ、ポールにはわからなかった。そんなことを気にかけている時間の余裕もない。彼らのためにできることなど、あるはずもなかった。メイシーのあとを追って川に飛びこみ、必死で手足を動かす。幸い警備艇とふたりのあいだには観光船があり、盾代わりになってくれそうだ。凄惨な虐殺現場からどうにか逃れたふたりは、岸に向かって懸命に泳ぎつづけた。

泳ぎに関しては、メイシーのほうがすぐれているようだ。最初こそ北側の岸はそれほど遠くないと思っていたが、そこへたどり着く前にポールの体力は限界に達しつつあった。いくら水をかいても岸に近づいている気がしない。靴は水中で脱ぎ捨てた。だが、服が水を吸って重たくなっている。それでもメイシーは彼のそばにとどまって泳ぐのを助け、休みが必要になったら仰向けになって背中で浮くといいと励ました。たしかにポールは若く体力もある。しかし、溺れずにすんだのはひとえに彼女がいてくれたおかげだ。

やっとの思いで岸へたどり着き、ポールは身を震わせて咳きこみながら、ぬかるんだ岸の上で身を起こした。腕と脚が疲労でぶるぶると震えている。動けずにいる彼を、メイシーが叱咤した。「休むのはまだ早いわ。彼らが探しに来るかもしれない。森の中に入って身を隠さないと」彼女がどうにかして立ちあがったポールに肩を貸す。ふたりはジャングルの奥をめざし、木々のあいだを歩きはじめた。

ツタがびっしりとからみついたやぶをかきわけて進んでいく。それほど歩いてもいないうちにあたりが急に暗くなりはじめ、すさまじいまでの成長を促す太陽の光が届かないところまで来ると、やぶも劇的なまでに小さくなっていった。空気は湿っていて、森の外の音はさえぎられている。ふたりはようやく落ちている大ぶりな枝に腰をおろし、呼吸を整えて体力の回復を図った。

「きみはすごいな。水泳のオリンピック選手みたいだ」どうにか話せる状態になり、ポールは言った。

「トライアスロンならやっているわ」メイシーが抑揚のない口調で答える。空気はあたたかいものの、じっとりと湿った服のせいでふたりの体はまだ震えていた。服が縮んで締めつけられているような気がしてならない。ポールはポケットから携帯電話を出してみたが、完全に水につかってしまったせいでボタンを押してもなんの反応もない。「こっちもだめだわ」メイシーがそう言って自分の携帯電話を振ると、中にたまった水がぴしゃぴしゃと音をたてた。

それからふたりはしばらく黙りこんでいたが、やがてメイシーが口を開いた。「さっきのはなんだったのかしら?」

「わからない。でも、あの連中がブラジル海軍じゃないのはたしかだ」

「そういえば、最初から変だって言っていたわね。あんなことが起きるって、なぜわかったの?」

「別にわかってはいなかったよ。ただ、警備艇の連中が話していたのは、ポルトガル語じゃなかった。ぼくがまったく知らない言葉だったんだ」

「このあたりには原住民の言葉もあるわ。そのうちのひとつじゃない？」

ポールは首を横に振った。「軍隊ではあり得ないよ。そんな言葉を使う意味がない」

「ほかのみんなは……」メイシーが言葉に詰まる。

「わからない。川に飛びこんだ人も何人かいたようには見えたよ。その人たちは助かったかもしれない」ポールはできる限り楽観的に言ったものの、内心では全員殺されているという気がしてならなかった。「みんなとは親しかったのかい？」

メイシーが肩をすくめる。「ほとんど知らないわ。団体料金で旅をするためにインターネットで集まったの。顔を合わせたのは一週間前、マナウスに着いてからよ」

ほんの一瞬だけ、ポールは彼女の腕に触れた。「こんなことになって残念だ」

船上でふたりのあいだに流れていた親密な空気は、もはや跡形もなく消え去っている。いまのふたりは、一緒に窮地に追いこまれただけの赤の他人どうしにすぎなかった。メイシーとのあいだに大きな溝があるのがはっきりと感じられる。ポールにとって彼女は未知の人物であり、素性も、ものごとをどう受けとめるかも、この状況においてどういう反応を見せるのかも、まるで見当がつかなかった。

かくいうポール自身、この事態をどう受けとめればいいのかがわからずに、ただみずからの両手をじっと見つめているばかりだ。まったく想定していなかった突然の襲撃と過酷な泳ぎのせいで大量のアドレナリンが分泌し、まだ筋肉が痙攣している。ほんの少し前に旅行の写真を見て笑い、ビールの値段に文句を言っていた人々が、いまはもう死んでこの世にいない。そう思うと心が激しく動揺し、とてもまともにものを考えられなかった。

しばらく続いた沈黙を先に破ったのは、メイシーのほうだ。「これからどうしたらいいのかしら？」

彼女の問いかけで、ポールは集中力をとり戻した。「とにかく生き延びよう。マナウスに戻って警察に何が起きたのかを伝えて、それから家に帰るんだ」

メイシーはふたりをぐるりと囲む木々を両方の手で指し示した。「マナウスまではたぶん八十キロ以上あるわ。食べ物も荷物もないのに、ジャングルの中をそんなに歩くなんて無茶よ」彼女の声には動揺がにじんでいる。

「落ち着くんだ。ちゃんとした知識さえあれば、ジャングルには食べられるものだってたくさんある。それに、川が道案内をしてくれるから迷う心配もない。大丈夫だよ」胸のうちの不安を隠すためにも、ポールはあえて自信ありげに話した。

だが、迷う心配がないというのは、彼の見こみ違いだった。川岸に近い地面はぬかるんだ泥地になっていて、とても歩ける状態ではない。ふたりはいやおうなく、川の見えない森の奥へと入っていかざるを得なかった。高い場所ほど地面も乾いていて歩きやすいが、歩きやすいからといってより乾いた地面に流されていくほど、川から離れて方向を間違える恐れが高くなる。道はなく、頭上に茂った木々の枝葉で太陽の光がさえぎられているうえ、ポールの方位磁石は船に残してきたバックパックに入れっぱなしだ。結局、道に迷う確率が高いのを承知しつつも、推測に頼って進んでいくしかなかった。

東に向かって歩きつづければ、川とおなじ方向へ進むことになり、じきにマナウスに近づく。マナウスに近づけさえすれば、道かほかの人間と出会えるはずだった。問題は、自覚のないままに自然と足が北に向く可能性が高いことで、そうなってしまったら最後、進む先に待ち構えているのは数百キロも延々と続くジャングルだけということになる。

「川に戻って船が通りかかるのを待ったほうがいいかもしれないな」ポールはつぶやいた。

「いやよ」メイシーが断固とした口ぶりで拒絶する。「船はもういや。さっきの連中が盗賊だったとしたら、旅行者の船を残らず標的にして待ち伏せているはずよ。また襲われるのはごめんだわ」

ポールは反論しなかった。あの警備艇がまだ近くにいるとは思えなかったが、助けてくれるほかの船が通りかかる確率もかなり低い気がしたからだ。それに、もし運よく船が通りかかったとしても、岸にいるこちらに気づく可能性はきわめて低いだろう。それならこのまま森の中を進み、状況に応じてできることをするほうがいい。

歩いているあいだ、ポールは足元に注意を払いつづけた。ときおり立ちどまっては、木の幹などから生えている単体のキノコや棚状のキノコをじっくりと調べる。

「何を探しているの?」メイシーが尋ねた。

「食料だよ。食べられるキノコはたくさんある」

彼女の顔があからさまにゆがむ。「キノコはあまり好きじゃないわ」

「空腹なら、結構いけるよ」

「なかなか見つからないものなの?」

「そうでもないさ。森の中には、いたるところに菌がいるからね。地中を伝って広がっているんだ。成長の過程で木の中に入りこんだりもする。巨大なネットワークみたいなものだよ。ある植物を間引いたり、ほかのものを元気にしたりして森を生かしつづける」

「まるで菌が森を支配しているみたいに言うのね」

「ある意味そうかもしれない。ここの生物はそれぞれが自給自足で勝手に生きているわけじゃない。森全体がひとつの生き物みたいなもので、きちんと機能するには生態系がまるごと必要なんだ。菌類は人体でいえば血液みたいなものかな。水分と養分をいちばん必要とするところに運んでいる」話題が自分の専門分野に移ったのはありがたかった。菌類について語っていれば、船の操縦士の後頭部から血が噴きだす場面を考えないようにするのもずっと簡単になる。

「どの木がいちばん養分を必要としているかなんて、どうして菌にわかるの?」メイシーが疑わしげにきいた。

「きみには意外だろうけど、菌類にはあらゆる感覚が備わっているんだ。木の健康状態を判断できるし、森の中を動きまわる動物を感知することだってできる。こうやって――」動きで示そうと、ポールは大げさに足で地面を踏んでみせた。「足をおろすたび、きみはその下でつながっている長さ十キロ以上の菌糸のネットワークを踏んでいるんだ。そのネットワークは圧力と重さを感知できる。そして足を上げると――」言葉を切り、もう一度動きで示す。「すぐに菌糸が足跡に向かって伸びて、湿気やきみが残したものを吸いとろうとする。人間の目では見づらいだけで、菌類はいつだってそこにいるんだよ」

メイシーが身を震わせた。「なんだか気味が悪いわ」

やがて、ポールは木の幹からいい具合に生えでたファボルス・テヌイクルスを見つけた。これはサルノコシカケ科の白いキノコで、同類の中では見た目も美しく、かさの部分にはスイスチーズみたいに穴がいくつも空いている。

いかにも不安そうにキノコを手にとり、メイシーが尋ねた。「本当に大丈夫なの?」

「大丈夫だとも」ポールはみずからキノコをかじってみせる。「これでもぼくは専門家だから信用してくれていい。こいつはこのあたりではきわめて一般的なキノコだよ。マナウスに戻ったらレストランでも出されているのに気づくはずだ」

メイシーは弱々しく微笑んだ。「今夜は、あなたがディナーに連れていってくれるものと期待していたのよ」

「ではご期待に応えるよ。こいつをどうぞ」ポールが冗談めかしてキノコを差しだす。ふたりは笑みを交わしたが、そこに喜びはなかった。

いざ食べてみると、キノコの味は悪くない。ところが、ポールは喉を詰まらせてしまい、結局のところ、ふたりともそれほどの量を食べられなかった。彼らが直面しているいちばんの問題は食料ではなく、水だったのだ。川の水、とりわけ岸の近くを流れている水は、泥のせいで黒く濁っており、無数の菌の胞子はもとより、さまざまな病気の原因となる原虫やバクテリア、そしてウイルスであふれている。紫外線を使う浄水器と二酸化塩素の錠剤があれば消毒できるのだが、どちらも襲撃でなくしてしまった。火をおこすための道具も持っていない。ポールは水をはじく葉にたまった雨水を見つけては、そのわずかな水分をメイシーと分け合った。むろん、これだけでは喉を潤すにはまるで足りない。あとは問題が深刻になる前に文明社会へ戻れるよう、願うばかりだった。

ジャングルの夜は、あっという間に訪れる。木々の下にいると日中でも暗いのだが、太陽が傾いて影が濃くなってくると、もう自分たちの向かう先すらほとんど見えなくなってしまうのだ。「ここらで休憩しよう」ポールはメイシーに声をかけた。「ここなら地面も乾いているし、休むにはちょうどいい」

じきにあたりが完全な暗闇に包まれ、本当に何も見えなくなった。ジャングルで夜を過ごした経験ならふたりともあったが、この状況はそのときとはまるで違っている。周囲の環境を支配している気にはとうていなれず、むしろ環境の情けにすがって生きているような気分にさせられた。むきだしの地面に何がうごめいているのかもわからない。そこに頭をつけるのもためらわれたので、ふたりは大きな木に背中を預けて寄りかかった。

濡れた服が不快で眠れそうもない。ポールは服を脱いで干すことも考えたが、経験上、夜の虫たちが人間をどれほどひどい目にあわせるかもよく知っていたので、早々にあきらめた。蚊帳も虫除けスプレーもない以上、できるだけ肌を覆っておく必要がある。メイシーもおなじように不快で眠れずにいるらしく、彼の隣でもぞもぞと体を動かしていた。

「あれは何かしら?」メイシーの声だ。

てっきり彼女が何かを聞いたのだと思いこみ、耳をすませる。だが、メイシーは何かを聞いたわけではない。見たのだ。暗闇に慣れてきたポールの目が、かすかに光る緑色の光をとらえた。あの光の正体なら知っている。「狐火だ」

「狐火って?」ポールのつぶやきを聞いたメイシーが尋ねた。

「菌類が生物発光する現象だよ。胞子を運んでくれる虫たちを引き寄せるために、夜になると光る酸化酵素を排出する菌がたくさんいるんだ。光る花が花粉を運ぶ虫を引きつけるのと似たようなものさ。見ていてごらん」ポールは立ちあがり、光のほうへ慎重に近づいていった。光が見えたとはいえ、あたりが恐ろしく暗いのに変わりはない。自分の足元さえも見えず、光のもとへたどり着くまでに何度かつまずいてしまった。ようやくたどり着いてみると、彼の脚くらいの大きさの朽ちた木が転がっており、その裂けた樹皮に沿って菌がうっすらと緑色の光を発している。

ポールは話を続けながら木を拾いあげた。「菌類は森にとって重要な分解者なんだ。あらゆる死んだ生物は、死んでから数時間以内に菌糸の束がじっくりと調べ尽くす。菌類がいろいろなものを分解しないことには、土壌は存在すらできないんだよ。植物よりも一億年ほども前に、地上に初めて集団をつくって根づいたのも菌類だった」拾った木を森の中へ投げ捨てると、別の木にぶつかってばらばらに砕け、シャワーのように降りそそぐ緑色の光が薄気味悪く空気を照らした。そのかすかな光のおかげでほんの少しだけ周囲が見える。その明かりを頼りに、ポールはメイシーのところへと戻った。

「眠れないわ」戻ったポールにメイシーが不満をぶつける。「濡れたままだし、怖いし、それに腹が立ってしかたないの。もしチャンスがあったら、迷うことなくあいつら全員を殺してやるわ。あの連中はいったいどうしたっていうの？　わたしたちは何もしてないのに、理由もなく何人もの人を殺すなんて。どうして？　いったいどうしたらそんな真似ができるの？」

ポールは彼女の隣に座ると、さとすように語りかけた。「パラをはじめとして、いくつかの北部の州では国家主義者の勢力が強いんだ。アメリカがブラジルをダメにしている。

だから出ていけという人は多いよ」

「そんなばかな話はないわ」メイシーが反論する。「この国の経済は観光でもっているのに」

「もしかしたら、主義が高じて感情的になった過激な輩がいるのかもしれない」

「違うわ。それじゃ起きたことの説明がつかないわよ。あの人たちはちゃんと組織されていた。ブラジル海軍でないとしたら、海軍から船と制服を盗んだということになるじゃない？　自動小銃だって持っていたのよ。何人かの酔っ払いが二、三人のアメリカ人を相手に感情的になったのとはわけが違う。それにしては装備がそろいすぎていたもの」

「そのとおりだ。誰がなぜあんなことをしたのか、正直ぼくにもさっぱりわからないよ」

「家に帰りたい。ちゃんと常識が通用するカリフォルニアに帰りたいわ」

ポールはこらえきれずに笑ってしまい、すぐに後悔した。「ごめん。カリフォルニアが常識的だとは、どうしても思えなくて」

メイシーは怒っていないらしく、冷静に答える。「ここよりはずっと常識的だわ」

緑色の光はまだ消えていなかった。目が慣れてきただけかもしれないが、むしろさっきよりも明るくなった気がする。メイシーの表情もわかるし、隣にいる彼女の体の輪郭も判別できた。ポールは朽ちた木の残骸を調べるために立ちあがり、代わりに奇妙なものを見た。いくつもの光の点が遠くのほうへと続いている。暗闇の中、光の点を見定めようと目を凝らしてみたが、どこまで続いているのかはよくわからなかった。光の点は二本の線を形づくり、前方へまっすぐ平行に伸びているようだ。幻影を見ているのかと不安になり、頭を振ってから改めて目を凝らすと、やはり線は存在していた。

「あれを見て」ポールは言った。

メイシーが立ちあがってポールの隣に立つ。彼女の目にも、緑色の点が明るく光り、間違いなく〝線〟をつくっているのが見えた。「道だわ」

たしかに道のようだ。でも、光る菌が道をつくるなど、あり得るだろうか？　ポールは前に進んで身をかがめ、木の幹で光を発している最初の点を調べてみた。幹はまだら状の菌に覆われていて、片側にはサルノコシカケもいくつか生えている。ただし、光っているのは特定の種類のキノコが集まった一部分だけだ。地面にある次の光に近づいてみると、おなじように菌が広がった場所があり、そのうちの一部分に集まったキノコだけが光っていた。これはいったいどういうことなのだろう？

「たどってみましょうよ」メイシーが提案した。

「なんだって？」

「これは人がつくったものなんでしょう？　自然のものはこんなまっすぐな線をつくったりしないわ。もし人がつくった道なのだとしたら、どこかに通じているはずよ」

ポールには、メイシーの意見を否定するだけの材料はない。しかし、生物発光する菌をわざわざ選んで道をつくるような真似が人間にできるとも思えなかった。「ぼくたちがめざしているのとおなじ方向に向かっているみたいだ」肩をすくめて答える。

「それに、どうせ眠れないのよ。ひと晩じゅうここに座って、自分を哀れんで病気になるのはいやだもの」

「どうせ失うものもないか」行動を起こしたいと思っているのはポールもおなじだ。何より菌類学者として、このような謎を放置しておくわけにいかない。

ふたりは並んで歩きはじめた。狐火は道が見える程度には明るかったが、その先が見えるほどではない。二本の線が描きだす道はわりと歩きやすく、ぬかるんだ場所や地面のくぼみを避けるように続いていた。昼間に歩いていたよりもよほど楽な道のりだ。

ときおり足をとめ、光の点を調べてみる。だが、ポールの目をもってしても、新しい発見は得られなかった。光っている菌はおそらくすべておなじ種類で、これまで見たことのない新種だ。サンプルを持ち帰りたいと痛切に思ったが、採取したところで意味はない。サンプルを入れる容器は船に置いてきたバックパックの中に入っているのだ。ポケットに入れたとしても、とりだす頃にはどろどろの物体になり果てていることだろう。

道は何キロも続き、歩きやすい地形を、障害物を避けながらポールとメイシーをいざなっていった。ふたりは暗い森の奥深くへと伸びていく二本の光の線を、ひたすら追いかけて歩きつづける。やがてなんの前触れもなく、誰かがスイッチを切ったかのように光が失われ、ふたりは完全な暗闇の中にとり残された。

メイシーの繊細な手がポールの手を握ってくる。彼もその手を強く、しっかりと握り返した。

「ポール?」恐怖にこわばった声でメイシーが問う。「いったい何が起きているの?」

【注1】建物や壁など高所からパラシュートで落下するスポーツ

1

ポールの身に何が起きたかを知った日、ぼくは父の家でスクラブル【注1】をしながら午後を過ごしていた。

ぼくが何者か、父はちゃんとわかってくれているのだろうか？

インナーテラスの屋根を叩く雨の音を聞きながら、そんなことを考える。外ではカエデの葉が風に揺られて音をたてていたが、家の中は落ち着いた雰囲気で満たされていた。雨が絶え間なく屋根を打つ音も、かえって静けさを際立たせている。アルファベットが一文字ずつ記された駒をもてあそびながら父の次の手を待っていると、窓から冷たい空気が入りこんできた。この冷たさからすると、夜のうちに雨が雪に変わるかもしれない。

「どっちの番だ？」父が尋ねた。

「父さんだよ」

父が腕を伸ばし、ボード上にTとAとPの駒をひとつずつ置いていく。これで四点。ぼくは義務的に点数を記録してから自分の単語をつくり、ダブルワード【注2】のマスを使ってＰＲＡＸＩＳ（練習）と駒を置いた。しかも、Sをすでにあった単語が複数形になるよう配置したので、これで四十点だ。

　くすくすと笑った父が、ぼくに向けて指を振ってみせた。風がいきなり吹いて窓をがたがたと揺らし、マーリー川の水を波打たせる。この家はじかに川と接しているわけではないが、両親はほかの二軒の家の持ち主と川岸のごく一部を共有していて、そこには父のボートがつないであった。そのボートもいまはもう使われることはない。だが、テラスにはボートで釣りをしていた頃の名残の魚のにおいが、かすかに漂っていた。

　沈黙の中、しばし時間だけが流れていく。「どっちの順番だ？」父がさっきとおなじ問いを繰り返した。

「父さんだよ」

　改めて手持ちの駒を眺めながら、父が尋ねた。「ニールはいつブラジルから戻るんだ？」

「ニールはぼくだよ、父さん。ブラジルに行ったのはポールで、あさってには戻るはずだ。国家安全保障局《NSA》の面接が終わったら、ぼくが空港まで迎えに行く」

　父が顔をほころばせる。「ＮＳＡか。リチャーズによろしくな。それから、マスターソンにやつがとり組んでいる十次元のカルマンフィルターはうまくいかないと伝えてくれ」

「わかったよ」そのふたりが誰なのか見当もつかなかったので、ぼくはとりあえず話を合わせた。父はアルツハイマー病にキャリアを断たれるまで、三十年以上もＮＳＡで働いていた。そのため、会話の中でその頃に関わっていた人々や、当時の記憶がなんの脈絡もなく登場することがめずらしくない。診断を下されたときの父の年齢は、五十六歳とアルツハイマー病を患うにしてはまだ若かったが、だからといってそれが救いになったわけではなかった。

アルツハイマー病の症状は、ゆっくりと忍び寄ってくる。父の場合もはじめは大ごとでもなんでもなく、鍵や上着を忘れたり、人の名前を間違えたりする程度だった。しかし、職場での変化は家よりも顕著な形で現れ、父はじきにＮＳＡから医師の診断を仰ぐようすすめられた。症状を後退させる方法も治療法も見つかっていない病気だ。その病名の宣告は、殺人事件の裁判で有罪宣告を受けるのにも等しかった。

それからの父は、まず高等数学のスキルを発揮できなくなり、続けて新たな記憶を定着させる能力を失い、さらには言葉を忘れ、ついにはぼくとの思い出もなくしてしまった。毎週のように何かを失っているという自覚はあったようで、それが父のつらさをより大きなものにしていたことは想像に難くない。ＮＳＡでの最後の数カ月間に待っていたのは、何度かの心理評価と機密情報の取り扱い資格の喪失、そしてさよならパーティーで、そのすべてが終わるのと同時に、父はお役御免となった。

ぼくは大学で無様な失敗を繰り返したあと、父の家に越そうと決意した。一緒に暮らすことで母が背負っていた介護の重圧を少しでも軽くするためだ。この病気には、おなじ家で生活してずっと間近で見ていても、いつまで経ってもぬぐえない恐ろしさがある。ぼくは自分の心のコントロールをわずかでも失ったらと想像しただけで胸が強く締めつけられるようになり、酒が飲めなくなってしまった。父はかつて聡明で決断力のある情熱的な男だったが、アルツハイマー病が少しずつその人格を奪っていき、ためらいがちで混乱した、以前の影にすぎない存在に変えていく。それはまるでホラー映画をスロー再生で見ているようだった。

父が文字の駒をじっと見つめ、白髪まじりの太い眉をひそめた。その仕草を目にしたぼくは、父が子どもの頃のぼくに向かっておなじ眉を吊りあげたときの恐ろしさを思いだす。〝考えろ。もっと掘りさげていくんだ。まだ発見できるものがある〟当時の父の眉が語りかけてくるその無言の忠告は、いつだって正しかった。しかし、ぼくが見る限り、いまの父の眉にはひたすら苦しみだけがにじんでいる。七つの文字を組み合わせて単語をつくるのが、これまでにしてきたどんなことよりも難しいと訴えているようだ。

病気になる前の父は、スクラブルで挑んでくる者たちをいいようにあしらっていたものだ。つづり変え《アナグラム》もできない者など暗号解読者失格だと言いきってもいた。スクラブルではいつもTERSION《ターション》【注3】だの、MATZOON《マツン》【注4】だのといった難解な単語をつくるので、その単語を知らないぼくたちは辞書を引かされ通しだった。そして当然、父はいつも正しかった。

ぼくたちがほんの子どもの頃から、わが家のキッチンの冷蔵庫にはアルファベットの記されたマグネットがつけられていて、家族の日常的な遊びに使われていた。二十六文字あるアルファベットが一組という限られた条件で、家族が互いにどんな言葉を伝えられるかを競うゲームだ。父はこのゲームの王様で、〝PUT BACK MY ENGLISH WORD〟（このマグネットを元どおり片づけておくように）といった数々の伝言を編みだし、その輝かしい大勝利が家族の中で語り継がれたものだった。言葉を使ったあらゆる種類のゲームやパズルは父のお気に入りで、家族の中では父が母と結婚したのも、名前が上から読んでも下から読んでもおなじハンナ（Hannah）だったからだというジョークまである。

父はトレーから三つの駒を選び、ぼくがすでに置いていたXを使ってSTIXという単語をつくった。しばらく自信なさげにその単語を眺め、結局は駒をそのまま残しておずおずと体を引いていく。ぼくはそんな単語が存在しないと知りつつあえて何も言わず、黙ってスコアシートに十一点と記録した。

子どもの頃から父が暗号解読者だと漠然と理解していたが、具体的なことは何ひとつ知らなかったし、父の仕事に関していえば詳細が機密だということもあって、ぼくに限らず家族全員が蚊帳の外に置かれていた。正直なところ、ぼくは父本人が実際に暗号を解読しているかどうか疑わしいと思っていたが、もちろんそれを確かめる方法もない。NSAにはエージェントが家族を職場に連れてくるようなイベントなど皆無だったからだ。

ＮＳＡで働いていた三十四年のあいだ、父はほとんどフォート・ミードにあるＮＳＡ本部に勤めていた。ただし、ぼくが幼かった頃、十年ばかりブラジルで暮らしていた時期がある。ブラジルでは諜報活動をしていて——美女に囲まれ、爆発するペンを駆使するジェームズ・ボンドみたいなスパイではなく、本物だ——、表向きは外交官という身分を与えられ、裏ではブラジル情報庁とＮＳＡの連絡員を務めていた。

子ども時代のぼくは、ずっと父のようになりたいと願っていた。ＮＳＡで数学と言語の魔術を駆使して敵の暗号を解読し、民主主義のために世界を安全な場所にする。それこそ、ぼくがずっとあきらめられなかった夢だった。

そしていま、その夢を叶えるチャンスが訪れている。ぼくは月曜日の朝九時にＮＳＡで面接——本物の対面式の面接——を受けることになっているのだ。そのときが待ち遠しくてしかたない。不合格になどなるはずがなく、合格してこの仕事が自分のものになるのが運命なのだとさえ感じていた。ただし、父がぼくの合格を本当の意味で知る日は決して訪れない。それだけが残念でならなかった。

「ニール！」母がとり乱した様子でテラスに入ってくる。母はいつも三つの仕事を同時に抱え、すべて完璧にこなす小柄で活発な女性だ。実は、両親は十五年前に離婚しているのだが、父がアルツハイマー病を宣告されたときに母はこの家に戻ってきて、それ以降はぼくよりもはるかによく父の面倒を見てくれていた。

ぼくは立ちあがった。「どうしたんだい？」

母がコーヒーテーブルに置いてあったリモコンを急いで手にとり、テレビに向ける。いきなり流れだした大音量が、静かなテラスの落ち着いた雰囲気を打ち破った。画面に映ったのはニュース番組で、画面の下のほうに〝アマゾンで虐殺　旅行者十四人死亡、二人行方不明〟というテロップが出ている。

胃がきりきりと痛みはじめる。「何があったんだ？　まさかポールが？」ぼくの問いに対し、母が画面を食い入るように見つめたまま、首を横に振って答えた。

テレビではキャスターが凶事の現場の状況を説明している。アマゾン川のどこかで小型の観光船が襲われ、十二人のアメリカ人とふたりのカナダ人、そして船の操縦士のブラジル人ひとりが撃ち殺されたというのが事件のあらましで、犠牲者の名前は遺族と連絡がとれるまで公表を控えるとされていた。ふたりの行方不明者については、誘拐されたか、あるいは遺体が川に流されてまだ発見されていない可能性があるという。

ぼくたちは呆然とテレビを見つめていた。父がどのくらい事態を理解しているのかはわからないが、少なくとも母とぼくの動揺は感じているようだ。〝遺族と連絡がとれるまで〟というキャスターの言葉が頭をよぎっていく。ぼくは鳴りださないことを祈りつつ、家の電話に目をやった。アマゾン川には大勢のアメリカ人旅行者が訪れているはずだ。ポールが襲われた船に乗っていたと考える理由はどこにもない。そのとき、いきなり携帯電話の着信音が鳴り、ぼくは椅子に座ったまま危うくひっくり返りそうになった。

「もしもし?」

「やあ、ニール」聞きなれたポールの声がする。「母さんはそこにいるかな? 死ぬほど心配しているんじゃないかと思ってね」

「兄さん……生きていたか」ぼくは感覚がなくなってゴムみたいになった舌を動かし、どうにか言葉をしぼりだした。

「危ないところだったよ」電話から聞こえてくる兄の声は、真剣そのものだ。

ぼくはまず母に声をかけた。「ポールからだ。大丈夫、ちゃんと生きてるよ」母が大きく安堵の息をついたのを見てから、改めて兄に尋ねる。「何があったんだ? まさか襲われた船に乗っていたのか?」

ポールの説明を途中まで聞いたところで、母が携帯電話をぼくの手からひったくる。だが、そこまで聞いた話だけでも、兄がへたをすれば命を落としていたかもしれない危機に直面していたのはじゅうぶんにわかった。ようやく戻ってきた電話に向かって、ぼくは尋ねた。「どうやってマナウスに戻れたんだ? そいつをまだ聞いてない」

少しためらってから、ポールが答える。「それが、覚えていないんだ」

「怪我でもしたのか?」

「してないよ。ただ、記憶が抜け落ちているだけだ。大丈夫だ……と思う。ずいぶん長い距離を歩いたのは覚えているんだが、ほかのことはわからない。おそらく、自力で道を発見したんだろう」ポールが激しく咳をした。

「医者には診てもらったのかい？　声がいつもと違うぞ」

「平気さ。ちょっとした感染症にかかっているせいだよ」

ポールの話では、月曜日の夜にアメリカン航空の便で帰国するという。すでに兄から何時間も話を聞いたブラジル警察は、なおも事情聴取を続けたがっているようだが、容疑者ではなく被害者ということもあり、長くブラジルに拘束しておくことなどできるはずもなかった。

父も少しばかりポールと話をした。電話で話す父は本来の姿に近く、相手の声が誰のものかもちゃんとわかっているようだ。ブラジルで知り合った女性のことで兄をからかったりしている。だが、会話が終わってぼくに電話を手渡したとき、父の顔から笑みは消え、代わりに近頃少しずつ見せることが多くなっている表情が浮かんでいた。思いだせない重要な何かがあるのを頭のどこかで理解していて、恐れ、混乱している表情だ。心がかつての自分とわずかにつながり、何かが失われていると気づいたときによくこの顔になる。父はふたたび椅子に座り、スクラブルの駒を眺めはじめた。

「どうしたらいいのかしら」母が困りきった顔で言う。「しばらくジュリアのところにいるつもりだったのよ」ジュリアはポールよりもひとつ年上の姉で、最近、両親にとっては初孫となる女の子を産んだばかりだ。ふたりは生まれたその日にアッシュと名づけられた孫のもとを訪れていたが、母はまたすぐにでも会いたいとしきりに話していた。

「行ったほうがいい。ぼくが残ってポールを迎えに行くよ。ジュリアのほうが兄さんよりも母さんたちを必要としているさ」

母がため息をつく。「実はもう準備もできているの。あとは車に乗って出発するだけなのよ」

「楽しんでくるといい。ポールだって心配する人間が少ないほうが気も楽だろうしね。ぼくの分もジュリアとアッシュにキスを頼むよ」

「わかったわ。でも、わたしが必要ならすぐに電話するのよ」

「もちろんするさ」

母との相談もすみ、ふたたび父と向かい合ってゲームを再開する。数分後、ぼくはボードの上に駒を並べてPERJURY（偽証罪）という単語をつくり、無言で点を記録した。きちんと記録しないと父が機嫌を損ねるので、いつもそうしている。父が怒るのはそのときだけでなく、ぼくが本気ではないと感じたときも同様だ。

父とぼくがゲームを終わらせるあいだに、母が残りの荷物を車に積みこむ。ぼくは自分の最後の駒を使い終え、それから最終的な得点を計算した。

「わたしの得点は？」父が尋ねる。

ぼくは父に見えないよう、記録した紙を折りたたんだ。「出発の時間だよ。おじいちゃんになったなんて信じられるかい？」

「得点は？」父が問いを繰り返した。「まさか、おまえが勝ったのか？」

「いいゲームだったよ。それより上着をとりに行こう」

父の顔に浮かぶ表情が、混乱から怒りへと変わっていく。「わたしの世話を焼くな。点はどうだったんだ？」

ため息が口をつく。「四百二十二対――」ぼくは自分を指さして結果を明かし、少し間を置いて父の点を告げた。「七十八だ」

「何を言っている。七十八点だと？」父の目が怒りでぎらついた。「からかっているのか？　わたしは何点だったんだ！」

母が戻ってきた。「ふたりともどうかしたの？」

「おまえの息子がわたしの点を教えようとしないんだ」父が声を荒らげて答える。「七十八点だと？　そんな点はあり得ない」

「ニールは四百七十八点と言いたかったのよ」母がさらりと言ってのけた。「接戦だったみたいだけれど、最後に勝つのはいつもあなたね」

ぼくは眉をひそめた。父に嘘をつくのは好きじゃない。父をキャンディランド【注5】に負けてかんしゃくを起こしている二歳児みたいに扱うのは、あまりにも敬意を欠いている気がするからだ。その点、母のほうがぼくよりも父の扱いをずっと心得ていた。ときには父が本当に動揺する前に、嘘によって問題をおさめられることもあるのだから、そうした嘘をついたからといって母を責める気にはなれなかった。

父が一転して寛大な笑みを浮かべる。「惜しかったな、ニール。ちょうどいい言葉が思い浮かばないときもあるさ」

ぼくはうなずき、表情だけで笑ってみせた。「ニューヨークを楽しんできてよ」

父が立ちあがり、ぼくの手を握った。「面接、頑張れよ」

覚えていてくれたとは驚きだ。「ありがとう」ぼくは答えた。「きっとうまくいくさ」

「それならいい」父が言った。「わたしもNSAのために働きたいとずっと思っていたんだ」

【注1】語彙力を競うボードゲーム
【注2】単語の点数が倍になる
【注3】ぬぐう行為
【注4】発酵乳の一種
【注5】子ども用のボードゲーム

2

次の日の朝、ぼくは希望と不安の両方を抱きながら、ポンコツの日産車でNSAの検問に乗りつけた。待ち受けているハードルが高いことはわかっている。機密情報の取り扱い資格取得を妨げるような過去の記録や犯罪歴がないとはいえ、学歴は輝かしいものではないし、これまでの人生で人に話したくない出来事がいくつかあったのも事実だ。

面接は、フレンドシップ・アネックス《FANX》という名の施設で行われる。サイバー空間における諜報活動の専門家からシギント【注1】の分析官まで、世界最大の情報機関に勤める数千人が働く施設としては、驚くほど陽気な名前だ。FANXは、フォート・ミードのNSA本部から車で二十分ほど走ったところにある付属施設で、その名は近くにある国際空港の名称にちなんでつけられた。その後、空港のほうがより格調高い名称に変更されたのだから、ぼく個人としては、このNSAの施設も名前を変えたほうがいいと思っている。暗号施設とかサイバー戦争施設とかのほうがはるかにましだ。

武装したふたりの憲兵《MP》がぼくの運転免許証と面接の書類を念入りに調べる。向こうのリストの確認にひどく時間がかかって不安がこみあげたが、何事もないまま、やがて身振りで先に進むよう促された。次の検問はK9部隊【注2】の兵士と相棒のシェパード犬による爆発物の確認で、そのあいだは車からおりて待っていなくてはならない。ここまでに会った誰ひとりとして笑顔を見せる者はなく、ここが厳粛な目的のためにある、厳粛な場所なのだと改めて思い知らされた。まさにぼくが望んだとおりの場所だ。

父親がNSAで働いていたおかげで、ぼくはセキュリティの重要性をじゅうぶんに理解していた。たとえば敵に私有鍵《プライベートキー》を知られてしまえば、二百五十六ビットの暗号化されたメッセージも筒抜けになってしまうし、情報処理センターで働いていると自称する何者かにうっかりパスワードをもらしてしまえば、そのパスワードはもはや安全でなくなってしまう。コンピューターの支配が日々強まる世界においては、それを扱う人間が最大の弱点となることが多いのだ。

ぼくは面接の時間よりも二時間早い午前七時に、FANXの三号館に到着した。今年いちばんと言っていいほどの冷えこみに加えて車のヒーターも故障しているので、建物の中に入れてもらえるのはありがたい。建物に入って首に巻いたマフラーを外し、帽子と手袋を脱ぐと、その様子をずっと見張っていたMPがそれらをX線検査機のベルトコンベアにのせ、さらに財布と鍵を検査機にかけた。ぼく自身も金属探知機にかけられ、すべてが無事通過してようやく、〝訪問者　当日限り〟と大きく印字された明るい赤と白のストライプの許可証を受けとることができた。

建物の中を進み、自動販売機の隣にあるプラスチック製の椅子に腰をおろす。確実に目的の場所に着けるよう朝食を抜いて早めに家を出たので、ひどく腹が減っていた。スナックの自動販売機に一ドル札を入れ、キャンディーバーのボタンを押す。ところが、らせん状の金属は回転しているのに、バーは頑固に動こうとせず、いつまで経っても取り出し口に落ちてこなかった。まったく、こんなときに限ってついていない。次の客がひとつ分の金でバーをふたつ手にすることになるのだろうが、ぼくにはあいにく持ち合わせがなかった。機械を揺さぶれば落ちてくるかもしれないという考えがふっと頭をよぎる。だが、自分を雇うかもしれない人々に悪い印象を与えたくないので我慢した。

椅子に座ったまま前かがみになり、壁に埋めこまれたフラットスクリーンのテレビに目をやる。映っていたのはＮＳＡの美徳を称賛するビデオ映像で、二分間ほどの内容が繰り返しで何度も再生されていた。タイトルは『情報こそ力』で、緊迫感あふれる戦闘シーンに低い男性の声で〝情報は戦場で命を救う〟だとか〝われわれは世界の暗号を制覇し、自国の国境を守る〟だとかいったナレーションをかぶせてある。最初の一回こそ心躍るものを感じたが、さすがに五回目までには内容を覚えてしまい、十回目には眠ってしまった。

口の中でいやな味がして目を覚ますと、時計は九時五分を示していた。面接に指定された時間を五分も過ぎている！　ぼくは混乱し、自分の名前が呼ばれているのに気がついてますます混乱した。誰もいなかったロビーは、いまや就職志望者たちでいっぱいだ。ぼくの名前を呼んでいた受付の女性に礼を告げ、彼女に教わったとおりの道順で廊下を急いだ。家に届いたNSAからの通知には、面接の場所は三十二号室、担当者はミス・ショーネシー・ブレナンとある。頭の中で、赤い髪をうしろできっちりと束ね、瞳を陽気に輝かせたアイルランド系女性の姿を思い描いていたが、いざ部屋をのぞきこんでみると、そこに座っているのは険しい表情で腕を組んでいる若い黒人の女性だった。「あの、すみません」おそるおそる声をかける。

「ニール・ジョーンズ？」

彼女の声を聞いたとたん、ぼくの体はがちがちにこわばった。「はい」

「遅刻よ」

「あの、通知にはミス・ブレナンと……」

「わたしのことよ」

「そうですよね。すみません、ぼくはてっきり……」

「アイルランドに黒人の女がいるとは思ってなかった？」鉄のように無機質な声だ。そういえば、たしかに彼女の母音の発音には少しだけアイルランド訛りがある。

「すみません」ぼくはすっかり萎縮し、もう一度謝罪した。

ミス・ブレナンが立ちあがり、ぼくの手を握る。引き締まった体つきの彼女はまだ若く、黒のスラックスにゆったりした緑色のブラウスというでたちだ。長い髪をきつく編みこみ、銀色の髪どめでうしろにまとめている。彼女の握手はビジネスライクそのもので、手はひどく冷たかった。

ぼくは腰をおろし、笑顔をつくろうとした。「ショーネシーか。いい名前ですね」

彼女がお返しに鋭い視線を送ってくる。ぼくはすっかり椅子に釘づけになった。

その後、事態は悪くなる一方だった。ミス・ブレナンは、ぼくが暇に飽かせて考案した第二次世界大戦時代の水準の暗号についても、いちばん得意とする歴史上の著名な暗号学者についてもいっさい尋ねてこない。ぼくの笑顔と愛嬌にいい印象を持ってくれる人間も少なからずいるのだが、ショーネシー・ブレナンはどうやらそうした人々とは違うらしかった。こちらがいくら洒落のきいた返答を試みても彼女の厳しい視線はまるで揺るがず、しまいにはこちらも機嫌をとるのをあきらめるしかなくなった。父のあとを継ぐという長年の夢は、いまや風前の灯だ。

ミス・ブレナンの発音は美しく、軽やかで音楽の調べみたいだ。ぼくは無意識のうちに、話の内容そっちのけで彼女の声に聞き入ってしまっていた。

「ミスター・ジョーンズ?」

「はい、すみません。ちょっと考え事をしていました」

「あなた、志望したのがシギント専門のコンピューター科学チームだということは、わかっているわよね? わたしたちは大がかりなコンピューター作業をしているのよ。事実、チームのメンバーはみんなコンピューター科学の分野で学士以上の学位を持っているわ。あなたはその分野の経験が皆無なようだけれど」

「数学なら得意です」

「学位をとるのに三回も失敗しているのなら、そうなのでしょうね」

ぼくは肩をすくめた。「ぼくの能力を生かせるのがシギントなんです。コンピューターネットワークのセキュリティについては何も知らないし、外国語をちゃんと学んだ経験もありませんから」

ミス・ブレナンが眉をひそめる。「履歴書には、ポルトガル語ができるとあるわね」

「ええ、できます。ブラジルで育ったので、ポルトガル語は問題ありません。スペイン語も少しはわかるかな。あと、日常生活レベルなら、トゥピ・グアラニ語もできます」

「でも、外国語はからきしだというのね？」ミス・ブレナンはまったく表情を崩さず、質問を続けた。

「子どもの頃に自然と身についただけで、大人になってから外国語の勉強はしていませんから」ミス・ブレナンの眉が吊りあがった。「もちろん、大人になってからといっても、たいした時間は経ってないですし……」ぼくはしどろもどろになりながら、どうにか言葉をつなげようとした。なんだかもう、話にまとまりがなくなっている。「その……本当に重要な外国語……つまり……アラビア語もロシア語も中国語もできないということです。

トゥピ・グアラニ語の通信なんて、ほとんどないはずですし」

ミス・ブレナンは相変わらず無表情のままだ。「学歴の話をしましょうか」

できることなら遠慮したいところだが、正直に断ったところでなんの得もない。

「履歴書によると、三年のあいだにマサチューセッツ工科大《MIT》とプリンストン大、それにカーネギーメロン大を退学になったそうね」ミス・ブレナンが履歴書越しにぼくの顔をじっと見据える。「インパクトはじゅうぶんだわ。もっとも、いい意味ではないけれど」

「若かったんです」ぼくは言い訳にもならない返答をした。「昔の話だ」

彼女の眉間にしわが寄る。「あなた、いまいくつだったかしら」

「二十一歳です」

ミス・ブレナンが履歴書をひらひらと揺らす。「十六歳でＭＩＴに入学して一年後に退学。十七歳でプリンストン大に入学して、また一年で退学。十八歳で入学したカーネギーメロン大は二カ月しか続かなかったのね」

彼女の吊りあがった眉が、ぼくに問いを投げかけているように見えた。

「最後のはぼくのせいじゃない。聞いてください。学長が基金を不正に使いこんでいる疑いがあったんです。似た規模の他大学の寄付データや、生徒数と公開されている奨学金の額、それに事務のデスクで偶然見つけた運用可能な資金の報告書を照らし合わせてみると、不正が行われている可能性が高かった。でも、確たる証拠がなければ誰も信用してくれないでしょう？　だから、不正の証拠をつかむためにも、学長の部屋に忍びこむしかなかったんです」

「結局、あなたは間違っていたわけね」

ぼくは肩をすくめた。「厳密にはそうです。不正をしていたのは総長でした」

ミス・ブレナンが感情を読ませない冷徹な表情でぼくを見ている。「あなた、権威に対して反発する傾向があるのかしら？」

顔が紅潮していくのが自分でもわかった。彼女が眉を吊りあげるのも、軽蔑を隠そうとしないのにも、もううんざりだ。学位だの立派な履歴書だのといったものが、仕事をするうえでどう役に立つというのだろう？　アラン・チューリング【注3】やクロード・シャノン【注4】のような偉人たちは、常識にとらわれない独創的で強烈な人格の持ち主で、必要ならばルールを破ることもいとわない人々だった。ブレッチリー・パーク【注5】やルーム40【注6】の暗号解読者たちは、決して探求をやめず、何を犠牲にしてでも仕事をやり遂げた。それに比べてこのNSAは、世界を救うよりも手続きや見た目の派手なビデオをつくることのほうに熱心になっているようだ。「たしかに、ぼくは普通の志望者たちとは違うかもしれません。でも、ぼくにはここでの仕事をする能力がある。それに、ぼくほどNSAを大事に思っている人間はいない。ぼくにとって、NSAは一心同体と言ってもいい存在なんです」

ミス・ブレナンはデスクに爪を打ちつけながら考えていたが、しばらくすると書類をまとめ、デスクの上でとんとんと端を整えて面接を終える意思表示をした。「ごめんなさいね。あなたが聡明なのはよくわかったわ。でも、わたしたちが採用するのは、少なくとも学士以上の学位所持者と決まっているの」

「そういう決まりなのは知っています。例外を認めてほしいとお願いしているんです」

ミス・ブレナンがため息をつく。おそらく採用面接は彼女の通常の任務ではなく、一刻も早く本来の仕事に戻りたいと思っているのだろう。「なぜそう思うの？」

ぼくは肩をいからせて答えた。「この仕事を重要だと信じているからです。戦争や紛争から貿易の権利や運河の通航をめぐる小競り合いまで、あらゆる争いの勝敗は情報によって決する。ぼくはそのことを理解しています。それに、問題にとりかかったら、解決するまで絶対に投げだしたりしません。この建物の中にいる誰よりも懸命に仕事をする自信があります」

「野心だけでは足りないわ。あなたは、きちんとした教育を受ける必要があるの」

「覚えは早いです。知らないことは仕事をしながら学びます」

「あなたは若すぎる」

「それなら、こちらからもきかせてください。あなたの年齢はいくつですか？」図々しい質問なのはわかっていたし、部屋から放りだされるかもしれないことも承知していた。それでもきかずにはいられない。ところが意外なことに、ぼくの問いを聞いたミス・ブレナンは、初めて笑みらしき表情を浮かべた。

「わたしは二十四歳よ。でもあなたと違って、大学を出ているわ。メリーランド大でコンピューター科学の学位をとってね。ここで働きはじめて三年よ」

「それで、不合格が濃厚な志望者の面接をやらされているんですか?」

ミス・ブレナンの表情が苦々しげなものに変わる。「臨時の代役よ。いつもはわたしの上司がやる仕事だけれど、いまは不在なの」彼女はテーブル越しに、一枚の紙をぼくに手渡した。紙には、意味をなさないアルファベットと五つでひとかたまりの数字が三十列ほど記されていて、それぞれの列の下には一行分の空白がある。おそらくは暗号の文字列で、空白の行は対応する平文を書くためのものだ。

「そうこなくちゃ」ぼくは言った。

ミス・ブレナンが口を一文字に結び、それから口を開く。「いい? これは通常の面接の手順よ。あなたもやりたければやればいい、それだけのことよ」彼女の口調には、これ以上の話は不要だという強い意志がにじんでいた。

「でも、結果は変わらない。そういうことですか?」

「採用かどうかを決める権限はわたしにはないの。わたしはソフトウエア・エンジニアで管理職じゃないわ。あなたの技術面での適正に関する印象を上に報告するだけよ。思うに、あなたが面接を受けられた理由はただひとつ、わたしの上司があなたの履歴書を見て関心を持ったからね――どの点にかは知らないからきかないで。彼女があなたを採用する気になるか、もう一度自分で面接をしたいと思ったら、そうすると思うわ」

「わかりました」

ミス・ブレナンはぼくの右にあるコンピューターの置かれたテーブルを示した。「ホームディレクトリにその紙とおなじ暗号メッセージが入ったファイルがあるわ。解読できたらプリントアウトしてちょうだい」ほっそりとした肩をわずかにすくめて続ける。「ここじゃいまだに紙の記録を重宝しているのよ」

立ちあがったミス・ブレナンがフォルダと鞄を手にした。「それじゃ、わたしは席を外すわ。幸運を、ミスター・ジョーンズ」

「志望者はみんなこの暗号を解けるんですか?」

彼女はぼくの目をじっと見て答えた。「優秀な人ならね」

ミス・ブレナンが部屋を出ていく。残されたぼくは電源とおぼしきボタンを押したが、コンピューターはなんの反応も示さなかった。もっとも、電源が入ったところでどう扱えばいいのかわからないのだ。使えないのであれば、それはそれで一向に構わない。

ぼくは部屋の反対にあるプリンターまで歩き、トレーから紙を一枚抜きとって仕事にとりかかった。

まずしなければならないのは、状況の整理だった。この暗号は大学を卒業したばかりの志望者に解かせるものだから、最新の暗号方式は使われていない。公開鍵《パブリックキー》方式の暗号なら解くことはできても、そのためには大容量のコンピューターを何台も同時に、それも数時間か数日、キーの長さによっては数週間も稼働させつづけなくてはならないのだ。だから、こうして課題に出される暗号には、もっと単純な方式が使われているはずだ。

いちばん可能性がありそうなのはヴィジュネルか、それと同種の暗号だろう。ヴィジュネル暗号は二度の世界大戦のあいだ、主に使われていた方式で、解読には大変な労力を要する。だが、ぼくには解読する自信があった。ヴィジュネル暗号は、平文のアルファベットに繰り返すキーフレーズのアルファベットを一文字ずつ足すことで暗号化する。足し算はアルファベット表にもとづくが、平文とキーフレーズのそれぞれの文字を数字に変換して足し算し、解を文字に戻す方法で暗号をつくることも可能だ。数字への変換はアルファベットのAからZに〇から二十五をあてがう。たとえば平文が

MYFUTUREINTHENSAISDOOMED(ぼくのNSAでの将来は絶望的)

で、キーフレーズがショーネシー・ブレナン（Shaunessy Brennan）だとする。この場合は、MをSに、YをHにといった具合に足していく。MとSの足し算

は十二足す十八で三十だ。解が二十五を超えるときは○に戻って繰り返すため、この場合は四となり、暗号としてEが導きだされる。これをあてはめていくと

(平文) MYFUTUREINTHENSAISDOOMED
プラス
(キー) SHAUNESSYBRENNANSHAUNESS
イコール
(暗号) EFFOGYJWGOKLRASNAZDIBQWV

となる。

キーフレーズさえ知っていれば、解読は暗号文から引けばいいだけの話だ。しかし、キーフレーズを知らないと、解読は恐ろしく困難になる。幸運なことに、こうした暗号を解くための研究は何十年にもわたって行われており、ぼくはその内容をよく知っていた。不幸だったのは、じきにこの問題の暗号文はヴィジュネルでないと判明したことだった。

〝じきに〟といっても、時間でいえば二時間が経過している。そのあいだ、ミス・ブレナンがほかの面接の合間を縫って三度、ぼくの解読作業が終わったかどうかを確かめに来た。もっとも、ロビーには志望者がたくさんいたし、ぼくのためというより、早く面接の部屋

を空けてほしかったのだろう。だが、三度目に顔を出したあとであきらめたらしく、それ以降は姿を見せることはなかった。

面接で担当者を感心させられるものとばかり思っていたぼくの自信は打ち砕かれ、不安ばかりがつのっていった。暗号の歴史に関する知識はじゅうぶん持っているし、ミス・ブレナンに話したとおり、数学にも強い。だがここへ来て、自分がこの競争を甘く見ていたのではないかという思いが芽生えはじめていた。とどのつまり、NSAは国際政治を数十年にわたって支配してきた国において、世界でもっとも多くの数学者を雇っている組織なのだ。しかも、雇われる数学者たちは選りすぐりの優秀な人材ばかりときている。ミス・ブレナンは明らかに早く解読することを期待しているようだったし、部屋をのぞくたびに彼女の表情が少しずつ見下したようなものになっていったところからして、不合格はほぼ確実だと思われた。

でも、ここで匙を投げるわけにはいかなかった。これは遺伝的な欠陥のせいなのかもしれないし、小さい頃に兄に頭を小突かれすぎたせいかもしれない。いずれにせよ、たとえこの身がどうなろうとも、一度とりかかった問題を途中で投げだすことはできないのがぼくという人間だ。だから何時間経っていようと、胃が空腹で悲鳴をあげていようと、トイレに行かねばならなかろうと、ぼくはひたすら解読を試みつづけた。

頻度分析を試し、カシスキー検査もフリードマン検定もやってみた。二重音字の図をつくり、山登り法も試みた。そして、ついに打つ手がなくなったぼくは、試験というものがこの世界に登場してから現在にいたるまで、窮地に追いこまれた無数の受験者がすがってきた原始的な手法を試すことにした――推測だ。

未知の暗号でも、平文の一部がわかれば、あっさりと解けてしまう場合がある。分析しなくてはならない可能性が劇的に減り、わかっている平文が暗号文のどこに該当するかさえ特定できれば、たいがいは残りのメッセージも解読できるのだ。この試験では平文の一部も明かされてはいない。だが、ぼくの頭の中には繰り返し響くNSAのビデオのナレーションが、あの低い男性の声が残っていた。

ぼくは賭けに出た。といっても、ほかにアイデアもなく、時間だけが過ぎていくのが現状なのだから危険な賭けとは言えないだろう。それに、午後いっぱいならここにいるのも許されるかもしれないが、夜通しこんなことをさせてくれるはずもない。賭けに出るならいましかなかった。

新しい紙を用意し、ナレーションの印象的な部分からそれらしい〝GLOBAL CRYPTOLOGIC DOMINANCE（世界の暗号を制覇し）〟という一節を書き起こして作業にとりかかる。すると、開始からわずか二十分後にはすべての解読が終わっていた。暗号文は第一次世界大戦時にイギリスで使われ、その使用を推進した貴族の名を冠したプレイフェアという暗号方式が用いられている。平文はビデオのナレーションどおりではなかったけれど、おなじようにNSAの使命とビジョンを高らかに謳いあげた宣伝用の高尚な文句が並んでいた。なぜもっと早く気づかなかったのか、いまとなっては腹立たしい。

ようやくこもっていた穴ぐらから出ると、照明は暗いものに切り替わっていて、廊下には誰もいなかった。いくつかの部屋をめぐり、中をのぞいてまわる。その中のひとつで、前かがみになり、くたびれた様子でコンピューターのキーボードを叩くショーネシー・ブレナンの姿を見つけた。「お疲れみたいですね」ぼくは声をかける。

ミス・ブレナンがあからさまに驚いた表情でぼくを見た。「まだいたの?」

彼女に向かって紙を掲げる。「解読できました」

「最後の志望者が帰ってから、何時間も経っているのよ」

ぼくの心が沈んでいった。「解読の腕が少しさびついていたみたいです。でも、どうにか答えにはたどり着きましたよ」

「いいわ」ミス・ブレナンはため息をついて腕を伸ばすと、ぼくが差しだした紙を受けとり、ざっと見てからデスクの上に置いた。「あなたのファイルに入れておくわ。ウェブページで終了の認証はした?」

「ウェブページ?」

「ポータルサイトのページよ。ログインして暗号解読ツールにアクセスしたでしょう?

テストの終了を認証するのが最後の手順なのよ。たまに忘れる人がいるの」

「コンピューターは使っていません」

ぼくを見るミス・ブレナンの目が瞬時に険しくなる。「部屋にあったコンピューターのことよ？　試験で使うための」

「コンピューターの電源は入れていません。ボタンを押しても動かなかったので、使いませんでした」

「じゃあどうやって暗号を解読したの？」

ぼくは肩をすくめた。「ペンと紙ですよ」わずかに光明がさしたと考えていいのだろうか。ぼくのタイピングの速さは手書きとさして変わらないくらいお粗末だが、マトラボやマセマティカといった数値解析ソフトとまではいかずとも、少なくとも計算機程度のソフトが使えればいくらか作業がはかどった可能性はある。ぼくがコンピューターを使っていないとわかったいま、ミス・ブレナンは時間がかかったことに不利な評価を下さないかもしれなかった。

表情ひとつ変えずに立ちあがったミス・ブレナンが、ぼくの横を通り過ぎていく。ぼくを従えて面接をした部屋に戻った彼女は、少しだけ立ちどまってテーブルに目をやった。そのテーブルの上には、ぼくが失敗した計算を書き残した何枚もの紙が散らばっている。続けて問題のコンピューターに近寄り、ぼくがしたように電源ボタンを押したが、やはりコンピューターは作動しなかった。彼女はコンピューターの後部から伸びる電源コードをたどり、プラグがコンセントの横にぶらさがっているのを見つけた。コンセントには幅広のマスキングテープが貼られていて、〝メンテナンス中　使用厳禁〟と書かれている。

ミス・ブレナンがかがめていた身を起こし、疑わしげな表情でぼくを見た。コンセントを確認しようともしなかったとは、われながら愚かにもほどがある。ぼくは肩をすくめて言い訳をした。「すみません。ペンと紙が好きなんです。禁止されているわけではないと思ったので」

「コンピューターはいくつかの暗号解読ツールを紹介するポータルサイトにつながっているのよ」ミス・ブレナンが平静を保った口調で答える。「ＪａｖａかＣのコンピューター言語の知識さえあれば、暗号技術に関する知識は必要ないの。優秀なプログラマーなら三十分で暗号とツールを結びつけて正解を見つけられるわ」

ぼくは、いよいよ自分が本物の愚か者になった気がした。「知りませんでした。コンピューターには暗号文が入ったファイルがあるだけだとばかり……計算機くらいならあるかもしれないとは、思っていましたけど」

ミス・ブレナンは、ぼくが計算を書き残した紙を一枚拾って目を通し、もとの位置に戻して頭を左右に振った。「本当にプレイフェア暗号を解読したのね……しかも自力で？」

いよいよ笑いものにされているらしい。きっとこの話は、彼女の雑談のレパートリーに入るのだろう。この先やってくる志望者たちに、コンセントの確認もせずにコンピューターの故障だと思いこみ、紙での解読に丸一日を費やした愚か者がいたと語られるわけだ。「誤解していました」ぼくはやっとのことで言葉をしぼり出した。「それに、ヴィジュネルから入らなかったら、もっと早く解けていたはずなんです」

「自力でプレイフェアを解読する人間なんて見たこともないわ。ヴィジュネルだっておなじよ。あなたは、NSAがここ十年で目にした最高の数学者か、いかさまを駆使して組織に入りこもうとしている詐欺師のどちらかね」ミス・ブレナンがどちらの可能性が高いと考えているのかは、口調からして明らかだ。

本当にコンピューターにログインしていないかどうかは、あとで調べてもらえばすぐにわかる。ぼくは彼女の言葉にはあえて応じず、質問をした。「つまり、ぼくは不採用ということですか?」

「さっきも言ったとおり、わたしにそれを決める権利はないわ。でも、万が一わたしの上司があなたの採用を決定したとしても、すんなりここで働けるとは思わないほうがいいわね。こちらからの仕事のオファーはセキュリティ審査の合格が条件だし、審査のハードルはかなり高いわよ。嘘発見器と心理テスト、身元調査のほかにもたくさん受けてもらう必要があるの。最終的に手続きが終わるまで最短でも六カ月、普通は九カ月ほどかかるわ」

「たしかにあれはつらいですね。何年か前、父の紹介でロッキード・マーティン【注7】

へインターンシップに行ったとき、ぼくも経験しました」

ミス・ブレナンが勘弁してくれと言わんばかりの表情でぼくを見た。「まさか、もうNSA局員レベルの機密情報取り扱い資格を持っているの？」

「はい。いまは失効してますけど、いちおう持っています。でも、普通はたしか一週間かそこらで有効にできるはずです」

「履歴書には書いてなかったわね。それもたいしたことじゃないと思っていたの？」

またしても自分が愚か者になった気がして、ぼくは肩をすくめた。「採用にならない限りは関係ないかと思いました」

ミス・ブレナンが、こちらを探る鋭い視線を向けてくる。ぼくが詐欺師だと確信しているのに、それを証明できないといった感じだ。「その情報も今日の面接での印象と一緒に上司に伝えるわ。ただし、警告しておくわよ。あなたが今日語った内容は――すべて残らず――徹底的に調査されますからね。採用にせよ不採用にせよ、連絡は少なくとも一週間ほど先になるはずよ」

「わかりました」顔がほころんでいくのをどうにもこらえられない。ミス・ブレナンは同意するつもりもないのだろうが、彼女の顔を見れば、上司がぼくを採用すると思っているのは一目瞭然だった。おそらくかなりの確率で、ぼくはNSAで働くことになるはずだ。

【注1】主に通信傍受を利用する諜報活動
【注2】軍用犬の部隊
【注3】イギリスの数学者、第二次世界大戦で暗号作成任務についた
【注4】アメリカの数学者で通信理論の先駆者
【注5】イギリスの暗号学校
【注6】イギリスの暗号解読機関
【注7】航空機・宇宙船の開発製造会社

3

ぼくの気分は、まるでみずから摘んだマジックマッシュルームでハイになった菌類学者のように高揚していた。NSAで働き、ブレッチリー・パークでアラン・チューリングがしていたのと同様、自分も暗号を解読する。機密情報に触れ、世界政治に対して鋭い洞察力を発揮するエージェントになるのだ。ぼくが弾んだ足どりで駐車場を歩いていったのは、単に寒いからだけではなかった。

　手袋を外して車のキーをとりだす。日産車のドアを開けて――キーレスエントリーシステムはずっと前から故障している――中に乗りこみ、指がかじかんでしまう前に、急いで手袋をつけ直した。この二月は寒い日が続いており、過去最低気温も更新したほどだ。メディアには気象学者たちが頻繁に登場し、この気象を解説しようと喜び勇んで〝極寒〟の類義語を競い合っていた。

　空港に兄を迎えに行く約束の時間はとうに過ぎている。ボルティモア・ワシントン国際空港《BWI》――かつてのフレンドシップ国際空港――がここから一キロ半ほどしか離れていないのは、不幸中の幸いだった。面接のあとで少なくとも夕食をとるくらいの時間はあると思っていたが、おそらくポールはもう飛行機をおりてぼくの姿を探しているだろうし、そんなことも言っていられない。電話をしようにも、携帯電話はNSAの施設内には持ちこめないと事前に注意されていたので家に置いてきてしまった。連絡の手段がないわけだが、数分もあれば到着できるのだから問題はないだろう。

エンジンをかけようとキーをまわす。ところが、車はまったく反応しなかった。

ポルトガル語とスペイン語とトゥピ・グアラニ語、それからおまけに自分で勝手につくりだした言葉でも悪態をつく。この車は、父が十年ほど乗ったあと、ぼくが一ドルで譲り受けたものだ。走行距離はゆうに三十万キロを超え、エンジンの警告灯は何カ月も点灯しつづけていた。そんな車に不満をこぼしてもしかたないのは承知しているが、何しろぼくはずっと暗号を解読していたせいで疲れているし、NSAのいまいましい自動販売機のおかげで一日じゅう何も食べていない。せっかく面接のあとで上機嫌になれたのに、車のおかげでぼくの気分はすっかりだいなしになってしまった。

こうなると建物に戻るしかないだろう。ぼくはふたたびロビーの受付に向かい、金属探知機に差しかかった。

「待て、そこでとまりなさい！」武装したMPが目の前に立ちはだかり、ぼくの肩に手をかける。

「ついさっきまで建物の中にいたんです。あなただって、ほんの三十秒前にぼくが出ていくのを見ていたはずだ」ＭＰの意外な反応に驚き、ぼくは抗議した。

「いいから、身分証明書を見せなさい」

「車が故障したんだ。それで電話を借りに戻っただけですよ」

ＭＰのひとりが片方の手を腰のホルスターの上に持っていき、いつでも銃を抜けるよう身構える。彼の相棒もぼくのうしろへまわりこもうと、じりじりと移動しはじめた。

両手を上げ、降参の意思を示す。「わかった。わかりましたよ」ぼくはうしろにさがって手袋を外し、財布から運転免許証をとりだした。「ほら、前とおなじです」

「ポケットの中のものを全部出しなさい」

「またですか？　別に中に入ろうとしているわけじゃないんだ。ただ、電話を……」

ＭＰがホルスターから銃を抜く。銃口は下に向けられたままだったが、その動作はぼくがこれまで目にしてきた何よりも緊迫したものだった。「いますぐにだ」

銃を持ったＭＰに見張られながら、ポケットを空にする。続いて、Ｘ線検査機のうしろをまわりこんでぼくに近づいてきたもうひとりが、両手でぼくの全身をまさぐり、さらに所持品がないかどうかを確認した。髪を短く刈りこんだＭＰたちはふたりとも若くがっしりとした体つきで、顔には断固とした表情を浮かべている。とてもではないが、冗談が通じる相手ではなさそうだった。

動揺したぼくの耳に、いきなり女性の声が飛びこんでくる。「ミスター・ジョーンズ？」

あわてて声のしたほうに目をやると、黒いウールのトレンチコートを着て格子縞のマフラーを巻き、革の手袋をはめているショーネシー・ブレナンが立っていた。「どうしたの？　忘れ物でもした？」

恥ずかしさのあまり、ぼくの顔がたちまち赤く染まっていく。「車が動かないんです。ロビーで電話を借りようと思って」言っていることは事実だ。だが、誰に電話をかけようとしていたのか、自分でもよくわからなかった。両親はニューヨークのジュリアのところだし、ポールは空港でぼくを待っている。ここ数年、いくつかの大学を転々としてそのたびに住むところを変えていたので、こんなときに電話をかけられる親しい友だちもいなかった。

ＭＰのひとりがリストにあるぼくの名前を見つけた。「申し訳ありませんが、あなたの入館は認められません」

「なんだって？　ついさっきまでここにいて、出てきたばかりなのに」

「あなたにおりた入館許可は面接のためのもので、時間が今朝から四時間に限られています」ＭＰが答えた。「つまり、その許可は無効になったということです。入館を認めるわけにはいきません」

「冗談でしょう？」受付のデスクはぼくのいる位置から見えている。金属探知機をはさんでほんの二十歩ばかりのところだ。二本の指で額をかき、ぼくは訴えた。「空港に兄を迎えに行かないといけないんです。いま頃、ぼくが事故死したんじゃないかと心配しているかもしれない」

ミス・ブレナンが近づいてきてぼくのそばに立ち、MPに言った。「そこに電話があるじゃない。使わせてあげられないの？」

「申し訳ありませんが、あの回線は空けておくことになっています。私用での通話は認められていません」

彼女の口からため息がもれた。「わかった。それなら、わたしの電話を使えばいいわ」ミス・ブレナンがそのまま警備兵のテーブルの端に置かれたプラスチックの箱へと近寄っていく。箱の中は機械でいっぱいなのが、ぼくの位置からも見えた。入っている機械のほとんどはスマートフォンで、その中にMP3プレイヤーや万歩計、携帯用の充電器などがいくらかまじっている。ミス・ブレナンはしばらく箱をまさぐり、赤みの強いピンク色のネクサスを手にとった。

「携帯電話を箱の中に入れておくんですか？」ぼくはきいた。

「施設内への持ちこみは禁じられているのよ。こんな寒い日に車に置きっぱなしにしておく人もいないわ」

「盗まれる心配はないんですか？」

ミス・ブレナンは眉を吊りあげて口元をわずかに緩ませ、どこか楽しんでいるような表情で電話を差しだした。

受けとったピンク色の電話には愛らしい猫の絵があしらわれている。正直なところ意外な気もしたが、それこそ余計なお世話というものだ。親指で電源を入れ、兄の携帯電話の番号を押していく。「ポールかい？　ぼくだ。ニールだよ」ぼくは電話に出た兄に名乗った。

「何かあったのか？　心配したぞ」ポールが答える。風邪をひいたときのようなかすれた声だ。「どこからかけているんだ？　おまえの番号とは違うみたいだが」

「車が故障したんだ」ぼくは答えた。「いまはまだ……」途中で言いよどみ、冷たい表情のMPに目をやる。NSAにいると言っていいものかどうか、どうにも判断がつかなかった。「これから牽引のトラックとタクシーを呼ぶよ。そのタクシーで迎えに行くから、もう少し待っていてくれないか」実際のところ、タクシーに払う金など持っていないし、タクシーがNSAのゲートをくぐって入ってこられるかどうかもよくわからなかった。

「呼ばなくていいわ」ミス・ブレナンがぼくたちの会話をさえぎる。「わたしが送るから」

「なんですって？」意外な申し出に、ぼくはとっさに通話口を手で押さえた。「そこまでしてもらわなくてもいいですよ。兄は空港だし、ぼくだって――」

「空港はBWIでしょう？　そこからはどこに向かうの？」

「グレン・バーニーの父の家です」

ミス・ブレナンがひらひらと手を振る。「なら十分で着けるわ。お兄さんに迎えに行くと伝えなさい。家まで送ってあげるわよ」

「本当ですか？」

「心配しなくていいわ。三十分くらいなら平気よ」

彼女と同時にポールも話していたが、ぼくはほとんど聞いていなかった。「そこにいてくれ。五分で迎えに行く」やや一方的に兄に告げ、電話を切る。

ミス・ブレナンの車はまだ製造から数年といった感じの黒いインフィニティで、車内も新車同然にきれいだった。後部座席がファーストフードの包装紙で埋め尽くされたどこかの日産車とは大違いだ。立場が逆だったら目もあてられない。ぼくは自分が送る側でなかったことに心底ほっとした。

彼女は結婚指輪をしていないし、ほとんど他人のぼくを送ってくれるくらいだから、誰かが待つ家に急いで帰る必要がないのだろう。ぼくは尋ねてみた。「家族はいないんですか？」

「いるわよ。父親と男きょうだいが三人」ミス・ブレナンがそっけなく答える。「夫と子どもならいないわ。あなたがきいているのがそういうことならね」

「子どもといえば、うちは姉がこのあいだ女の子を産みましたよ。名前はアッシュです」ぼくはいささか強引に話を続けた。

「アッシュ？」

「ええ。アシュリーでもアシュリンでもない。ただのアッシュ」

「かわいいじゃない」

「ちょっと変わっているとは思いますけどね。でも、おじになるのは悪くない気分です」

ミス・ブレナンの反応はない。しばらく沈黙が続いたあと〝ボルティモア・ワシントン国際サーグッド・マーシャル空港〟と記された標識が現れた。標識には到着ターミナルに向かう道が矢印で示されている。彼女は矢印に従い、車を右側の車線に入れた。

「あなたの名前もめずらしいですよね？　初めて聞く名前です」

道路から目を離したミス・ブレナンが、ぼくに顔を向けて眉を吊りあげる。どうやら、これは彼女のお気に入りの表情のようだ。

「教えてくれませんか？」ぼくは尋ねた。「何からとった名前なんです？」

「昔、両親が飲んでいたビールの名前よ」ミス・ブレナンがあっさりとした口調で答える。

ぼくは不覚にも笑ってしまった。「嘘でしょう」

彼女が首を横に振る。「だったらいいとわたしも思うわ。でも本当の話よ。ただ、ビールとはほんの少しだけつづりが違うけどね」

「でも、きれいな名前だと思いますよ」

言葉ではなく、どうとでもとれるうなり声でミス・ブレナンが返事をした。

「アイルランド系というのは本当ですか?」

「ある意味ではね。両親が生まれ育ったのはアイルランドよ。わたしが五歳のときにバージニアへ越してきたの」

またしても到着ターミナルへの案内標識が現れ、ミス・ブレナンがハンドルを切る。

「本当に感謝しています」目的地が近づいたので、ぼくは礼を言った。「兄はブラジルで恐ろしい目にあってきたばかりですから、あまり待たせずにすんでよかった」

その言葉は、ぼくがそれまでに語ったどんな内容よりも、彼女の関心を引いたようだ。「お兄さんはブラジルにいたの?」

「ええ。観光船に乗っていた旅行者のグループが殺されたニュースを見ましたか? 兄もその船に乗っていました。現場に居合わせた事件の生存者のひとりです」

「襲ってきた連中を目撃したのかしら?」

それまでとは明らかに違う彼女の積極的な反応に、ぼくはあっけにとられた。「どうかな。ぼくもまだ詳しい話を聞いていないんです。もっとも、兄も向こうの警察には話したと思いますけど」

「彼と話をさせてちょうだい」

ミス・ブレナンの熱心さに奇妙なものを感じないでもなかったが、ぼくは肩をすくめただけで承諾した。「いいですよ」

インフィニティが空港の出迎えのゾーンに入っていく。「どこの航空会社？」

「アメリカン航空です。いた、あそこだ」

ミス・ブレナンが車をとめ、ぼくは助手席からおりて兄に手を振った。それに気づいたポールが車に向かって歩いてくる。彼女が車からおり、トランクを開けてくれた。

アマゾンのジャングルをうろついていたのだから、ぼくはてっきり兄がかなり日焼けしているか、少なくとも精悍に見えるはずだとばかり思っていた。だが、その勝手な思いこみは大外れだったようだ。近づいてくるポールは、蛍光灯の光しかない事務所にひと月ほどこもっていたのかと疑いたくなるほど青白かった。もっとも、ジャングルでは日差しが地面に届かないところも多いはずだから、それほど驚くべきことではないのかもしれない。

ぼくたちきょうだいは少しばかり抱き合い、再会を喜んだ。「アマゾンの大自然からのご帰還だね。凍える北の国へようこそ」先に声をかけたのはぼくだ。

答えようとするポールが咳きこみ、おさまるまでに少しばかり時間がかかった。「戻ってこられてよかったよ」ようやく咳がおさまった兄が、苦しげに帰国後の第一声を口にする。

「ずいぶん具合が悪そうだ。熱帯でどんな病気をもらってきたんだい？」

「なんでもないよ。ただの風邪さ」

ミス・ブレナンに兄を紹介する。「ショーネシー、兄のポールです。ポール、こちらは……」友だち？　それとも、面接をしてくれた人？　どう紹介したらいいのかわからず、ぼくは言いよどんだ。「ショーネシー・ブレナンだよ」なんともぎこちない紹介だ。「ここまで送ってくれた親切な人だ」

ポールは黙ってミス・ブレナンが差しだす手を握り、その瞬間、凍りついたように動きをとめた。そのまま、握手にしては失礼にあたるほどの長い時間、彼女の手を握りつづける。ちゃんと彼女を認識できているのだろうか？　ミス・ブレナンの表情が警戒のそれに変わっていく。兄の顔色は異常なまでに悪く、ぼくが最初に気づいたよりも、さらに白くなっていた。

「ポール、大丈夫か？」不安になったぼくが尋ねると、兄がふたたび激しく咳きこんで吐血した。

口から吐きだされた血がミス・ブレナンの服を汚し、地面にまで飛び散る。焦点の定まらない目をしたポールの体がふらつきはじめ、握った手をようやく離したと思った瞬間にくずおれていった。ミス・ブレナンが小さな悲鳴をあげ、ぼくは兄の名を叫んで抱きとめようとする。だが、兄の体はあまりにも大きく、しかもぼくから遠ざかる方向に倒れていったので間に合わなかった。ポールは無防備なまま仰向けに倒れていき、そのまま後頭部を舗装道路に強く打ちつけた。

4

ぼくはこみあげる焦りと戦いながら、ボルティモア・ワシントン医療センターの待合室に座っていた。いったい、いつになったらポールの容体に関する説明が聞けるのだろう？幸いこの病院の自動販売機はクレジットカードが使えたので、ピーナッツとバーベキュー味のチップス、それからスニッカーズを買い、一日何も食べずに空になった胃袋を満たすことだけはできた。そのあいだに、病院の外では雪が降りはじめている。

機転をきかせて救急車を呼んでくれたのは、ミス・ブレナンだ。ありがたいことに五分ほどで救急車は到着した。それまでにポールは意識をとり戻し、救命士の手で担架にくくりつけられて車内に運ばれるあいだもずっと大声で文句を言いつづけていたが、だからといってこちらの心配が軽くなるわけでもない。そのあいだ、ぼくは別の救命士から兄がどこにいてどんなものと接触したのかを尋ねられ、わかる範囲で答えた。といっても、まだ兄とほとんど話してもいないぼくにわかることなど、ほぼないも同然だ。

ぼくはふたたびミス・ブレナンの車に乗せてもらい、救急車を追って病院へと向かった。彼女も病院に残ると言ってくれたが、両親と姉へ連絡するためにもう一度携帯電話を借りたあとで、丁重に断った。すでに親切という言葉では足りないほどの厚意に甘えているし、ブラウスについてしまったポールの血が洗い落とせるかどうかもわからない。これ以上、彼女に迷惑をかけるわけにいかないと思ったからだ。それから一時間半、受付で何度兄の様子を尋ねても、何かわかったら教えるというおなじ答えが返ってくるばかりだった。

ようやくぼくの名が呼ばれ、兄を担当するドクター・チュー・メイリンと会うことができた。その女性医師は外見だけで判断すれば、ぼくとおなじくらいの年齢にしか見えない。だが雰囲気から推測するに、おそらくすでに医大を卒業し、研修医としての期間も終えているような気がした。顔にかからないようクリップでとめた彼女の長い髪は、ところどころこぼれ落ちていて、顔はとても疲れているように見える。

「兄の意識はあるんですか？」ぼくは尋ねた。

「あるわよ」ドクター・チューが答える。「元気だし、質問にもちゃんと答えられるわ。ただ旅の話になると、とたんに曖昧になるの。もしかすると、本当に覚えていないのかもしれないわね」

「いったい、兄はどうしたんです？　何かわかったことはないんですか？」

「あなたのお兄さんは真菌性肺炎にかかっているわ。南米にいたあいだに、胞子を吸いこんだのね。菌が肺組織に入りこんで成長を始めている。いまは菌の種類を特定するために、肺の組織を採取して生体組織検査をしているところよ。南米でお兄さんが接触したものに心あたりはない?」

ぼくは思わず笑ってしまった。彼女がいぶかしげな視線をよこしてくる。「本人から聞いてないんですか? 兄は菌類学者ですよ。めずらしい菌をいくつも見つけているはずだし、片っ端から触ったりにおいをかいだり、サンプルをとったりしたはずです」

「とにかく、検査結果が出たら、もっと詳しいことがわかるはずよ。真菌感染症は放置すると深刻な事態を招きかねないの。でも、たいていは問題なく回復に向かうわ。何かわかったら、すぐにあなたにも知らせるわね」

そう言い残して彼女が去っていく。それから二時間後、ぼくがキャンディーやチップスの食べすぎで気分が悪くなった頃に、ドクター・チューは戻ってきた。

「パラコクシジオイデス症だったわ」まるで呼吸するかのごとくあっさりと、ドクター・チューが難解なその単語を口にする。「いいニュースは、あの地域ではわりと一般的な病気だという点ね。おかげで治療法はわかっているわ。ただ、きちんと治療しないと深刻な症状を引き起こす厄介な病気よ」彼女は小さな両手をせわしなく動かしながら、さらに説明を続けた。「菌が肺の組織に根をおろして、肺の細胞のあいだに菌糸体と呼ばれるものすごく細い糸を送りこんでいるの。免疫システムがそれを排除するために周囲の血管から血液や体液を流出させていて、結果的に酸素と二酸化炭素を交換する場所である肺胞の機能まで妨げてしまっているのよ」

「でも、兄は大丈夫なんですね？」ぼくは念を押す。

ドクター・チューがうなずいた。「最悪の状況は脱したと言っていいわね。ただ、アムホテリシンBという抗真菌薬を静脈内に投与して経過を観察する必要があるので、何日かは入院してもらうわよ。それと、退院後も熱と咳の症状が少なくとも一週間は続くと思うから、ベッドでおとなしくしているよう、しっかり見守ってあげてちょうだい。服用できるタイプの別の抗真菌薬を処方するわ。ただし——ここが重要な点よ——この薬は最低でも三年は飲みつづけないといけないの」

「ちょっと待ってください。三年もですか？」

「そう、三年よ。本人には伝えたけれど、大事なことだから、あなたにも言っておくわ。菌はとにかくしぶといの。油断すると再発するし、再発したらたいていの場合は最初よりも症状が重くなる。最終的に慢性的な肺の感染症に発展してしまうケースもあるし、関節や脳膜に広がる可能性だってあるのよ。甘く見ないことね。薬はちゃんと飲みつづけないと」

ぼくが礼を言うよりも先に、彼女は一方的にぼくの手を握って去っていった。ものすごい早口だったので、おそらく話自体は一分もかかっていないはずだ。やがて面会の許可がおり、ぼくはゴムと消毒液のにおいがする廊下を歩いて病室まで行き、ベッドの上で身を起こしているポールと顔を合わせた。兄の顔色は壁とおなじくらい白く、腕には点滴の針が刺さっている。

「やあ」ぼくは声をかけた。「一時はどうなることかと思ったよ。気分はどうだい？」

ポールが咳をしてから答える。「大丈夫だよ」

「何が大丈夫なものか。空港でいきなり倒れて血を吐いたんだぞ。おまけに肺に菌がいるそうじゃないか。その前だってブラジルでは殺されかけたし」

「国外旅行に危険はつきものさ」兄が肩をすくめた。「本当だよ。ぼくは平気だ」

「菌類学も突き詰めすぎると危険らしいな」ぼくはあえて冗談めかして言った。「マジックマッシュルームには手を出すなとあれほど忠告したのに、耳を貸さないからこんな目にあうんだ」

「わかっているさ。それより車なしでどうやってここから帰るつもりだ？」

「タクシーを呼ぶよ」

「やれやれ、迎えに来ると言ってくれた弟を信じたばかりにこのざまか」

「勘弁してくれ。全部ぼくのせいだって言うのか？」

ポールがにやりと笑う。「おまえもそのうちまっとうな仕事につかないと、まともな車にも乗れないぞ」

その言葉を聞いて、ぼくは自分の車がＮＳＡの駐車場で雪にさらされているのを思いだした。そういえば、牽引車の手配をしないといけなかったのだ。修理代は車に見合う額ではおさまらず、ぼくの支払い能力を超えてしまうかもしれないが、いまそれを嘆いてもしかたがない。

「それで？　ブラジルでいったい何があった？」ぼくはきいた。

「なんの話だ？」

「とぼけないで話してくれよ、ポール。ブラジルの件についてはニュースで見たことくらいしか知らないんだ。誰に襲われた？　理由は？　どうやって逃げたんだ？」

ポールは、ブラジル海軍の警備艇に乗った軍人らしき男たちに襲われたことや、もうひとりの女性と岸まで泳ぎ着き、道なきジャングルを歩いて文明社会へ帰還したことを話してくれた。ただし、ジャングルの詳しい話になると、運がよかった、キノコに救われたと繰り返すばかりだ。

「正直に言うと、そのあたりの記憶がはっきりしないんだ」ポールは宙を見つめて説明した。「岸に上がったところまでは覚えているんだよ。だが、そのあとはほとんど記憶がない。自分で頭のどこかに閉じこめてしまったのかな」

十人以上の旅行者が無残に虐殺された惨劇は鮮明に覚えているのに、ジャングルを歩いていた記憶だけを封印してしまうとはおかしな話だ。ぼくはそう思ったが、あえてその点は追求せず、代わりに尋ねた。「一緒に逃げた女の人はどうなったんだい？」

兄の顔が苦しげにゆがむ。「メイシーか！　彼女も体調を崩しているかもしれないな」

「一緒に戻ってきたんじゃないのか?」

ポールが首を横に振った。「出発した日はおなじだよ。だが、彼女の家はカリフォルニアにある。こっちは東海岸、向こうは西海岸だからね。飛行機は別々だ」

ぼくは窓際に立った。日の光が雪に反射して病室をピンク色に照らしている。「ドクター・チューが、ブラジルでの記憶を思いだせていないと心配していたよ」

「ぼくの記憶なら心配ないさ。この件について考えたくないだけだ。ドクター・チューがいままでに接触した生物のリストをつくろうとしていたから、向こうがあきらめるまで学名を並べ立ててやったよ。どの菌が病気の原因かなんて、ぼくにだって見当もつかない」

「菌が入りこんだのは肺なのに、どうして意識が飛ぶほどの影響が脳に出たんだろう?」

兄が肩をすくめる。「たぶん、菌が酸素供給を妨げたんじゃないかな。飛行機に乗ったことによる気圧の変化も悪いほうに影響したと思う」

「呼吸は自分の意思でどうにかできるものじゃない。そう考えると怖いな」

「覚えておくよ」ポールは重々しくうなずいて答えると、ベッドのかたわらにたたんで置いてあるジーンズに手を伸ばし、ポケットをまさぐりはじめた。

「何を探しているんだ?」

「携帯電話だよ。メイシーが無事かどうか確認したいんだ。ぼくが吸いこんだ胞子をたぶん彼女も吸っているからな」

「携帯電話は病院がいい顔しないよ。ほら――」ぼくは壁にとりつけられた電話の受話器をとり、コードを伸ばしてポールに差しだした。

「かけてもらっていいかな?」ポールが財布から紙切れを出す。

ぼくはその紙を受けとり、丸みを帯びた女性らしい筆致で書かれた番号に電話をかけた。兄が手にした受話器から呼び出し音が聞こえてくる。

「もしもし、メイシー・バーキストさんとお話ししたいのですが」ポールが相手と話しはじめたので、ぼくはプライバシーを尊重しようと廊下に出た。ほかに用事もないのでトイレへ向かう。意外なことに、戻ったときにはすでに電話は終わっていた。

「ガールフレンドにもう話したくないとでも言われたのかい?」ぼくはからかい半分で遠距離恋愛の難しさを語ってやるつもりだったが、ポールの表情を見て何も言えなくなってしまった。

すでにこれ以上ないくらいポールの顔色は白かったので、顔面が蒼白になったとは言えない。だが、たとえ病気でなかったとしても血の気が完全に引いてしまったのではないかとこちらに思わせるほど、兄の表情は深刻だった。「大丈夫か? 看護師を呼ぼうか?」ぼくは尋ねた。

ポールの口が開いたが、言葉は出てこない。まるで、話そうとする意思に口と舌が逆らっているようだ。兄は唇をかんでごくりとつばを飲み、ようやく言葉を発した。「死んでしまった」

　ぼくは愕然としてポールを見つめ、しばらく間を置いてからきいた。「死んだって、メイシーがかい？　いったい何があった？」

「真菌感染症だよ。ぼくとおなじだ」ポールの口調に乱れはなかったが、声音には明らかに動揺がにじんでいる。「メイシーの姉と話した。帰りの飛行機の中で咳が出はじめたが、ぼくみたいなあからさまな症状は出なかったらしい。血を吐いたり、意識を失ったりはしなかったそうだ。だが、家に着く頃には家族が心配するほど咳がひどくなって、あわてて救急車を呼んだが間に合わなかった。救命士が到着する前にメイシーは――」兄はいったん言葉を切り、震える息をついた。「死んだ。肺が活動を停止して息ができなくなったんだ。彼女の姉さんはできるだけおだやかに説明しようとしてくれたよ。でも、ひどい最期だったのは想像がつく……」

　あまりの衝撃でかける言葉も見つからない。ぼくは兄の腕に手を置き、ひとことだけしぼりだすのがやっとだった。「残念だ」

「ぼくは彼女のことをほとんど知らない。五日前に出会ったばかりだ」

「それでも、ふたりで力を合わせて窮地を切り抜けたじゃないか」

「そうだな。メイシーはタフな女性だったよ。トライアスロンだってやっていた。ぼくなんかよりずっと健康だったのに」

ぼくは兄を慰めようと、肩をわずかにすくめて言った。「だからといって、どんな病気にも打ち勝てるとは限らないよ。もともと菌の影響を受けやすい体質だったのかもしれない」

「こんなの信じられるわけがない。テロリストの攻撃から生き延びて、ジャングルを何十キロも歩いて抜けたのに、それが故郷に戻って肺の感染症で死ぬなんて」

兄の呼吸が速く、そして荒くなっていく。「落ち着いてくれ」ぼくは動揺しているポールに声をかけた。

「どうしてぼくじゃなくてメイシーなんだ。四六時中、キノコを拾い集めているのはぼくだ。真菌感染症で死ぬなら、ぼくのはずじゃないか」

ぼくは無力感にとらわれ、しばらくベッドのかたわらに立ち尽くした。だが、いつだって現実はとまってはくれない。「葬儀がいつか、きいたかい?」

「きいてどうする? その日までに退院できたとしても、行くつもりはないよ。遠すぎるし、知り合いだってひとりもいない。それに、本当のところ、ぼくはメイシーの友だちですらないんだ……」

「そうかもしれない。だが、一緒に生き延びた仲だ」

ポールは、まるで魂がボルティモア・ワシントン医療センターからどこかへさまよいでてしまったみたいな様子で、ぼそりと言った。「生き延びた? 彼女は死んだんだ」

5

両親がつくった料理であれば、どちらの手によるものなのか、ぼくにはすぐにわかる。母はアイオワの農場の出身で、ほとんどの人間がいまもそこで暮らしている、人口五百人ほどの町で育った。料理は祖母に習ったもので、牛肉とポテト、そしてたくさんの食材を詰めこんだキャセロールが得意料理だ。一方の父は、ブラジルに赴任するまで料理を習った経験がなく、つくるものは母よりも冒険心に富んでいる傾向があった。父がつくれるのは土着の料理にポルトガル料理の風味が加わったブラジル料理のみで、大方は米と豆を使ったものだ。ブラジルで〝アホース・コム・フェイジョン（米と豆）〟といえば、その言葉自体がありふれたとか毎日とかいった意味で通じるくらい一般的な食材で、ぼくにとっては食べるとなんともほっとする、まさに家庭の味だった。

驚くべきことに父の料理をつくる能力はこれまでのところ、病気の影響を免れていた。フライパンやコンロを扱うときこそ、必ず母がそばで注意を払うようにしているが、長年にわたって続けてきたおかげで、父にとって得意料理はもはや習慣の域に達しており、レシピも計量カップも必要ないほどだ。どういうわけか、料理のときに使われる脳の神経細胞は、脳機能を阻害する老人斑と神経原線維変化の影響を受けていないらしい。ただし、こうした神経細胞もいずれは病気に負けていくのだろうという悲しい確信が、ぼくの中にはあった。

ようやくぼくが家に帰り着いたとき、ポールが倒れたと聞いてニューヨークから車を飛ばしてきた両親は、すでに帰宅していた。時刻は深夜一時になっていたが、そろって腹を空かせていたこともあり、父がボボ・デ・カマラオ【注1】をつくり、ぼくたちはそれをかきこんだ。

「ポールは大丈夫なのね？」母が尋ねる。

「体のほうは大丈夫だと思う」ぼくは答えた。「ドクターも最悪の状況は脱したと言っていたよ。でも、心のほうはどうかな。ぼくが病院にいたとき、ポールは観光船から一緒に逃げたメイシーの家に電話したんだ。でも、彼女もおなじ感染症にかかっていたらしくて、亡くなってしまったそうだ」

母が息を飲み、片方の手で口を押さえる。

父は混乱しているようだった。「メイシーって誰だ？」

「もうひとりの生存者よ」母が答えた。「ポールが助けて、ジャングルから安全に連れだした若い女の人」

父も前に聞いているはずの話だが、母はそれをにおわせず、辛抱強く淡々と説明した。

「ポールはショックを受けていたよ」ぼくはふたりに言った。「それほど親しくないからたいしたことはないと言っていたけれど、強がっているだけだと思う。彼女が亡くなって自分が生き残ったという事実を受け入れられずにいるんじゃないかな。結局、あの船に乗っていた旅行者たちの中で、生き残ったのは兄さんだけになってしまったんだ。動揺して当然だよ」

「朝になったら、わたしたちも病院に行くわ。ポールは大丈夫なのよね？　つまりその、まさか……」

ポールも死んだりしないかと尋ねたいのだろう。「ぼくが話したドクターはさほど心配していないみたいだったよ。深刻に受けとめてきちんと薬を飲ませるべきだとは言っていたけどね。命に関わる状態ではないと思う」

「そういうことなら」母が手で膝をぴしゃりと打ち、話題を変えた。「もう人が亡くなる話はよしましょう。チャールズ、ニールにめいの写真を見せてあげないと」

父が驚いた表情を浮かべる。「おまえが撮ったのか？」

「いいえ。あなたの仕事だったでしょう？」

「わたしはカメラなど持っていないぞ」

「アイフォンで写真を撮っていたわよ。わたしも見ていたもの」

ぼくはボボをおかわりして言った。「アッシュの写真ならジュリアが何枚か送ってくれたよ。とてもかわいい子だ」

「ピンポン球みたいに毛がなかったぞ」父が不満をこぼす。「それに、なぜアッシュなんて名前をつける？　灰《アッシュ》だぞ。暖炉からかきだす黒いあれとおなじだ。子どもの名前にはふさわしくない」

「あら、いい名前だと思うわよ」母が反論した。「アシュリーという名の女の子たちは、みんなアッシュと呼ばれているじゃない」

「だが、あの子の名前はアシュリーじゃない」父は言い張った。「アシュリーなら変じゃないし、いい名前ならほかにいくらでもある。なんだって子どもの名前で自分の創造力を主張しようとする？」

「それくらいになさいな」母が父をたしなめる。「あなたの孫娘なのよ」

「わたしは娘の文句を言っているんだ」

母の機嫌は上々だ。孫娘が生まれ、ポールの無事も判明した。そのうえ父もちゃんとした反応を見せていて、昔みたいな会話ができているのだから無理もない。ボボを食べ終えたぼくは、もう一度おかわりしたらあとで食べすぎを後悔するだろうかと考えつつボウルに目をやり、賭けに出ることにした。「この週末のあいだに、ぼくもジュリアのところへ行くつもりだったんだ。でも車が……」

「わたしのを使えばいいわ」母がさらりと言う。

「いいのかい？　母さんだって必要なんじゃ……」

「わたしとお父さんは一日くらいどうとでもなるわよ。乗っていきなさい。ジュリアも喜ぶわ」

父は笑顔まじりで、ボルティモアからイサカまでの最短の道順についてぼくと議論した。五時間ほどもかかる道のりにもかかわらず、父は八一号線を使ってウィルクスバレとビンガムトンを抜けていけば数分は短縮できると信じこんでいる。こうした議論——意味もなく証明するのが不可能な議論——は父の得意分野で、アルツハイマー病にかかる前から、解決にたどり着くかどうかを不安がる必要のない議論を延々と続けるのが好きだった。父が通りの名前をちゃんと思いだせたのがうれしくて、ぼくも自然と顔がほころぶ。父が何を思い浮かべることができ、何をどうしても思いだせないのか、話をしているといつも驚かされてばかりだ。


ぼくはイサカまでドライブし、めいっ子と顔を合わせた。ジュリアの夫は日本人で、そのせいかアッシュはなかなかに面白い遺伝的な特徴の受け継ぎ方をしている。複雑な輝きを放つ黒い瞳を見ていると、理由は説明できないまでも、アッシュという名がこの子にとって完璧な名前だと認めざるを得なくなってくるから不思議なものだ。両親の家へと戻ったあと、ぼくはふたりにもそう打ち明けたので、これで名前について不満を抱いているのは父だけとなった。

次の日の朝、ショーネシー・ブレナンが電話をかけてきた。

「お兄さんの具合はどう?」ミス・ブレナンがまず尋ねる。

「回復中ですよ」ぼくは答えた。「肺炎だそうです。アマゾンで拾ってきた妙な菌のせいらしいですね」

「何はともあれ、深刻な状況じゃなくてよかったわ」

「助けてくれてありがとう。感謝しています」

「どういたしまして。それより、今日は上司のメロディ・ムニズがあなたを採用することにしたのを伝えるために電話したの。正式な通知は郵便で送られているけれど、早く知りたいかと思って」

顔に笑みが広がっていくのを抑えられない。「うれしいです! すごくいい知らせだ。ありがとう」

「いいのよ。わたしが御礼を言われる筋合いはないわ。決めたのはわたしじゃないし」

「それでも、わざわざ電話をくれて感謝します。気づかってくれてありがとう」

「これも仕事よ」

ミス・ブレナンの口調はやや硬く、少しばかり腹を立てているようにも聞こえた。「ぼくのことが嫌いなんですね。違いますか?」

返答がない。しばらく沈黙が続いてぼくが電話を切られるのを覚悟しはじめたとき、ようやく彼女は答えた。「あなたじゃなく、あなたのようなタイプが嫌いなのよ。優秀さをひけらかして、自分がルールの枠外にいると思っている若い天才くんは苦手だわ。あなたの頭がいいのは事実よ。認めるわ。でもね、ここではみんながすぐれた頭脳の持ち主なの。それに、ルールが存在するのにはちゃんと理由があるのよ」

「ぼくだってルールは守れます。仕事もうまくやってみせますよ。じきにわかる」

「月曜日の午前九時にＦＡＮＸの三号館に来なさい。遅刻厳禁よ。機密情報の取り扱い資格がおりるのを待つ人が待機するタンクという場所があるから、そこでほかの新人たちと一緒に待機よ」

「タンク？」

「正式名称は資格待機所だけど、内輪ではタンクと呼ばれているの。期間切れのあなたの資格は確認したわ。あなたの言うとおり、再取得には時間がかからないから、それほど長く待つ必要はないと思う。そのあいだ、オリエンテーションを受けてもらうわ」

「よかった。あなたとおなじ部署になるのかな？　これから一緒に働くことになる？」

「誤解しないでほしいけど、わたしはそうでないよう願っているわ」

痛烈な一撃を浴びせられ、顔をしかめて電話を切る。だが、その程度でこの喜びが損なわれることはなく、ぼくはすぐにこらえきれなくなってにんまりとした。ＮＳＡに採用が決まった！　これで子どもの頃、ずっと蚊帳の外に置かれていたあの組織に入り、たくさんのことを知ることができる。父がぼくに話せなかった秘密だって知ることができるのだ。ショーネシー・ブレナンがどう思っていようと関係ない。たしかに彼女はぼくを追い払おうとしたかもしれないが、結局のところ失敗したのだからどうでもいいことだ。

ぼくはしばらくひとりで躍りあがらんばかりの喜びに浸り、それから報告のために父を探しに行った。居間で見つけた父は、ひとりで分厚い短編集を読んでいる。長編だと最後まで読みきる前に内容を忘れてしまうので、最近はひと息に読める短編が父のお気に入りなのだ。父はその本を読みながら、ぬぐおうともせずに涙を流しつづけていた。

どんな作品を読んで泣いているのだろう？　近づいて本をのぞきこむと、父が読んでいるのは短編集ではなく、『アルジャーノンに花束を』だった。

ぼくは父のやせ衰えた肩に手を置き、喉まで出かかっていた朗報を飲みこんだ。

【注1】エビを使ったブラジル料理

6

ＮＳＡのエージェント、ベンジャミン・ハリソンは合衆国大統領を思わせる名前に似つかわしくない、いかつい大男だった。頭は剃りあげており、スーツとネクタイはまるで似合わず、きつそうな襟が太い首を際立たせている。新人たちに対して話す声はそれこそ怒鳴っているように大きく、話すにつれて頰の赤みが増していった。

「ＮＳＡは世界最大の情報組織だ」ハリソンが誇らしげに説明する。「この国の諜報機関が活用する情報のほとんどは、このＦＡＮＸか、フォート・ミードにあるここの姉妹施設から出ている。戦場における絶対的な優位を兵士たちに与えるのも、テロリストの攻撃を事前に防ぐのもＮＳＡの仕事だ。われわれは生物化学兵器を製造する施設のありかを特定し、敵の軍の動きやミサイル計画を追い、国に流れこむ麻薬を減らす。戦場の最前線で戦い、同時にこの国の最後の防衛線を死守しているのが、このＮＳＡなのだ」

話す内容も口調も、ロビーで流れていたビデオのナレーターにそっくりだ。あのナレーションを吹きこんだのは彼だったのではないかという気もしたが、ぼくはすぐにその考えを打ち捨てた。おそらく、ＮＳＡには人々の頭に好印象を植えつけ、精神を鼓舞することを意図した組織紹介の台本がある。ハリソンもナレーターもその台本に沿って話しているだけなのだろう。おそらく、ＮＳＡはこの手の台本をつくるためにプロのライターを大勢雇っているはずだ。これほどの大きな組織で、納税者に対するプロモーションがうまく機能していないとくれば、プロの手を借りようとするのも無理からぬ話だ。もっとも、よくよく聞いてみるとハリソンの話しぶりはいかにも不慣れで、ナレーターが務まる水準からはほど遠かった。

ぼくは、十二人の新人たちと一緒にハリソンの話を聞いている。室内には長いテーブルが並べられていて、それぞれの上にコンピューターが三台ずつ置かれていた。コンピューターのモニターの両側にはパネルが立ててあり、隣の席から画面が見えないようになっている。

「われわれが戦うもっとも重要な戦闘は、目に見えないところで行われている」ハリソンの講義は続いた。「この戦闘はもう何十年も続いていて、これからも決して終わることはないだろう。サイバー戦争と呼ばれるこの戦いでは、敵がこちらのシステムに侵入して秘密を探ろうとし、われわれはそれに反撃している。アメリカ軍の戦闘機やミサイル、空母の設計から個別の部隊の位置や弱点まで、危機にさらされていない情報はないと思え。世界史におけるどの戦争でも、勝敗を決してきたのはつねに情報だった――」

ほとんどの新人たちが真剣に聞き入る中、落書きをしている者やコンピューターをいじっている者も二、三人いた。だが、ハリソンはまるで気づいていないようで、ひたすら熱弁を振るいつづけている。話に退屈したぼくは、新人たちの半分を占める若い女性たちに当てずっぽうの名前をつけていった。小柄でかわいい顔をしたショートカットのブルネットはマギー、そばかす顔で太陽のような赤い髪をした長身の子はキャスリーンといった具合だ。大きな目が印象的なメーガンは、そうせずにはいられないといった様子で指や首、膝の関節を鳴らしつづけている。何ひとつ見逃すまいとしているのかずっと部屋じゅうを見まわしているダイアンと一瞬だけ目が合い、ウインクをしてみたが、そそくさと目をそらされてしまった。男性陣にはそれほど興味はない。とはいえ、それで片づけるのも公平ではない気がしたので、とりあえず名前だけはつけていった。ロニーとアルジェント、ゴダートとマックスだ。

ふと気がつけば、ぼく以外の全員がテーブルにあるそれぞれのモニターに意識を集中させ、忙しくキーボードを叩いていた。話をまったく聞いていなかったあいだに、いつの間にかエージェント・ハリソンの演説が終わり、なんらかの指示が出ていたらしい。動揺と焦りでアドレナリンが体にあふれ返り、ぼくはあわてて教室の正面を見た。初日から悪い印象を与えるような真似だけはしたくない。

「きみたちはハッカーだ」ハリソンがぼくたちに発破をかけた。「敵のシステムに入りこめるかどうかにアメリカ国民の生死がかかっている。さあ、誰が最初に成功するかを見せてくれ」

目の前のモニターを見ると、訓練用のウェブサイトにいくつかのコース名と、オンラインで利用できるテキストのリンクが表示されていた。コンピューターは公開ネットワークでインターネットに接続しており、NSAのセキュリティシステムとはつながっていないようだ。〝NSA演習コース紹介〟と書かれた文字列の上をクリックすると、ユーザー名とパスワードを入力する画面が現れた。これがたぶん、課題とされている〝敵のシステム〟への入口なのだろう。

ほかの新人たちは作業に集中し、ものすごい速さで指を動かしていた。ぼく以外はみんなコンピューター科学の学位を持っているはずだし、あるいは大学でサイバースパイやらウェブセキュリティやらの講義を受けていたのかもしれない。それに引き換え、ぼくはサイトへのハッキングに関する知識は皆無だった。だが、だからといってあきらめるつもりもない。

ぼくは座ったまま、ログイン画面を見つめて考えた。パスワードを推測したところで、正解にたどり着くのは難しいだろう。かといって、純粋に技術的な攻撃を仕掛けられるほど、コンピューターの腕も知識も持ち合わせていない。つまり、ほかの新人たちとは違う独自の方法でとり組まないといけないということだ。最初の画面に戻り、適当にいくつかのリンクを押していくと、テクニカルサポート用の電話番号が画面上に現れた。

「ミスター・ハリソン」番号を暗記し、手を上げて申し出る。「トイレに行きたいんですが」

「ここは中学校じゃないぞ」ハリソンが答えた。「さっさと行ってこい」

急いで部屋を出たぼくは、廊下を右に——トイレとは反対の方向に——曲がった。新人が渡されている訪問者用の許可証は、赤を基調としているのでとても目立つ。こんなものを身につけて長く廊下をうろついていたら、いずれ誰かに呼びとめられ、行き先を尋ねられるのは確実だろう。しかし幸いなことに、探していた無人の部屋は数分もしないうちに見つけることができた。さっきまでいたものとよく似た訓練用の部屋らしく、おあつらえむきに明かりも消えている。

ぼくはこっそりと室内に入り、教官用のデスクにある電話に近づいていった。受話器をとって暗記したテクニカルサポート用の番号に電話をかける。「エージェントのベンジャミン・ハリソンだ」できる限り、彼の威厳たっぷりの声を真似て言った。「いま、新人オリエンテーションの途中なのだが、ネットワークのパスワードをリセットしたい」

「名前とＩＤ番号を」いかにも退屈そうな声が、受話器の向こうから聞こえてくる。

「名前はベンジャミン・ハリソンだ。ＩＤ番号は……ちょっと待ってくれ。いつまで経っても覚えられないな。身分証が上着のポケットに入っているから、すぐにかけ直す」

ぼくは電話を切った。ひとまず失敗した格好ではあるが、これでくじけるわけにもいかない。急いでもといた部屋に戻り、恥ずかしさと困惑が入りまじった表情をつくってハリソンの前に立った。「ミスター・ハリソン？」

ハリソンと何人かの新人が顔を上げる。

「あの……迷ってしまいました。トイレはどこでしょうか？」

ハリソンは部屋正面のデスクのうしろに座っており、身分証はよく見えなかった。やりすぎないように注意しつつ、手で胃を押さえて体を曲げ、苦しそうなふりをする。期待していたとおり、ハリソンが立ちあがってぼくの肩に手を置いた。「大丈夫か、坊や？」

身分証が見えた。ぼくは、右上の端に小さく印字されている番号を急いで脳に焼きつけた——七〇一四六〇三だ。曲げていた上体を起こし、気弱な笑みを浮かべる。「大丈夫です。少し気分が悪いだけですから。トイレはどこですか？」

「ドアを出て左だ。それからもう一度左に曲がってロビーに向かえ」

「ありがとう」ぼくはドアを出て、左に向かった。本当に行きたいのは反対方向にある無人の部屋だったが、部屋の壁はガラス張りになっているので、中のみんなに違うほうへ向かうのを見られるのはまずい。どうするか考えていると、ちょうどいいタイミングでぼくの行きたい方向に歩いている男女の一団が近づいてきた。すれ違いざまに踵を返して一団にまじり、自分がいた部屋とのあいだに彼らをはさんだまま、顔をそむけて歩いていく。

じきに無人の部屋にたどり着いたぼくは、ふたたびテクニカルサポートに電話をかけた。「ベンジャミン・ハリソンだ」今度は必要な情報もそろっている。「ＩＤ番号は七〇一四六〇三」

最初にモニターに現れた新人用の演習コースのパスワードをリセットしてこちらの指定どおりに変えてしまえば簡単なのだが、変更は頼まなかった。どう頼んだらいいのかわからなかったし、不審に思われそうだったからだ。その代わりに、ハリソンの公開アカウントだけをリセットしてもらった。

受話器の向こうでキーを打つ音がする。「オーケー」退屈そうな声が告げた。「リセット完了だ。暫定パスワードは、バッジのＩＤ番号のうしろ四桁と、そのあとにラストネームの最後の三文字で設定した。一時間以内に変更して新しく設定し直さないと、システムにロックアウトされるぞ」

ぼくは礼を言って電話を切った。教室へと戻り、ハリソンに向かって気弱そうにうなずいてみせる。自分の席に戻る途中、何人かの女性がこちらに視線をよこしてきた。マギーが同情するように、ダイアンが疑わしげにこちらを見ていたので、微笑みを返す。対照的だったのは男性たちで、彼らは誰ひとりとして顔を上げようともしなかった。

ふたたび座って端末に向かい、いったんログオフしてから、暫定パスワードを使ってハリソンのアカウントにログインする。警報でも鳴るのではないかと気が気でなかったが、何事もなくパスワードが承認され、ふたたびネットワークに入ることができた。訓練用のウェブサイトに戻ると、画面に〝教官用リンク〟や〝演習コース解説〟といった新しい項目が追加されていて、コース解説の項目をクリックするとそれぞれのコースのファイルが表示されたリストが表示された。案の定、これらの演習コースには教官用の台本が用意されていて、その都度選ばれる教官がそれをもとに講義を行うらしい。ぼくは急いでリストに目を通し、〝NSA演習コース紹介〟のファイルを見つけて開いてみた。正解だ。ファイルのデータにはユーザー名が〝alanturing（アランチューリング）〟、パスワードが〝bletchleypark（ブレッチリーパーク）〟とはっきり表示されていて、ぼくは思わずにんまりとした。

五分後、エージェント・ハリソンが自分のコンピューターの画面を確認して顔を上げた。

「どうやら勝者が決まったぞ。こんなに早く正解に到達した者を見たのは初めてだ」

新人たちが互いに顔を見合わせる。驚いた表情を浮かべている者もいれば、不服そうな顔をした者もいた。ぼくはまたしてもダイアンに微笑みかけ、今度はウインクをした。彼女はマギーほど美人ではないが、頭がよくてしっかりと自分の意見を持っているタイプに見える。オリエンテーションのあとでタイ料理に行こうと誘ったら、どういう反応をするだろう？

「ニール・ジョーンズ、立ちたまえ」ハリソンの声だ。

ぼくが勝ち誇った笑みを浮かべて立ちあがると、ほかの新人たちはあきらめから嫌悪感まで、さまざまな感情のこもった顔をこちらに向けてきた。全員が例外なく優秀で、負けず嫌いな性格をしているのだろう。

「おめでとう、ジョーンズ」ハリソンがぼくの顔を見て続けた。「サイバースパイの世界で、きみの前途には明るい未来が待っているだろう。ほかの者たちは作業続行だ！　まだ二位は決まっていないぞ」

勝利をかみしめながら部屋を見まわしていると、いきなり三人の男たちがドアから飛びこんできた。三人のうちふたりは腕にＭＰの腕章をつけたものものしい制服姿で、両手で銃を握っている。残りのひとりは、三十代くらいの髭面の男で、彼だけはジーンズにストライプ柄のシャツというでたちだ。髭面が前に出て新人たちのコンピューターを一台ずつ調べはじめ、ぼくのところまで来ると、コンピューターの脇をこんこんと叩いて言った。

「こいつだ」

ＭＰのひとりがぼくの許可証に目をやる。「ニール・ジョーンズだな?」

「はい」ぼくは答えた。「何事ですか?」

先頭を切って入ってきたＭＰがぼくの肘をつかみ、もうひとりのＭＰがベルトから手錠をとりだすあいだに言った。「きみを逮捕する」

7

ＦＡＮＸは、主にオフィスビルが集まった大規模な施設で、フォート・ミードのような軍事基地とは違う。たぶん、そのせいで人を閉じこめておく正式な留置場がないのだろう。ぼくは、テーブルと椅子の置かれたせまい部屋に入れられた。コンピューターはなく、武装した警備兵が逃げださないよう見張っている。警備兵はぼくよりも背の低い女性だったが、その気になればぼくの腕をもぎとってしまえそうなほど屈強で、しかもチャンスさえあれば喜んでそうするという気配を漂わせていた。

ぼくは、いっさいのユーモアと無縁らしい彼女を笑わせられず、それどころか、反応すら引きだせずにいる。自分があとどのくらいこの部屋に留め置かれるのかを尋ねたり、弁護士を呼ぶよう頼んだり、あの手この手でどうにか会話に引きこもうとしても、感情のうかがえない目でじろりと一瞥されるだけだ。いっそのことドアから出ようとすれば反応してもらえるのだろうが、そんな真似をすればあとで悔やむだけに決まっている。〝逃走中に射殺〟という何かの見出しのような文句が頭の中で不快に響いた。

やることがひとつもなく、先がまるで見えないと、時間が経つのが信じられないくらい遅く感じられる。そのあいだにぼくは、もし自分がNSAに潜入しようとしている外国のスパイなら、求人に応募するのが理想的な方法だという考えにようやくたどり着いた。NSAがそうした可能性のある未知の人物を警戒するのは当然だ。だがその一方で、アカウントに侵入しろと指示したのは、NSAのほうなのだ。ぼくはただ与えられた訓練をこなしたにすぎないのに、こんな目にあわされている。

部屋には時計も窓もないので、陸軍大尉の身分を示す銀色の階級章をつけた制服姿の男が入ってきたとき、自分がどのくらいそこにいたのか、皆目見当もつかなかった。男が向かいの椅子に座る。この男に怒鳴られて脅されて、誰のために働いているのかを明かさない限り、二度と日の光を見られない穴倉に閉じこめられるのだろう。ぼくはてっきりそう思っていた。だが、制服にスキャッグスと名が記された記章をつけた大尉の物腰はやわらかく落ち着いていて、まさにプロといった感じだった。彼から行動と動機について詳しく尋ねられ、ぼくは喜んですべての質問に答えていった。尋問は何度も経緯をたどる形で行われ、おなじ問いが違うきき方で繰り返される。ときには、ぼくがさっぱり理解できない専門用語で技術的な質問をされることもあった。

時間はたっぷりあったし、目を合わせるのも怖かったので、ぼくは尋問のあいだスキャッグスの制服をつぶさに眺めまわした。制服の袖には、青い円の中に空を飛ぶ鷲《イーグル》が鍵を運ぶ絵があしらわれたワッペンが縫いつけられている。丸いワッペンの周辺部には、暗号じみた文字と数字の組み合わせが並んでいた。アメリカサイバー軍《USCYBERCOM》の記章だ。

「驚いた」ぼくは言った。「あなたはUSCYBERCOM所属ですね、違いますか？」

「きみの話を続けたいのだが」スキャッグスの声は冷静だ。

「もちろんです。でも、ぼくはUSCYBERCOMの大ファンなんですよ。イランの遠心分離機を破壊したワーム【注1】を作成したのはあなたたちですよね？」

スキャッグスがぼくを横目で見た。「それについては話せない」

「わかっています。あなたが直接、関係したわけじゃない。でも、あれは本当に見事でした。あなたたちは、ぼくにとってヒーローなんです」

「きみとブラジル政府の構成員との関係は？」ぼくの言葉を無視し、彼は尋問を続ける。

ぼくはため息をもらした。おなじ質問はさっきもされたし、もちろんそのあいだで急に関係ができるはずもない。ブラジルには、もう五年も足を踏み入れていないのだ。父は数年前まで向こうの有力者と連絡をとり合っていたようだが、ぼくはその相手の名前さえも知らなかった。政府関係者にもっとも近い知り合いといえば、父親がブラジル情報庁で働いている子どもの頃の友人がいるくらいで、その友人とだってもう何年も話していない。

何時間にも思えるあいだ、ぼくたちは堂々めぐりを続けた。スキャッグスがぼくを罠にかけて隠し事を明かさせようとする一方、ぼくは自分が話したとおりの人物で、隠し事など何もないと叫ぶのをこらえる。ひたすらその繰り返しだ。もっとも、こちらにしても心底おびえていたわけではない。アメリカの諜報機関という迷宮の中で行方知れずになったり、テロ容疑者の拘禁を認めた法律を理由にとらわれたりした人々の話は、ぼくも聞いている。だが、アメリカ政府の機関が自国民をさらい、二度と外に出さないなどという無茶をするはずがないという確信もあった。それよりも心配していたのは、NSA――あるいはほかの情報機関――で働くという希望が蒸発して消えてしまいそうなことだ。ここからどうにか出られたとしても、二度と入ることを許してもらえなくなるかもしれない。

廊下から大きな声が聞こえてきて、ぼくは憂鬱な気分から引き戻された。自分の名前が聞こえた気がしたが、何を話しているのかまでは聞きとれない。スキャッグスが外の状況を確かめるため、ぼくを残して部屋から出ていった。

しばらくすると、小柄でやせた女性が部屋に入ってきた。女性は赤い七分袖のセーターに黒いスラックスというでたちで、顔には品のよい化粧と赤い口紅を施している。目のまわりと首には年齢を感じさせる深いしわが刻まれていて、長い黒髪もどうやら染めてあるらしかった。姿勢は軍人さながらにしゃんとしているが、昔とは違っていまや歩くこと自体が危険な行為なのだと自覚しているかのように、歩き方は慎重だ。彼女がぼくに見せた身分証にはメロディ・ムニズという名が記されていた。訪問者用の許可証ではない本物のNSAの身分証には、所有者が扱える機密の区分が枠内に示されている。彼女の枠は区分を示す数字と文字でいっぱいになっていた。

「ミスター・ジョーンズ」女性がぼくの名を呼び、優雅に手を差しだす。「ショーネシーから聞いて来たのよ。わたしが聞きつけたのは、幸運だったわね」明瞭で力強く、年齢を感じさせない声だ。

「ショーネシーの上司の方ですね」ぼくは言った。

彼女がうなずいて答える。「メロディ・ムニズよ。あなたに会えてうれしいわ。自分がどれだけの厄介を引き起こしたか、わかっている？」

ぼくは武装した警備兵に目をやり、ふたたび彼女に視線を戻した。「薄々感じていたところです」

「どうして教官のアカウントに侵入しようなんて思ったの？」

「侵入しろと言ったのは、教官ですよ！」

「演習用のアカウントにね。訓練のために用意されたアカウントに侵入しろと言われたはずよ。教官個人のものにではないわ」

「ハッカーがルールに縛られるなんて初耳だ」

彼女の表情からは、いっさいの感情がうかがえない。「本当のことを言うとね、あなたは罠にかかったのよ。NSAでは採用の過程を利用してわたしたちのシステムに入りこもうとする外国のスパイをつかまえるために、いくつもの手が打ってあるの。あなたはテクニカルサポートにパスワードのリセットを要求するという、もっとも基本的な罠に飛びこんだわけ。もちろん、もうあなたにもわかっていると思うけれど、もっと洗練された罠もたくさんあるわ」

「それで、これからどうなるんです？」

「いい質問ね。わたし個人は、あなたがスパイだとは思ってないわ。でも残念なことに、スパイ対策チームはわたしの意見なんか気にもとめないでしょうね。もし彼らがあなたをスパイ行為の罪でＦＢＩに引き渡したら、とても深刻な事態になるわよ」

ぼくは愕然とした。「刑務所に入れられるってことですか？」

「わたしが助ければ話は別よ。それどころかわたしが助ければ、あなたは手に入れてからたったの数時間で失いかけた仕事につくこともできるわ」

安堵と驚きが同時にぼくの胸に広がっていく。「なぜぼくをかばってくれるんですか？」

彼女が口元を引き締めた。「ショーネシーからあなたがプレイフェア暗号を独力で解読したと聞いたわ」

「このデジタルの世の中では、大事なスキルだとも思えませんけど」

「たしかにそうね。いまはどこの国の言葉であろうと、コンピューターがすぐに解読できてしまうもの。コンピューターは、与えられたデータを効率的に片っ端から試していくことで暗号を解読する。でも、あなたは違う。創意工夫と数学的な直感で暗号を解いたわ。そうした能力は貴重よ」

ぼくの方法など、ほとんど当てずっぽうにすぎなかったのだが、いまここでそれを告白するのはまずいだろう。

「ありがとうございます……その……」目の前の女性をどう呼んだらいいのかわからず、言いよどむ。

「メロディよ。どうしても気が引けるというなら、ミス・ムニズと呼んでちょうだい」

「わかりました……メロディ」たしかに気が引ける。まず彼女はメロディという名に見えなかった。それに、たぶんぼくの三倍は年上で、話しているとこちらが子どもにすぎないと思い知らされてしまうほど確固としたプロ意識の持ち主だ。「感謝します。あなたの下で働けることをとてもうれしく思います。ただ、ひとつだけ条件が……」

メロディは、まるで狂人を見る目でぼくを見た。「わたしの力で刑務所に入る代わりに仕事をあげると言っているのよ。それを条件があるですって?」

「はい……ひとつだけ」

「いいわ。言ってごらんなさい」

「ショーネシー・ブレナンと一緒に働きたくないんです」メロディが信じられないという顔をしたが、ぼくは言葉を続けた。「彼女はぼくを嫌っています。仕事ができると思っていないし、信用もしていない。車に乗せてくれたり、ぼくの苦境をあなたに伝えてくれたりしたのはとても感謝しています。でも、だからこそ彼女を不愉快な気分にさせたくありません」

メロディが目をすっと細くし、怒りの表情を浮かべた。「その条件は飲めないわね」彼女は言った。「ショーネシーはわたしのチームの一員よ。あなたもおなじチームに入るの。そんなことも割りきれない素人に用はないわ。あなたがこちらの提案を受け入れられないなら、わたしはこの場であなたをスパイ対策チームに引き渡すだけよ。誓ってもいいけれど、向こうは大喜びであなたを引きとるでしょうね。あなたがショーネシーを嫌いでもどうでもいいし、敬意をもって彼女に接し、自分の仕事に集中すればなんの問題もないわ」

「いや、ぼくは彼女が好きですよ。だから――」

メロディが手を振った。「もういいわ。大きな間違いかもしれないけれど、今回の件はなかったことにしてあげる。絶対にわたしを後悔させるんじゃないわよ」


頭がどうかしていると思ってくれて構わない。建物から出されたぼくは落ち込んでいたが、それ以上に心が躍っていた。もちろん逮捕されなかったのもうれしい。だが、NSAで働くという思いがあまりにも強く、その思いが実現するのを目前にしてもう待ちきれなかったのだ。メロディには明日、またFANXに来るようにと言われた。明日は身元に関する宣誓書や、合衆国政府にプライバシーの権利を譲渡する書類、機密情報遺漏の際は告訴されることに同意する文書など、さまざまな書類にサインをすることになる。それがすめばあとは写真を撮り、身分証が支給されるのを待つだけだ。いよいよ自分の身分証がもらえる！　そう考えただけでぼくの気分は高ぶり、許可さえもらえればそのままロビーで夜を明かしたいくらいの心境だった。

何分か歩きまわり、駐車場にある母の車を見つけた。駐車した場所を覚えておくのは昔から苦手で、いまも自分の日産車を探しているのではないと気づくのに数分かかったほどだ。運転席に乗りこんでエンジンをかけ――かかったときには胸をなでおろした――、車を出して出口へと向かう。

ぼくは、施設を出る際にどんな手続きがあるのかをまったく把握していない。また車のチェックをされるのかどうかもわからなかったので、ゆっくりとゲートに向かっていった。詰めている警備兵らは反対――入口のほう――を向いていて、こちらを呼びとめる気配もないので、そのまま車を進めていく。あと少しで道に出るというところまで来て、ぼくは自分の首に訪問者用の許可証がぶらさがったままなのに気がついた。

激しい動揺がこみあげてくる。訓練中に行われたあの程度のハッキングでとんでもなく大げさな反応を見せた連中だ。建物に入るための許可証を盗んだとなったら、いったいどれだけの大騒ぎになってしまうのだろう。あわててバックミラーに目をやると、ゲートを通過したときには見逃していた、〝訪問者用の許可証はこちらへ〟と書かれた箱が映っていた。手遅れでないのを祈りつつ、ぼくはギアをバックに入れて車を箱に近づけていった。

すると、警備兵がこちらに向かって怒鳴る声が聞こえて、その直後にうしろのタイヤが道路に設置された逆走防止装置の金属の棘に突き刺さった。

タイヤが銃声のような音を発して破裂する。とり乱してアクセルから足を離せずにいると、タイヤに刺さった棘が金属部に達し、あたりに金属がこすれる甲高い音が響きわたった。警備兵たちがゲートの詰所から駆けだしてきて、声を限りに叫びながら自動小銃の銃口をこちらに向ける。ぼくの全身をアドレナリンが駆けめぐっていたが、あまりの恐怖に指一本動かすこともできなかった。

やがて、状況に圧倒されていたぼくの意識が兵士たちの声を理解しはじめた。「エンジンを切って車から出ろ！　両手が見えるように出てこい！」

震える手でキーをまわし、エンジンを切ってゆっくりと車からおりる。銃をおろした警備兵のひとりがぼくの体を車に押しつけ、両腕を背後で押さえたまま所持品の確認を始めた。

「許可証を返そうとしただけです」どうにかそれだけは言うことができたが、警備兵たちは誰ひとりとして返事をしてくれない。

後方では、家族の待つ家に帰ろうとするＮＳＡ局員の車が列をつくりはじめている。ぼくの車の三台うしろにいた青いセダンのドアが開き、中からメロディ・ムニズが姿を現した。こちらをはっきり確認できる位置まで歩いてきた彼女の目を見つめ、ぼくはおびえきった情けない笑みを浮かべた。メロディはあきれ返って頭を左右に振り、誰にともなく言った。「なんなのよ。嘘でしょう?」

【注1】特定の標的を狙うマルウェアの一種

8

ぼくが前に機密情報の取り扱い資格を取得したのは比較的最近のことだ。にもかかわらず、再取得には思ったよりも時間を要するらしい。ＮＳＡの身分証が支給されるまでに数週間かかるということで、ぼくはそのあいだに嘘発見器にかけられ、セキュリティ関連書類の情報の更新と確認をし、麻薬検査を受けたほか、外国籍の人物とのすべての関わりをリストにまとめて提出するといった雑事に追われることになった。ちなみに嘘発見器については、二〇一三年にエドワード・スノーデンがマスコミに大量の機密書類を公開したあと、すべてのスタッフが三カ月に一度受けるよう義務づけられている。

身分証を待つあいだ、ぼくはたびたび病院を訪れてポールを見舞った。多いときには一日に何度か行ったこともある。兄は医師の予想を上まわる回復ぶりを見せてみるみるうちに元気になり、まず点滴がとり外され、ついには退院許可がおりた。退院の日、兄を迎えに行ったぼくと母は、手続きの前に看護師の女性に声をかけられ、スルファジメトキシンの処方に関する指示を受けた。以前、ドクター・チューから聞いたのとよく似た話だ。

「絶対に服用をさぼらせてはいけませんよ」看護師が淡々と説明した。「もし本人が忘れていたら、気づきしだい飲ませてください。いまは症状が沈静化していますし、体調はこれからもっとよくなっていくはずです。でも、再発はじゅうぶん考えられますからね。もし再発したら、今度は菌が薬への耐性を得て、ずっとひどい症状に見舞われますよ。それから、本人に具合がよくなったという自覚があっても、一週間はベッドで安静にさせてください。あと、水分を多くとらせるのを忘れずに。菌に勝つために体がたくさんのエネルギーを必要としますから、そのつもりでいてくださいね」母に向き直り、さらに説明を続ける。「熱が三十九度を超えたとき、あるいは肌に発疹、しみ、変色といった異常が出るか、呼吸困難や体の痛みといった症状が現れたときは、すぐに医師の診察を受けさせてください」

ぼくたちがすべての指示に従うと約束すると、看護師はポールをロビーまで乗せる車椅子を用意してくれた。手続きを終えてポールを車椅子に乗せ、病室を出る。ロビーに着いて立ちあがった兄の顔色は悪く、咳もまだおさまっていなかったが、ぼくの目にはその姿が見慣れたいつもどおりの姿に見えた。あとは家に帰るだけだ。そこからはポールも自力で歩き、ぼくたち三人は車に乗りこんだ。

次の週はなかなかに大変で、ポールは日々強さをとり戻し、健康になっていった一方で、気難しく、そして怒りっぽくなっていった。大事件の生存者が感じるという罪悪感のようなものが原因なのは、ぼくにもわかっている。例の襲撃事件に巻きこまれた旅行者たちのうち、生き残ったのは兄だけだ。ひとりだけ生き残ったのを過ちだと思いこみ、苦しんでいるのだろう。超自然的な力が働き、自分だけが崇高な使命のために生かされたのかもしれない――そんな思いも重圧になっているはずだ。さらに、亡くなった人たちの分、とりわけ一度救ったのに死んでしまったメイシーの分も生きなくてはならないという義務感も、兄の人生に重くのしかかっているに違いなかった。

少なくとも、ぼくはポールを見てそういう印象を受けていた。肝心の兄は事件についてはあまり口にせず、ぼくがその話題を持ちだすたびに話をそらしてしまう。セラピストにかかったほうがいいと忠告したときも、まったくとり合ってもらえなかった。「悲しんでいるだけだよ。いずれそんな感情も消えていくんだろうが、いまはただ悲しいんだ。少しばかり悲しみに浸るくらい、許されるだろう?」当人からそんなふうに言われては、こちらとしても忠告をとりさげるほかはない。

とはいえ体が回復するにつれ、ポールはより活発になっていった。昼間からじっと座ってテレビを見ている生活にうんざりしたというのもあるだろう。頭も冴えてきて、ぼくとチェス――いつも兄が勝った――や、スクラブル――こちらはいつもぼくの勝ちだ――をするようになった。

ある晩、ぼくはポールに呼ばれ、ブラジルの新聞〈フォルハ・デ・サンパウロ〉のネット記事を見せられた。ポルトガル語の文章にざっと目を通し、詳細を気にせずだいたいの意味をくみとっていく。ブラジルのパラ州とアマゾナス州で真菌の肺感染が劇的に増加し、大勢の死者が出ているという内容だ。「これがどういう意味かわかるか?」読み終えたぼくに向かって、ポールは尋ねた。

「何か深い意味があるのかい?」

「菌がそこらじゅう飛びかって感染症が大流行しているのなら、メイシーの死はぼくのせいじゃないかもしれないことになる」

ぼくは険しい表情で兄を見た。「そもそも、メイシーの件は兄さんのせいじゃないよ」

「ジャングルを案内したのも、キノコに接近させたのもぼくだ。ジャングルについても菌についても知っているはずなのに、むざむざ彼女を感染させてしまったんだぞ」

反論したいところだが、この話題は深く追求しないほうがいいような気もする。「兄さんの言うとおりだ」ぼくは、ポールの言葉をそのまま受け入れることにした。「ただ、兄さんと会わなくとも、彼女は感染していたかもしれない」

「本当にいい子だったんだ。メイシーが生きていて、住んでいる場所が遠く離れていなかったとしても、ぼくたちのあいだには何も起こらなかったと思う。それでも、やっぱりつらいよ。彼女が死ぬいわれはなかった」

その点については、ぼくも反論できない。「まったくだ。メイシーが亡くなったのは、残念でならない。それでも、ぼくは兄さんが生きていてくれて、うれしいと思っているよ」

そして、ついに身分証が支給された。ぼくにとっては、長年の夢が叶うこのうえなく重大な日だ。それなのに、その日は拍子抜けするほどあっさりとやってきて、月曜日の朝から新しい職場へ出勤するよう指示されただけだった。

ＦＡＮＸも大きな施設だが、フォート・ミードにはとうていかなわない。フォート・ミードにあるＮＳＡ本部はひとつの町ほどの大きさがあり、銀行や郵便局、映画館や病院などがすべてそろっている。数千人の人々がそこで生活しているうえ、さらに数千人が外から出勤してくるのだ。それだけの人々が自分とおなじ仕事をしているという事実をもってしても、やっと手にした身分証を首からさげ、車をボルティモア・ワシントン・パークウェイからサヴェージ・ロードへと進めるぼくの興奮をなだめることはできなかった。

巨大な黒いガラス張りの本部ビルは遠くからでもよく見えるのだが、どこからがその敷地なのかは一見しただけではよくわからない。車を走らせていくと、やがて道路の両側に警備塔が現れ、それぞれの塔の向こうには上部に有刺鉄線をとりつけた高さ三メートルほどの金属のフェンスが設置されていた。これが外部との境界線というわけだ。フェンスのあいだにあるゲートには、ぼくが見たこともない大きな銃を持った迷彩服の兵士たちが立っていて、軍用犬もパトロールにあたっていた。

検問が行われるゲートで車をとめ、顔写真と名前が印刷された身分証を提示する。実は週末のあいだ、ぼくは身分証を眺めたり、首からさげて鏡に映る自分の姿をうっとりと見つめたりしてほとんどの時間を過ごしていた。兵士が受けとった身分証の写真とぼくの顔をじっと見比べ、本人かどうかを確認する。身分証を返してもらう際には、秘密工作員らしい深刻な表情をつくってそれらしくうなずいてみせたが、相手の兵士はまるで気にする様子もなく、ぼくを無視してすでに次の車に視線を向けていた。

数週間前に起きたFANXのゲートでの誤解は、幸いなことにそれほどの困難もなく解くことができた。どうやら出口で車をバックさせた愚か者は、ぼくが初めてではなかったらしい。もっとも、逆走防止装置の棘が完全にタイヤに刺さって車が動かなくなったのは初めてだったようで、ぼくの車は徹底的に調べられたあと、兵士たちの手で――棘から外すのに、八人がかりで後部を持ちあげなくてはならなかった――道路脇まで押しだされた。それからは前にエンジンがかからなくなったときとおなじだ。前回来てもらった牽引車のドライバーにまた電話をし、ふたたびNSAから車を運びだしてもらった。

新しい身分証のおかげでK9部隊の軍用犬による車の確認は省略され、ぼくは右折していくつかある大きな駐車場ビルのひとつに車を入れた。今日乗ってきたのは、タイヤを付け替えた母の車だ。母とは最初の給料でタイヤ代を弁償し、それからできるだけ早く自分の車を買うという約束を交わしている。

新鮮な空気をたっぷりと吸い、目に見えるものすべてに感心しながら、新しい職場へと向かう。高いフェンス、あらゆる車両の侵入を防ぐためのコンクリートの柱、武装した兵士たちが監視任務につく塔に設置されたアンテナの輝き――そうしたすべてが、自分が特別な存在で、合衆国政府の秘密を任せるに足る人間なのだと思わせてくれる。ぼくはいまさに、選りすぐりの人間しか入れない、聖域中の聖域に足を踏み入れようとしていた。

目に入るものすべてを肯定的に受けとめる気分になっていなかったら、メロディ・ムニズが率いるチームの職場に失望していたかもしれない。ぼくが頭に思い描いていたのは、世界情勢を映す巨大なモニターがいくつも壁に埋めこまれている、先端技術の粋を集めた職場だった。ヒューストンのミッション・コントロール・センターをより未来的にした、秘密基地のような場所だ。ところが、現実にメロディのチームが働いているのは、五十年前からあるような、室内を濃いオレンジ色の仕切りで区切っただけのなんの変哲もないオフィスだった。アメリカの古いIT企業、それも株価がさがりつづけている落ちぶれた会社にありそうな部屋で、室内では飛行機のエンジン音に似た、低い振動音がずっと鳴りつづけている。

地下にあるその部屋は、仕切りによってそれぞれデスクが四台集められた三つの正方形の空間と小さなキッチンスペース、そしてメロディのオフィスに分けられていた。メンバーはメロディを含めて十二人おり、ぼくは十三人目だ。それほど迷信深いほうではないが、縁起の悪い数字ではある。

メロディがぼくを案内し、チームのメンバーに紹介してまわった。ほとんどのメンバーは若く、新人に対しても友好的に接してくれる。だが、名前を覚えるのが苦手なぼくは、聞いたそばから新しい同僚たちの名前を忘れていった。

十二人のうち七人と、思っていたよりも女性の割合が高い職場だ。あとで知ったところによると、これはNSA平均の比率よりもかなり高いらしい。メロディに女性の多さを指摘すると、彼女は肩をすくめて答えた。「女性は体面を気にしないからよ。このチームのメンバーである以上、個人的な野心はいらないし、自分を実際より大きく見せる必要もない。そういう気配を感じる人は採用しないから、自然にこうなったわけ。あなたは普通の男性よね。つまり……」

「気をつけます」ぼくはややこしいことを言われる前に約束した。

「あなたにはここで働いてもらうわ」正方形の空間のひとつで、メロディがぼくに告げる。ほかの三つのデスクには、後頭部の髪が白くなりはじめている年かさの白人男性と、ほっそりとした顔に巨大な眼鏡をかけたアジア系の女性、そしてショーネシー・ブレナンがついていた。

「冗談じゃないわ」紹介もそこそこに、ショーネシーがすぐに反応する。

だが、メロディは彼女を完全に無視し、ぼくへの説明を続けた。「あなたのデスクはここよ」示されたデスクにはコンピューターがなく、かたわらに置いてある回転椅子はすっかりへたっていて、肘掛けも壊れている。

「ここで働かせるということは、彼の保証人になったんですか？　あんな真似をしてつかまったのに？」ショーネシーがメロディに尋ねた。

「アカウントにハッキングするよう命令されたんだ」ぼくはショーネシーに言った。この説明なら、もう二十回はしている。「ぼくはただ従っただけだよ」

「あなたたちの好き嫌いはどうでもいいわ。彼はもうこのチームの一員よ」メロディが議論するつもりはないという意思をはっきりと示し、それからぼくに向き直った。「コンピューターともう少しましな椅子はこっちで用意するわ。備品の請求はかなり時間がかかるから、そのつもりでいてちょうだい。あなた個人のアカウントも必要ね」

「心配いりませんよ。また他人のアカウントに入りこめばいいんだから」ショーネシーがすかさず皮肉を放つ。「そもそも、コンピューターだって必要ないですよ。紙と鉛筆を渡しておけば、あとは勝手にやるでしょうから」

「ちょっと一緒に来てちょうだい。できる準備はしておきましょう」メロディはまたしてもショーネシーを無視し、ぼくに声をかけた。

メロディのあとに続いて彼女のオフィスに入る。中にはいろいろな物が置いてあり、そのうちのほとんどは一風変わったものだった。二進数で時刻を表すバイナリー時計や、半分ほどやりかけのチェス盤、クトゥルフ【注1】のぬいぐるみなどだ。掲示板には、『スター・ウォーズ』に登場するチューバッカのコスプレをした小さな女の子――たぶん彼女の孫だろう――の写真と、〝ただほど高いものはない〟と手書きで書かれた紙が貼ってある。

メロディが玉座に腰かけるような優雅な動きで回転椅子に座り、改まった口調でぼくに告げた。「わたしのチームにようこそ」

ぼくはメロディの向かいに置かれた椅子に座った。「ありがとうございます。ここはどんなチームなんですか？」

「はぐれ者の寄せ集めよ」冗談めいた言葉だが、メロディは笑っていない。「誰にもできない仕事をする、と言いたいところだけど、実際には誰もやりたがらない仕事をしている、と言ったほうが正しいわね」

ぼくは返事をせずにオフィスの中を見まわし、チェス盤に目をとめた。一見したところ白が優勢に見えるが、ポーンの配置が滅茶苦茶だ。ぼくなら黒の勝ちに賭ける。

「最近の通信は大多数が公開鍵方式で暗号化されているわ」メロディが言った。「要するに、残念ながら解読は不可能ということね」

例の低い振動音が聞こえてくる中、口をつぐんで続きを待つ。だが、いくら待ってもメロディが続きを話すそぶりを見せないので、ぼくはしかたなしに尋ねた。「世間ではそう思われている、という話ですよね？」

「違うわ」メロディが答える。「ＲＳＡ暗号【注２】は、正しく暗号化されれば解読不能よ。わたしたちのコンピューターの計算能力は世界一だけれど、それでも手の打ちようはないわ」

「でも、ここはＮＳＡですよ？」ぼくはいくらかむきになって応じた。

メロディがため息をつく。「どうやら、あなたの幻想を一から正す必要があるわね。数学に強いんでしょう？　数字について初歩から教えないとだめなのかしら？」

「でも……ＮＳＡなら……」

「二千四十八ビット【注３】の暗号を考えてみて。あなたの携帯電話なら千分の何秒かでつくれる暗号よ。鍵である可能性のある番号の組み合わせはいくつあると思う？」

「二の二千四十八乗です」ぼくは即答した。

「つまり、片っ端から組み合わせを試して鍵を見つけようと思ったら、二の二千四十八乗通りか、平均してもその半分を試さないとだめなの」

「でも、片っ端から試す必要なんてないでしょう」反論を試みる。「答えを絞るのに、少なくともアトキンのふるい【注４】くらいは使いますよね？　ＮＳＡならもっといい方法を使っているはずだ」

「ええ、使っているわ」メロディが口元にわずかな笑みを浮かべて答えた。「でも、もう少しだけ付き合いなさい。もし、わたしが一秒間に十億通りを試せる一ドルのコンピューターを持っていたとするわ。そんなのは技術的にあり得ない話だけど、ここではあると仮定しましょう。たとえば百万年かけて鍵をあてるとして、コンピューターは何台必要になる?」

「片っ端から試す方法でですか?」頭の中で計算する。「十億はだいたい二の三十乗です。一年は二の二十五乗かそこらで、百万年は二の四十五乗だから……全部で二の千九百七十三乗台ですね」

「素数をふるいにかけることで選択肢をどのくらい減らせるかしら?」

「素数以外の数字はすべて試さなくてすみます」ぼくは答えた。「おおざっぱに言って、ひと桁につき素数が出る可能性は二、三回だから、この規模の数字だと、千か二千につき、素数が一回出てくるといったところですかね?」

「つまり、必要になるコンピューターは何台になる?」

「二の千九百六十九乗台」ぼくは答えた。「くらいかな」

「NSAに二の千九百六十九乗台のコンピューターがあると思う?」

ぼくのNSAに対する信仰がしぼんでいく。そんな信仰を抱いていた自分が少しばかり愚かしく思えてきた。「いいえ」

「それを買うための二の千九百六十九乗ドルがあると?」

ため息がぼくの口をついて出た。「もうわかりました。ただ、何か別の方法があるんじゃないかと思っていたんです。てっきりもう誰かが新しい解読法を発明しているものだとばかり……」

メロディが明るい笑みを浮かべた。「気を落とすことはないわ。わたしは、正しく暗号化されたメッセージは解読不能だと言ったのよ。いまでもSSL【注5】を使ったHTTP通信は全体の十パーセント以下だし、その中だって大多数は、鍵交換用のソフトウェアにハードコードされた素数を使っている。暗号化をするソフトウエアにはバグがある可能性もあるし、そのバグを知っているか、見つけるかしたら、そこを突破口にどうにか解読できるのよ。それに、メッセージが正しく暗号化されて送られたところで、次は受ける側がもとの形に変換しないといけない。受信するコンピューターシステムが攻撃に対して脆弱なら、そこを突いてメッセージを入手できる可能性だってあるわ」

「それじゃ……そこを突いていくのがこのチームということですか？」

「いいえ。そのための人材なら、NSAにはすでに大勢のハッカーがいるし、アルゴリズムの専門家や数学者も抱えているわ。世に出ているあらゆるOSやソフトウエアの専門家もいれば、不規則でないことを特定する方法を開発するチームや、一兆もの鍵にとり組む時間をひと桁かふた桁減らす方法を探すチームもいる」

「でも、ぼくたちの仕事はそれとは違う」

「ええ、そんな平凡な仕事ではないわ。わたしたちがとり組むのは、公開鍵方式で暗号化されていないメッセージよ。通信全体からすれば、ごく一部ね。公開鍵方式以外だと、普通は昔ながらの使い古された暗号方式が使われているから、片腕を背後で縛られた状態で格安コンピューターを使っても解読できるわ。でも、たまにそれともまた異なる方式が使われていて、まったく読めない場合があるの。正直に言うと、こうしたメッセージはほとんど解読できないわ。それに挑むのがわたしたちのチームというわけ」

ぼくは自然と顔がほころぶのをこらえきれなかった。「ぼくにぴったりの仕事みたいですね」

「魅力的じゃないし、必ずしも価値がある仕事とは言えないわ。わたしだって予算を引っ張ってくるために、いつも戦っていなくてはならないのよ。わたしたちが四苦八苦しているメッセージの多くは、なんの意味もないものなの。暗号化が間違っていたり、環境や質の悪いハードのせいで文字化けしたりして雑多な記号になったというのがだいたいのところね。でも、ごくまれにほかの誰も解けなかったものが解けることがあるわ」

「それに価値がないんですか?」ぼくはきいた。

メロディが大きなため息をつき、首のうしろをさする。「わかってちょうだい。NSAが傍受するメッセージのほとんどは、情報としての価値がないものなの。質より量で傍受して、あとはわらの中で針を探す作業が待っているというわけ。つまり、どれだけ苦労してメッセージを解いたところで、何か重要なものである可能性と、誰かの食料品リストだったりする可能性はよくて五分五分といったところなのよ」

彼女はぼくの期待値をさげようとしているのだろうが、まるで効果はなかった。ずっとこの仕事をするのを夢見てきたのだから、メロディの言葉くらいでぼくの興奮がおさまるはずもない。ここからは全身全霊をかけて合衆国の敵と戦い、そして勝利するだけだ。部屋がみすぼらしかろうが、ショーネシーが認めなかろうがどうでもいい。NSAのために働く。ぼくにとってはそれがすべてだった。

「改めてあなたを歓迎するわ」メロディの言葉が続いた。「椅子の件は悪かったわね。できるだけ早く交換させて、コンピューターとアカウントも用意するわ」

「この音はどこから？」話題はそれるが、ぼくはずっと気になっていたことをきいてみた。

メロディの顔に困惑した表情が浮かぶ。「音って？」

「ずっと聞こえている低い音です。風洞の中にいるみたいだ」

「ああ」ぼくの言葉を聞き、彼女は納得した表情でうなずいた。「慣れてしまったせいで気にならなくなっていたわ。来なさい。見せてあげる」

ぼくたちは仕切りのあいだを通り、部屋の奥にある大きな木製のドアへと向かった。ドアにはキーパッドが設置されている。メロディがセンサーに身分証をかざすと、点灯している光が電子音とともに赤からオレンジ色に変わり、続けてパッドに数字を打ちこむと、さらに緑色に変わった。電磁ロックの施錠システムが解除され、がちゃりという派手な音が響く。ドアが開くと、耳に入ってくる低い音がいっそう大きくなった。

メロディのあとに続き、洞窟を思わせる広大な空間に入っていく。この空間がそのままホワイトハウスにまでつながっているとしたらこれ以上ないほどの驚きだが、実際はどうなのだろう？　天井までは六メートルほどもあり、ぼくたちはその天井に近い高い位置に立っていた。前方には床まで続く長い階段があり、フロアにはサーバーを設置したラックがずらりと列をなし、見わたす限り続いていた。おそらくラックの数は数千にも及ぶだろう。これだけのサーバーが発する熱はかなりのもののはずだが、室温は体が震えるほど低かった。

「サーバールームよ」メロディが説明する。「面積にして全部で約九千三百平方メートルあるの。念のために言っておくと、これでも正しく暗号化された百二十八ビットのRSA暗号ひとつを解読するにはまるで足りないわ。でも、じゅうぶんな量の情報を収集できるし、幅広い対象にかなりの攻撃を仕掛けることだってできる」

ラックのあいだに人が数人いるだけで、巨大な部屋はがらんとしていた。室内を自転車で走っている者もいるが、これだけの広さならそれも当然に思える。背後の壁が必要以上に厚く、ドアの両側の壁面に溝がうがたれているのに気づき、ぼくはメロディに理由を尋ねた。

「ドアの上の壁に鉄格子が仕込んであるのよ。建物が攻撃されると、鉄格子が落ちる仕組みになっているわ。ここだけでなく、ほかの出入口もね。ドアをふさいで、侵入者が簡単に部屋に入れないようにするの」

「中の人も出られませんね」

「まあそうね。でも、この建物に敵が侵入してくるような異常事態なら、この中にいるのがいちばん安全かもしれないわ」

ぼくはもうひとつ、階段の下にある〝緊急〟と表示された異様に大きな黄色いロッカーについても尋ねてみた。「あの中には何が入っているんですか？　自動小銃とか？」

「どうかしらね」メロディが答える。「NSAの官僚がすることだから、中に何を入れるか決めるのにたぶん三カ月は会議を繰り返したはずよ。賭けてもいいわ。いざ緊急事態になって開けてみたら、考えつく限りのものは全部入っているけどいちばん必要なものだけがないってね」

そのやりとりを最後に、ぼくたちは地下室に戻っていった。メロディがドアを閉めるのと同時に、ロックがかかる大きな音が響く。「わたしは、今日の午後の飛行機でドイツへ向かわないといけないの。最優先であなたのコンピューターとアカウントを用意させるから、それまでにチームのメンバーに仕事の進め方を教わっておきなさい」

その言葉を聞いたとたん、ぼくの顔に浮かんでいた笑みが吹き飛んだ。「ちょっと待ってください。ドイツですって？　いつまで？」

「一週間、留守にするわ。心配しなくても大丈夫、あなたはあなたで組織とセキュリティの手続きに慣れるまでの時間も必要でしょうし、受けなくてはいけない講義もある。一週間なんてあっという間よ。ただ、ひとつだけお願いがあるの」

「なんですか?」

「もう警備ともめごとは起こさないで。さすがに三回目ともなると、わたしもかばいきれないわ」

「気をつけます」ぼくは答えた。

メロディがぼくの目を見据えて告げる。「気をつけるだけですむよう祈っているわ。戻ってきたとき、あなたにここにいてほしいから」

【注1】クトゥルフ神話にある架空の神性
【注2】公開鍵方式のひとつ
【注3】ビットとは二進数表示のひと桁を指す最小単位で、0と1で表現する。通常八ビットが一バイトとされる
【注4】指定された整数以下の素数を発見するためのアルゴリズム
【注5】セキュア通信のための通信プロトコル

9

「何も話せないよ」ぼくはポールにきっぱりと告げた。「話せるわけがない。兄さんだってわかっているはずだ」

ぼくとポールはまたスクラブルをして遊んでいる。ただ、信じられない話だが、得点でリードしているのは、ぼくではなかった。兄が盤上にある駒を利用せず、自分の駒だけを使ってＺＵＧＺＷＡＮＧ《ツークツワンク》【注1】という奇跡に近い単語を――ふたつ目のＺにどのアルファベットでも自由に指定できる空白の駒を使って――つくる。しかも、ダブルワードのマスを使っているので、これで合計は九十五点だ。ぼくは宇宙を揺るがすほどの衝撃を受け、なんとしても点差を縮めてやろうと躍起になった。

「ぼくはおまえの兄だぞ」ぼくの動揺をよそに、ポールがこともなげに話を続ける。「誰にも言わないから話せよ」

「兄でも妻でも関係ないよ。父さんも母さんにだって仕事の話はしなかったじゃないか。ぼくもフォート・ミードでの仕事内容をもらすわけにはいかない」

「じゃあせめて、ＮＳＡがぼくたちしがない庶民の電話を盗聴しているかどうかだけでも教えてくれ」

ぼくはポールをじろりと見た。「誰も兄さんの電話なんかに興味はないよ。デスティニーだってそんなもの聞きたがらないだろうさ。もっとも、彼女の場合は兄さんから電話がかかってくるわけだから、いやでも聞かされるか」

アメリカに戻ってからひと月、ポールはうまくやっていた。実際のところ、うまくやっているなどという控えめなものではない。活力をみなぎらせて人生を全力で楽しみ、地元のチェスクラブで出会ったデスティニーという女性とデートまでしはじめたのだから、まさに絶好調だった。あの出来事から回復するにはかなりの時間がかかるだろうというぼくの予想を見事に裏切り、最悪の経験から人生に感謝することを学んだようだ。思い悩むよりはよほど健全な反応だろうし、兄が順調に立ち直っていると思うと、ぼくもうれしい気分になれた。

ぼくは、ポールのZを使ってBLITZ《ブリッツ》【注2】という単語をつくり、三十二点を返した。これで点差は十点以内だ。ほくそえんだのも束の間、兄がぼくのBを使ってBABIRUSA《バビルサ》【注3】という単語をつくり、ぼくの顔に浮かんでいた不敵な笑みを消し飛ばした。

「今日はいったいどうしたんだ?」たまらず声をあげる。「ぼくが知らないうちに辞書の暗記でもしたのかい?」

兄が両手を上げ、大げさに肩をすくめた。「おまえの調子が悪いんじゃないのか?　きっとNSAに脳をかき乱されているんだ」

「NSAに入ったのは人生最高の出来事だよ」ぼくは事実を告げるというより、信仰を宣言するような勢いで主張した。もっとも、NSAでの現実といえば、まだ自分が職場で何をしているのかもよくわからないうえ、カフェテリアから地下室に戻るのも二回に一回は道に迷ってしまうのが実情だ。

「もうひとつくらいは暗号を解いたのか？」

まだだ。だが、そう白状するのも癪《しゃく》に障る。「機密だよ」

「なら、せめて局員にいい女がいるかどうかだけ、教えてくれ」

「とびきりのがいるさ。宇宙で拾ってきた異星人の暗黒エネルギー発生機を使って、地下にある研究所で育成しているんだ。途中で爆発せずに生き残ったのが、敵を誘惑して秘密を探りだすスパイとして使われているよ」

「そういうのはCIAの仕事かと思っていたよ」ポールが茶化すように言った。

「みんなそう誤解しているのさ。CIAは電極とはんだごてを使う、昔ながらのやり方が好きなんだ。異星人の先端技術には興味がない」

ポールがいきなり顔をしかめ、こめかみを手で押さえる。

「どうした？」

「頭痛だよ。花粉症が始まったかな」

「横になったらどうだ？」以前なら頭痛くらいで兄の心配などしなかった。だが、空港で倒れたのを見てからというもの、ぼくはすぐに最悪の事態を想定するようになってしまっている。

「このゲームをなかったことにしようとしても、その手には乗らないぞ」ポールはふたつのトリプルワードのマスを使ってＱＵＩＳＬＩＮＧ《クイズリング》【注4】という単語を並べ、ぼくにとどめを刺した。

翌日、またしてもスクラブルで屈辱的な敗北を喫したぼくは、むきになってポールが得意とするチェスで勝負を挑んだ。だが、兄は見事な駒さばきでぼくに反撃の機会すらほとんど与えなかった。ほぼ完全に盤上を支配される展開の中、ぼくの駒はいいように蹴散らされ、やがて意表をつかれてクイーンとキングにスキュア【注5】を決められた。ぼくの惨敗だ。結局、ぼくの無謀な挑戦は失敗に終わり、スクラブルよりもさらにみじめな結末に終わった。

ポールの絶好調ぶりは仕事にも及んでいて、アマゾンでの調査で採取したサンプルをすべて失ったにもかかわらず、研究は大きな前進を遂げているようだ。ぼくにはほとんど理解不能だったが、特に多遺伝子座の遺伝子型判定とクローン系統に関する話は尽きないらしく、兄は夢中で語りつづけた。

一方、ぼくの仕事はといえばひどいもので、まるで自分が人類史上最高の間抜けになったかのような気分を日々味わわされている。NSA内で交わされる言葉ときたら、普通の英単語よりも略語のほうが多いのではないかと思うほどで、計画や人物、国、技術、部門など、すべてにおいて略語尽くしでさっぱり理解できなかった。まるで辞書なしで英語の派生語を勉強している心境だ。説明を求めても、返ってくる説明がもとの意味不明な言葉とおなじくらい理解できないのだから話にならない。どのみち部外者には理解不能なのだから、NSA内の通信など暗号化する必要もないような気さえした。

ぼくは勤務時間のほとんどを、一緒に働く三人のうちのひとりであるアンドリュー・シェンクとともに行動していた。数学者のアンドリューはスペイン語が堪能なため、チーム内では南米の解読不能なメッセージの専門家とされている。

彼によると、最近ではコロンビアからのメッセージが急増していた。その大半がコロンビアの二大ゲリラ組織、コロンビア革命軍《FARC》と民族解放軍《ELN》のメンバーのあいだで交わされていることや、似たような署名がつけられていることなどは判明しているが、いまのところ解読には成功していないという。このふたつの組織は歴史的に見て、どちらも政府と対立してきたという点では共通しているが、互いに対しても敵対的だったはずだ。ところが、最近ではある種の協力関係にあるらしい。

アンドリューの話は、まるでコロンビアの政治に関する集中講義のようだった。ぼくも二大組織が存在し、現在にいたるまで数十年にわたって反政府活動やテロ行為を行ってきたのは知っている。だが、どちらもじゅうぶんに武装した数千人もの兵士を抱え、国土の一部を実質的に支配していると聞いたときには驚かざるを得なかった。ＦＡＲＣやＥＬＮの支配地域では、ゲリラたちがアマゾンのジャングルにある保護地域の中で伐採や採掘を含むあらゆる違法行為を行っていて、地元の企業から強制的に税金までとっているそうだ。それに対し、コロンビアの警察も軍も何もできない状態が続いていた。二大組織の活動を支える主な資金源は、アメリカやヨーロッパへの尽きることのないコカインの供給、つまり麻薬取引だ。

「なぜぼくたちが麻薬の心配を？」ぼくは尋ねた。「ＦＢＩの仕事では？」

アンドリューが哀れな愚か者を見る目でぼくを見た。出会ってからというもの、彼はぼくのあまりの無知ぶりに驚く表情をしょっちゅう浮かべているのだが、これがまた見事なまでにわかりやすい。「麻薬イコール金──」教師のような説明が始まった。「金イコール力なんだ。南米のパワーバランスを監視しようと思ったら、まず麻薬の流れを理解しなくてはならない。兵隊の動きや武器の流れよりも麻薬のほうが重要なのさ。ＦＢＩの仕事はこの国に入ってくる麻薬を減らすことで、それにわれわれが関わることは──少なくとも直接的には──ない。だが、麻薬がパワーバランスにどのような影響を及ぼすかという問題は、われわれの仕事の中核にあたる」

ぼくは懸命にこの話題をきちんと理解しているふりをしつづけ、ほとんど勢いまかせに踏みこんだ質問をした。「なぜコロンビア国内での両者のパワーバランスが重要なんです？　ひとりが暗殺されてもすぐ代わりが現れる。片方が不利になればもう一方が有利になる。それだけの話じゃないですか。ＦＡＲＣが何カ月かＥＬＮよりも優位に立ったところで、それがどうだと言うんです？　それが麻薬の流れに影響するならまだわかります。ですが、コロンビアの革命勢力がアメリカの主権をおびやかすわけでもないでしょう？」

ぼくはまたしても彼の仕事の邪魔をしている。だが、アンドリューはため息をつきながらも、椅子ごとこっちへ来るようにと手招きをしてくれた。彼には少しだけ父を思わせるところがある。もっとも、ふたりの外見はまったく似ておらず、父が痩せ型で背が高く、髪がふさふさしているのに対して、アンドリューは太っていて背が低く、髪はほとんど残っていなかった。おそらく、自分好みの話題について話すときの熱のこもり方が父と重なるのだろう。

「ではきくが、なぜＮＳＡは世界じゅうを監視しているんだと思う？」

あまりにも根本的な質問に、ぼくはたじろいでしまった。アンドリューがどんな答えを期待しているのかを考える。戦争の勝敗を決するのは情報だから？　それがＮＳＡの仕事だから？　「そうですね……アメリカの国益に対するいかなる脅威にも備えておく必要があるからだと思います。いざ戦うとなったときに、相手が何者かを知っておくためです」

話すうちに、国とおなじ理屈が麻薬王たちに対してもあてはまるのだということに気がついた。彼らを敵にして戦わねばならなくなったとき、味方の犠牲は可能な限り少ないに越したことはない。そのためには敵の意思と能力に関する詳細な情報が必要なのだ。

「それもある」アンドリューが指摘した。「だが、それだけじゃない。みんな深刻な脅威の正体を知っていると思いこんでいる。たとえばいまでいえば、イランやロシアや中国だ。しかしな、じゃあその脅威をとり除いてしまえばいいじゃないかという単純な話ではないんだよ。それどころか、何をどうしたところで脅威は絶対になくならない」

アンドリューは伸びをして、椅子の背に体を預けた。「アメリカが国外の状況に介入すれば、必ず変化が生まれるだろう？　その変化は複雑で、結末を予測するのは難しいんだ。ある地域のある国を弱体化させれば、別の国に力を与えることになる。独裁者をひとり排除すれば、ほかの勢力が支配権を握れるようになってしまう。ありとあらゆる変化が末端の細部にまで及ぶんだ。そんな中で可能な限り自分たちの望む形に近い結末を得ようとすれば、情報が必要になる。どう力が流れているのか、その力の源は何か、われわれが流れを変えたら力がどこに向かうのか、そうしたことに関する綿密で正確な情報が必要だ」

「じゃあ……コロンビアの革命勢力も？」

「当然、大きな構図の中に含まれているよ。直接われわれが戦うためだけに情報を集めているわけじゃない。ろくでもないふたつの組織がどう戦うかを追いかけて、国か軍を上まわる力をつけて地域の脅威にならないようにしないといけないんだ。そうなったらパワーバランスが揺らぎ、アメリカがバランス維持のために介入しなくてはならない可能性が高まる。それに、バランスを維持するにしても、どんな勢力があるのか、どれだけの力を持っていて、どこからその力を得たのかを知っておかないと話にならない」

「わかりました」ぼくは納得した。「それじゃ、まず何から手をつけたらいいですか?」

「なんでもいいけど、そうだな……適当にメッセージを選んで一日か二日、思いついた方法で解読を試みてくれ。あとで何を試みたかを報告してくれればいい。このチームは独創性がすべてだし、どのみちメッセージは全部ほかの連中があきらめたものだ。だから、きみが何をしようが害にはならないから安心しろ」

ぼくは紙に出力されて山積みになっている中から、適当にひとつのメッセージ群を選択した。選んだメッセージ群にあったのは二十四件で、三日のあいだにラ・ウリベにいるFARCのメンバーと、キブドにいるELNのメンバーが交わした電子メールだと思われる。いくつもの数学的な類似点が見られるのでおなじ方式で暗号化されているようだが、いまのところは確実なことは何もわからない。

メッセージはいちばん小さいもので一キロバイト以下、もっとも大きいもので二十キロバイト以上あった。テキストとしては妥当でも、画像やデータにしては小さすぎるデータ量だ。ぼくはアンドリューが教えてくれたコンピューターのツールを使い、文字、数字、記号が登場する頻度を表す度数分布表をつくり、統計的に異常な頻度で繰り返されるビットパターン【注6】を抽出して、メッセージの基本情報を集めていった。最初の面接でやったように、平文に登場する可能性のある単語を推測し、暗号文の中に合致するパターンがあるかどうかを探すツールもある。そのツールを試した結果出てきたのは、ふたつの組織の過去の通信で使用された中で、重要と思われる単語——英語、スペイン語、ポルトガル語にいくつかの地方言語の単語まで含まれている——の長大なリストだった。

これらはいずれも前に試みられた方法で、結果はすでにファイルの中にまとめられている。それでもツールに慣れ、メッセージ自体の感覚をつかむため、ぼくはもう一度試みた。いっそいちばん短いメッセージに集中したいという誘惑は強烈だ。それならたった一枚の紙におさまるし、あとはじっと眺めていられる。だが、多くのメッセージを相手にしたほうが、解読の手がかりになるパターンを発見できる可能性が高くなるのも事実だった。

その日、ぼくは、ほかのみんなが帰ってしまったあとも真夜中近くまで残り、仕事を続けた。解読の糸口はまるでつかめず、なんの進展もないまま時間が流れていく。ようやく帰ろうと決めた頃には目がかすみ、夕食を食べそこねたせいで胃袋が悲鳴をあげていた。メッセージのパターンが発見できなかったのではない。パターンはたくさん見つけられたのだ。ただし、ほとんどが偶然の産物か、あるいは確実性に欠けていてとても手がかりと呼べない代物だった。

家に戻ってベッドに入っても、ぼくの脳は際限のない記号の組み合わせについて考えつづけていた。何かを見つけたと思っても、追求していくと意味がないことが明らかになる。二度ばかりパズルが解けたと思って飛び起きたが、結局は勘違いだったと気づいただけに終わった。何時間もテトリスをプレーしていると、眠ってもまぶたの裏でブロックがくるくると回転しつづけることがある。ぼくの脳も、それとよく似た状態におちいっていた。

翌日、別のメッセージ群を引っ張りだそうかとも考えたが、それも無意味な気がした。新しいものにとり組んだとしても、最初のものよりも簡単に解読できるとは思えない。結局のところ、ここのメッセージはすべて解読不能なのだ。これまで誰も試したことのない方法を考えることこそ、解読への鍵になる。ぼくたちのチームで働く人員の半分はさまざまな種類のソフトウエアの専門家で、隣のサーバールームにあるサーバーを動員して途方もない量のデータを高速処理していた。その方法はぼくの得意分野ではないし、これからだってそれは変わらない。だとしたら、いまのぼくに必要なのは、すでにほかの人が試みたのとおなじことをするのではなく、他人とはまったく異なる独創的な思考をめぐらせることだった。

独創的とはつまり常識にとらわれず、これまで誰も考えつかなかったアプローチを導きだすということだ。そこで、ぼくはひとまず、現在の考察の基本となっている推測を書きだしてみた。

一　メッセージは、記述言語によるテキストで構成されている。
二　テキストは、コンピューターの標準的な記号セットで書かれている。
三　メッセージには意味がある。

最後の推測に関しては、解読前に確かめるすべはない。メッセージがノイズや劣悪なトランジスタ【注7】などによって生みだされた無意味なものなら、時間を無駄にしているというだけの話だ。また、最初の推測も基本中の基本であり、疑念を抱いてもしかたない。だが、ふたつ目の推測は興味深かった。メッセージの暗号化がこれに反して標準的でない符号化形式にもとづいているのなら、コンピューターで扱う情報量の単位であるバイトをそのままメッセージの構成要素と見なすのは間違いかもしれないということになるからだ。

ぼくは数時間、この考えを頭の中で検討してみた。コンピューターシステムを通じてつくられるメッセージは、当然ながら0と1のふたつの数字で構成されており、そのデータは、原則としてUTF‐8のような標準的な八ビットの符号化形式で文字や数字などに再変換される。想像力豊かな何者かが、たとえば五ビットや十一ビットの形式を使おうとしても不思議はないだろう。一般的ではなくとも、じゅうぶんにあり得ることだ。

しかし、ぼくは昼までにこの考えを捨てた。メッセージの中に、ＡＳＣＩＩ《アスキー》コードを使うと明確なパターンが見られる部分があったからだ。たとえば——

５５５６６７７７８８８９９００：：；；＝＞？＠ＢＣＤＣＢＡ？＞＝＜；

——といった具合に、アスキーの〝アルファベット〟が規則性を伴って並ぶ配列が見られる。ときに繰り返し、ときに記号が飛んでいることもあったが、つねに順番どおりか、あるいは順番を逆行して並ぶというパターンに変わりはなかった。このパターンが偶然だとは考えにくく、だとしたらこのメッセージは八ビットの符号化形式を用いている可能性が高い。ただし、そうなるとまた深刻な問題が発生した——果たしてこれがメッセージと呼べるものなのかという問題だ。アルファベットや数字を順番どおりに——あるいは順番を逆行させて——並べただけ、そんな内容の通信などあり得るだろうか？　ただのノイズである確率がかなり高くなるように思える。

　その日のぼくは、ふさわしい時間にきちんと食事をとるという目標を立てていた。目標達成のためにひとまず休憩をとることにし、カフェテリアへと向かう。ぼくの知らない数千もの人々が働いているだけに、ＮＳＡには巨大なカフェテリアがいくつか設置されていた。そのうちのひとつで列に並び、チキンサラダのラップサンドとレモネードを購入する。

トレーを手に座る場所を探していると、驚いたことに見覚えのある顔を見つけた。ぼくがハッキングでつかまった際に尋問を担当した、袖にUSCYBERCOMの記章をつけた陸軍大尉だ。スキャッグス大尉はひとりで食事中だった。

ぼくは彼の向かいにトレーを置き、椅子に腰をおろした。「大尉。ご一緒していいですか?」

スキャッグスがぼくを見て、驚いた表情を浮かべる。驚きの理由が相席を求められたからなのか、ぼくがNSAの身分証をつけているからなのかはわからなかったが、いずれにしても大尉はすぐに立ち直り、ぼくに向かって手を差しだした。「マイク・スキャッグスだ。このあいだの件は誤解だったようで、よかったよ」

「ぼくもです。おかげさまで、それはもう不安でしたよ」

「まあそう言うな。わたしの尋問は相手をおびえさせるほど威圧的じゃないはずだ」

スキャッグスの言葉に同意し、彼と一緒に声をあげて笑う。ラップサンドはカフェテリアのものとは思えないほど上出来で、高校のカフェテリアで食べていたものとたいして変わらないだろうというぼくの予想は、いい意味で裏切られた。

「メイジャーとの仕事は、どんな感じだ?」スキャッグスが尋ねる。

「誰のことですか?」ぼくは、大尉が何か勘違いをしているのではといぶかった。

「ムニズだよ。きみをスパイ対策チームの魔の手から救いだしただろう? 彼女のところで働いているんじゃないのか？」

「ええ、そのとおりです。彼女は少佐《メイジャー》なんですか？　いつも私服だから民間人だと思っていました」

「違う。そうじゃない」スキャッグスの顔に決まり悪そうな表情が浮かぶ。「彼女は民間人だよ。みんなが〝メイジャー〟と呼んでいるだけだ。あだ名みたいなものかな。ここじゃムニズは有名人なのさ。政府のお偉方ともつながりがあるらしいからね」

「なるほど」でも、チームのメンバーが彼女をメイジャーと呼んでいるのは聞いたことがない。「どうしてメイジャーなんです？」

スキャッグスがくすくすと笑った。「うん……、きっと〝Major Pain in the Ass（厄介者）〟が頭のメイジャーだけに詰まったんだと思う。彼女はタフで頑固という評判だし、自分の意思を強引に通すことでも有名だからな。褒めたあだ名ではないと思うが、とにかくみんな昔からそう呼んでいる。彼女が自分でそう名乗っていたのを聞いたこともあるぞ」

ぼくはうなずき、頭の中で大尉の話を消化した。「ぼくにはとてもよくしてくれていますよ。会議だの国外出張だのでしょっちゅういないらしいですけど」

「彼女を侮辱するつもりはないよ」スキャッグスが手を上げて弁解する。「嫌っている人間を何人かは知っているが、わたしは彼女に対して敵意は持っていない」

「心配しなくても大丈夫ですよ。ぼくは何も言いませんから」

「とにかく、ムニズはもうずっとＮＳＡにいるんだ。冷戦時代にエージェントだったんだぞ。信じられるか？　それだけ長いあいだいれば、狂信的な愛国主義者と何度もぶつかってきたはずだ。そいつらとやりあうためには、強い人格を築きあげる必要があったんだろう。ニクソン大統領に報告をあげたこともあるっていう噂だぞ」

「あり得ないですよ。ニクソンが辞任したのは、たしか一九七四年だ。それじゃ、彼女は少なくとも七十歳は超えていることになる」

スキャッグスが肩をすくめる。「ムニズが引退を断りつづけているのは、わたしだって知っている事実だよ。そのくらいでもおかしくないだろう」

「でも、それにしたって当時は駆けだしの年齢のはずですよ。新人が大統領に報告なんてできるわけない。ぼくなんて、いまだにカフェテリアから自分の部署に戻れもしないのに」

「彼女のほうがきみよりもずっと優秀だったのだろうさ」

ぼくはにやりとしてみせた。「どうかな。勤務初日に誰かのアカウントをハックするなんていう真似は、あの人だってしなかったと思いますよ」

カフェテリアのレモネードは、ぼくの好みからするとあまりにも酸味が強い。テーブルの上に置いてある砂糖の小袋を立てつづけに四つ入れ、もの言いたげに眉を上げたスキャッグスを無視し、かきまぜながら尋ねた。「あなたはどのくらいここで働いているんですか？」

「今年で十年になる。わたしたち軍人はたいてい二年かそこらで異動になるから、普通の経歴とは少し違うかもしれないな。わたしの場合、任務が変わってもなぜかこの建物の中だった」

「ここが気に入っているんですか？」

「ああ、まあね。でも、最初のひと月のことはいまでも忘れられないよ。誰に話しかけられても内容が半分もわからなかったし、四六時中、曲がる場所を間違えていた」

「ぼくは南米の解読不能なメッセージをひたすら眺めているだけですよ。何をしても失敗続きだ。実際、スキルを生かしようもない状況です」

「ああ、リガドスからのメッセージだな？」

　ぼくは眉をひそめた。〝リガドス〟というのは〝接続された〟とか〝つながった〟いう意味のポルトガル語で、スラングとしては〝知っている〟という意味もある。だが、リガドスと名乗る組織の話は聞いたことがなかった。「そいつらは何者ですか？」

「ニュースを見ていないのか？　二月にあった観光船の虐殺を実行したとされるテロリスト集団だよ。ゆうべも自然保護区を襲撃して皆殺しにしたらしい」

　その事件も初耳だ。「ずっと仕事をしていたから、ニュースは見ていないんです」

「ゆうべ、ＣＮＮでやっていた」

「ぼくの兄が虐殺事件のあった観光船に乗っていました。生存者のひとりです」

スキャッグスが口笛を吹いた。「そいつは驚きだ。殺されずにすんで何よりだったな」

ぼくの耳にはもう大尉の言葉は届いておらず、すべての意識が頭の中で繰り返されるスキャッグスの口笛の音に集中していた。長く平坦な音が続き、音階が上がって、それからさがる。飛びあがるように椅子から立ったぼくの膝がテーブルの脚にぶつかり、レモネードがこぼれそうになった。「それだ！」

スキャッグスが啞然としてこちらを見ている。「すみません」ぼくは謝った。「すぐ戻らないと」

食事のトレーとまだ驚いているスキャッグスをその場に残し、ぼくは通路を駆けた。自分のデスクに戻って腰をおろし、コンピューターにパスワードを打ちこむ。あわてすぎて二度入力を間違え、ひと息ついて三度目にようやく正しいパスワードを入力した。

急いで解読不能なメッセージを呼びだして、画面に表示させる。きっとそうだ。先ほど気づいた規則性のある文字列をいくつか選び、すべて数字にしてグラフ化してみた。これらは八ビットの文字には違いない。だが、ＡＳＣＩＩを使って暗号化されているのではなく、声調を文字で表していたのだ。

自分が正しいという確信はあるが、それを証明するのは簡単ではない。一時間後、ぼくはＮＳＡの図書室にある、膨大な資料を所蔵した言語学の区画で証拠を探していた。ここに入ったのは初めてだ。世界の言語を研究した書籍に論文、学術記録まで、NSAの分析官が調べる可能性のあるものならすべてそろっているといっても過言ではなく、まったくもって圧巻のコレクションだった。図書室のスタッフのひとりに手伝ってもらい、ひたすら必要な資料を探す。何時間も探しまわり、ようやく『ジョウラ音韻論の様相』という題名の本を探しあてたぼくは、急いで自分のデスクへと戻った。その本は、夏期言語講座という組織のアメリカ人言語学者が書いたものだ。

さらに一時間が経過し、ぼくはついに答えに行きついた。椅子の背に体重をかけ、声を限りに大声で叫ぶ。「わかった!」気分が高揚して思わず叫んでしまった、と言いたいところだが、実はずっとこんなふうに叫んでみたいと願っていて、ようやくその機会を得たというのが正直なところだ。驚いたショーネシー・ブレナンが椅子から腰を浮かすのを見て、ぼくは溜飲がさがる思いだった。

「どうしたっていうのよ?」彼女がうなるように尋ねてくる。

「解明できた」ぼくは誇らしげに答えた。

アンドリューとショーネシー、そのほかにも数人がぼくのデスクに集まってきて、コンピューターをのぞきこむ。「このメッセージは、暗号化なんてされていなかったんだ」ぼくはみなに説明した。「口笛の音を符号にしただけなんだよ。口笛の音自体が暗号になっている」

「口笛って？」ショーネシーが尋ねる。

「ジョウラという、アマゾンの支流のかたわらに少人数で暮らしている部族がいる」ぼくはさらに説明を続けた。「人数はたぶん三百か四百人といったところかな。彼らの言語はとても変わっていて難しい。発見されてから外部の人間が理解するまで、十年もかかったそうだよ。母音が三つと子音が八つしかない、世界のどの言語よりも音素が少ない言葉なんだ。中国語みたいな――いや、それよりもっと極端な声調言語で、音素自体よりも調子で意味を伝達する。たとえば、〝一〟と〝二〟はおなじ言葉だけど、調子が違う。すべてにおいて、そんな感じだよ」

「その言語に文字があるっていうことか？」アンドリューがきいた。「何者かがそいつを使って、ナバホ族の暗号兵みたいにメッセージをやりとりしていると？」

「ちょっと違います」ぼくはアンドリューに向き直った。「こういう声調言語は、口笛で会話できるという特徴があります。音素をいっさい使わず、口笛の調子だけで効果的な伝達が可能なんです。ネイティブの話者なら旋律で音素を察することができる。このメッセージは、おそらくそれに文字をあてたものでしょう。ジョウラの口笛言語だ」

「それで？」ショーネシーが先を促した。「このメッセージはどういう意味なの？」

「わからない」ぼくは正直に答えた。「情報が少なすぎるんだ。自分が正しいのを確認するためにいくつかの言葉を抽出はしたけれど、辞書がないから意味はさっぱりだよ」

「NSAにその言葉を話せる人間はいるの?」

ぼくは思わず笑ってしまった。「この言葉を話せる人間なんているわけがない。話せるのはマイシ川沿いのジョウラの人々が数百人と、彼らと一緒に暮らしている宣教師一家、それから言語学者がふたり、それだけだ。研究者だって世界じゅうでたったのふたりしかいないんだ。まさに希少言語だよ」

アンドリューが頭を左右に振り、それから不敵な笑みを浮かべた。「それじゃ、そのうちのひとりでも見つけるとしようか」

【注1】悪手を強いられる状況を指すチェス用語
【注2】電撃
【注3】ブタに似た動物
【注4】裏切り者
【注5】直線で動く駒で相手のふた駒を串刺しに狙う手
【注6】コンピューターが扱う0と1の組み合わせ
【注7】増幅などを行う半導体素子

10

その夜遅く、ほとんどのチームのメンバーが帰ったあとにメロディが戻ってきて、ぼくのデスクに宮保鶏丁《ゴンバオジーディン》の箱を置き、声をかけてきた。「脳には栄養が必要よ」

あたたかいチキンの香ばしいにおいをかいだとたん、ぼくの腹が鳴った。そういえば、スキャッグス大尉とのランチを放りだしてから、何も食べていない。ぼくは差しだされたプラスチックのフォークを受けとり、久々の食事をかきこんだ。メロディもショーネシーの椅子に座り、自分の分を食べている。

「アンドリューに聞いたわ。リガドスのメッセージを解いたそうね」上品に食事をとる合間に、メロディが言った。

またその言葉だ。「メッセージの発信元ですか?」ぼくは尋ねた。「そのリガドスというのはいったい何者なんです?」

メロディがうなずいて答える。「このところリガドスの解読不能なメッセージが急増して、作業がまるで追いつかない状況になっていたのよ。リガドスというのは新興の組織で、いまや大きな脅威になりはじめているわ。影響力も増大して、コロンビアとブラジルでは人質をとって政府に要求を突きつけたりもしているわね。でも、FARCやELNとのつながりが深いらしいという以外は、まだほとんど何もわかっていないの。リガドスのメッセージはすべて傍受しているけれど、まったく内容が理解できていないしね。DIRNSAもメッセージの内容を知りたがっているわ」DIRNSAは、NSA長官の略語で〝ダーンザ〟と発音する。「内容についてはまだわからないのね？」

「まだです。でも、音声への変換はできました」

ぼくはコンピューターの再生ボタンを押し、テキストから変換した口笛の音をスピーカーで流した。「音の高さは推測するしかないので、二千ヘルツを基準に、上下百ヘルツの幅を持たせました。正確じゃないかもしれませんが、まあ妥当な線だと思います。いちおう、それらしい感じにはなりました」

「いいわね」音を聞いたメロディが表情を変えずに言った。「この言葉を話せる人を見つけられれば、それを聞いてもらうだけですむかもしれない」

「問題は、その話せる人間がほとんどいないということですね。学校で教える言語じゃないですし、調べられる文字も文法もありません。もっとも、ぼくの情報源は図書室とグーグルだけですから、ほかにいい考えがあったらぜひ教えてください」

「わたしのほうが一歩リードしているようね」メロディが分厚いマニラ封筒をぼくに向かって突きだした。受けとってみると、封筒には〝夏期言語講座〟と書かれている。

「これは？」ぼくはきいた。

「夏期言語講座はSILインターナショナルの前身なの。それはSILにあったジョウラの研究資料よ。ダラスに本部があるから、サンアントニオ支局からエージェントを送って、資料をファックスさせたわ」

ぼくは仰天した。サンアントニオからダラスへは車で五時間ほどかかる。この資料を入手してファックスをするためだけに、哀れな若手エージェントが車の運転に貴重な一日を費やしたのだろうか？　どうやらこのメッセージの解読は、ぼくが思っているよりもはるかに重要な仕事らしい。そう気づくと同時に、メロディがメイジャーと呼ばれるにいたった理由の一端を垣間見た気もした。

「わたしも少しだけどその資料を見たわ」ぼくの驚きを知ってか知らずか、メロディが淡々と続ける。「ジョウラの語彙をカバーした口笛言語の音響グラフがあったわよ。すべてを理解するにはまるで足りないでしょうけれど、何かしらわかることもあるでしょう。ほかにもおなじやり方を使っている解読不能なメッセージがあるかどうか、南米のデータを照会してみた？」

そんな当然のことになぜ気がつかなかったのだろう。ぼくは気恥ずかしくなった。

「それじゃ」メロディはあくまでも冷静だ。「今夜はわたしたちにうってつけの仕事があるというわけね」

一時間ほど一緒に働くうち、ぼくは、メロディ・ムニズがこれまでに出会った誰よりも聡明な人間なのかもしれないと思うようになった。彼女の専門分野はコグニティブ・コンピューターで、ぼくが理解できた限りでは、人間の脳の働きを参考にコンピューターがデータを処理する新しい方法を編みだそうとする分野だ。神経学とコンピューター科学を股にかける分野でもあり、メロディがいましていることの説明を聞いても、ぼくの頭は混乱する一方だった。このチームが予算を獲得できているのは、誰も読めないメッセージの解読にときおり成功するからでもあるのだろうが、それよりもチームの中にメロディのような革新的な研究を行っている者がいるからというのが大きいのではないか。混乱する頭の中を、そんな考えがふとかすめていった。

やがてメロディの作業が終わり、口笛言語のメッセージの基本的なパターンを認識し、それと合致するパターンを数千の解読不能メッセージの中から探しだすプログラムが組みあがった。

「コンピューターの抱える問題は——」メロディは言った。「ものごとを忘れられない点にあるのよ。一般化できないのね。たとえば、あなたがわたしの顔を認識できているのは、正確な三次元の情報をすべて持っているからではなく、無意識のうちに重要でない情報を捨てて、必要な情報を残しているからよ。あなたには、わたしの顔をわたしの顔たらしめている点を具体的に指摘することはできないでしょう？　でも、あなたの脳は、これがわたしの顔だとちゃんと認識している」

「つまり、ものごとを忘れるのはいいことなんですね?」ぼくは父を頭に思い浮かべつつ、きいてみた。

「そうね。人間の脳の強みのひとつよ」メロディが答える。「何年も前の研究対象に、何も忘れられない男性がいたわ。文字どおり、本当に何も忘れられないの。読んだだけでランダムな数列をいくつでも覚えられるのよ。しかも、時間が経っても完璧に思いだせる。何年経ってもよ! その人は生きているあいだに自分が言われたこともすべて記憶していたわ。日時も場所も状況も含めてね。それはひどい障害だったわ」

「なぜそれが障害になるんですか?」ぼくは驚いて尋ねた。

「記憶を一般化できなかったのよ。たとえば、数字を三ずつ足していく数列のページを見せたとしましょう。彼にはその簡単なパターンが認識できないの。そのページの数字はすべて順番どおりに記憶しているのよ。でもパターンはわからない。顔を覚えるのも大変だったわ。顔には完全におなじ状態のときなんてないからよ。角度や表情、光のあたり方が少しでも変わると、彼にはそれだけで別の顔に見えるの。どんな状況でも人の顔を区別できるようになるには、膨大な顔の情報を重要で決定的な特徴だけ残るよう、脳が徹底的に選別する必要があるのよ。でも、彼の脳はそれができなかった」

「それでも」父のことがあるので、ぼくは言わずにはいられなかった。「忘れすぎるのも障害になります」

　メロディがため息をついてうなずく。「あなたのお父さんのことは、本当に残念に思うわ。わたしたちにとっても、彼を失うのが早すぎた。病気さえなければもっと活躍できたのに」

「父を知っているんですか？」ぼくは愕然とした。もちろん、ふたりがおなじ時期にNSAで働いていたのは知っている。だが、フォート・ミードは巨大な施設だ。一緒に働いている人々の中に父を知っている者などいないだろうと、ぼくは決めつけていた。

「ええ、知っているわ」メロディが物憂げに答える。彼女の声音は、ふたりの関係がそれだけではないことを暗示しているようにも聞こえた。

「ぼくにはあなたに会った記憶がない」ぼくの口調が自然と熱を帯びていく。「家に来たことはあるんですか？」

　彼女は悲しげな顔で答えた。「ないわ。そこまで深く知っていたわけじゃないの。同僚として評判を聞いていたくらいよ。とても優秀だという話だったわ」

　ある考えがふっとぼくの頭に浮かんだ。「それがぼくに仕事をくれた理由ですか？　父を知っていたから？」

　メロディが肩をすくめる。「あなたの履歴書を見て、お父さんのことはすぐにわかったわ。でも、それだけで採用するほどわたしは甘くないわよ。常識にとらわれない考え方ができる人材が必要で、あなたにはそれができる気がしたの。お父さんみたいにね」

これで納得がいった。メロディが学位もないぼくを採用したのも、わざわざ面倒に首を突っこんでつかまったぼくを助けてくれたのも、父のおかげだったのだ。

メロディの検索プログラムが実行されているあいだ、ぼくたちはメッセージの解読を試みた。SILの資料を使い、口笛で吹かれた〝単語〟の周波数分布表のグラフとその意味を突き合わせる作業だ。退屈でひどく面倒な作業だったが、どうにかうまくいった……と思う。十一時を少しまわった頃、だいたいの訳ができあがった。

たくさんの矢【解読不能】上流のゆがんだ頭たちがやってくる

「はてさて」メロディがつぶやく。

ぼくはため息をついた。「意味をなしている文章とは思えませんね。どう思います？」

「意味をあてはめるうえで、何かニュアンスを見逃しているんじゃないかしら。もし可能なら、手遅れになる前に外部の専門家の手を借りたいところね。なんにせよ、当面はできることを全力でやるしかないわ」

「ぼくがわからないのは、どうしてこの言語が暗号として使われているのか、ですよ。ジョウラは未開の地で暮らす原住民だ。狩りをしたり、魚をとったり、川をカヌーで移動したりといった原始的な生活をしている。コンピューターや携帯電話どころか、電気や水道とも無縁なんです。言葉で表現できる概念だってきわめて限られているはずだ。数学どころか、二より多い数字を表す言葉もないんですよ？　いったい誰がその言語をわざわざ暗号にして連絡をとり合っているんです？　ジョウラじゃないのは間違いない」

「部族を離れた人たちだっているはずよ」メロディが指摘する。「川を下ってポルトガル語を学び、別の集団に合流した人たちがね」

「それはいると思います。でも人数は？　五人ですか？　ジョウラはせいぜい四百人ほどの部族です。そしてぼくたちが翻訳に苦労するのは、この言語が難しくてめずらしいからだ。そうした特徴はそのまま、この言葉を暗号として広範囲で使うことが不可能だということを示しています。リガドスにしても、ジャングルの中で行きあったジョウラの人間を何人かつかまえて数カ所で通信をやらせるくらいはできると思いますが、南米全域となると……」

家に帰る前にメロディのプログラムの検索結果を確認すると、数千の解読不能なメッセージが口笛言語の可能性があるとして引っかかっていた。時期的には大半が最近のものだ。「すごいわね」彼女が感心した様子で言った。「もしかすると、あなたは金の鉱脈を掘り当てたのかもしれないわよ。さっそく明日からショーネシーにとり組んでもらいましょう」

「なぜショーネシーに？」ぼくは思わずきいた。

「プログラミングのスキルがあるからよ」メロディが答えた。「わたしはコグニティブ理論を理解しているし、応用もできる。でも、Ｊａｖａを使ったコンピューターによる本格的な作業となると、ちゃんとした経験のある人間が必要よ。これだけの量の翻訳は、さすがに人の手に余るわ。翻訳用の特別なプログラムがいるし、作業の効率を高めるために大量のサーバーに仕事を振り分けられるものであればなおいいわね。ショーネシーはその手の仕事ではトップクラスなの」

「わかりました」ぼくは納得した。「じゃあ、また明日」

だが翌日の朝、メロディは職場に姿を見せなかった。その後も彼女のオフィスはずっと無人のままだ。しびれを切らしてアンドリューに確認してみると、メロディは私用で休んでいるらしい。ぼくは彼に尋ねた。「でも、ゆうべはここにいましたよ？　今日だって休むとは言っていませんでした」

アンドリューが軽く肩をすくめて答える。「今朝、休むと電話があったんだ。明日には戻ってくるさ」

ぼくはゆうべ発見した内容をショーネシーに話し、メロディが彼女に何をさせるつもりだったのかを伝えたあと、ふたりで一緒に作業を進めていった。ぼくがＳＩＬ資料にある周波数分布表とメッセージの口笛言語の単語をどう結びつけるかを示し、それをもとにショーネシーが自動翻訳ソフトを急ごしらえで作成していく作業だ。

「みんな本当にすごいよ」作業が一段落したとき、ぼくは感心しきりで言った。「きみもアンドリューも、全員だ。まるで息をするみたいにあっさりとこんな洗練されたソフトウエアをつくってしまうなんて。このチームに入れてよかった」

ショーネシーが笑みを浮かべ、横目でぼくをちらりと見る。「ちゃんと敬意さえ払ってくれれば、みんなもあなたのお願いを聞いてくれるわよ。たまにはね」

ぼくは思わずにやりとした。ショーネシーはとがっていないときのほうがずっといい。

「ぼくは人にかしずくために生きているからね。でも冗談はさておき、本当にすごいチームだと思うよ」

「こっちも真面目に返事をすると、あなたこそよくやったと思うわよ」ショーネシーがやれやれとでも言いたげに頭を左右に振る。「口笛言語とはね。恐れ入ったわ」


私用で休みのはずのメロディが地下室に現れたのは、正午過ぎのことだ。ぼくがオフィスをのぞきこむと、彼女は金庫にしまってある紙をあさっているところだった。

「いまはだめよ、ニール」メロディが手をとめずに言った。「わたしはここにはいないの」

「大丈夫ですか?」

「ええ。仕事とはなんの関係もない個人的な急用なの。ひとつだけやらないといけないことがあって来ただけだから、またすぐに消えるわ」

「ぼくにできることがあれば……」

「何もないわ。ありがとう」

「明日は戻ってこられるんですか？」

「そう願っているわ。たぶん大丈夫よ」

ぼくはメロディの態度にいささか動揺しつつ、彼女のオフィスから遠ざかった。私用だというなら、たしかにぼくには関係のないことだ。友だちどうしではないのだから、ぼくが彼女の人生に首を突っこむいわれはない。

デスクに戻ったぼくは、ショーネシーに話しかけた。「メロディの様子が変なんだ。何かあったのかな？」

彼女が肩をすくめて答える。「さあね。わたしたちが知ってはいけないことかもしれないわよ」

「機密がどうとかじゃなくて、もっと個人的な事情のような気がする」

「どっちにしても、わたしたちには関係ないわ。わたしたちに知ってほしいことなら、メロディが話すでしょうし」

ショーネシーが正しいのはわかっていたが、ぼくは遺伝的欠陥と見なしてもいいほどにあきらめるのが苦手な性分だ。そこで公開ネットワークに接続し、メロディ・ムニズの名前を検索してみることにした。思ったよりも容易に収集できた個人情報によると、彼女は〈ウィメン・イン・テクノロジー・インターナショナル〉という女性技術者団体のメンバーで、二年前に心臓発作で亡くなった夫とのあいだにふたりの子どもがいるらしい。息子は海軍に在籍中、娘は結婚して子どもを三人産んでいる。今日の〈ワシントン・ポスト〉に、そのうちのひとりでメロディにとっては初孫にあたるエミリー・ムニズについて書かれたニュース記事があった。おそらくこれが急な欠勤の理由なのだろう。

記事の見出しには〝学校にステロイド　なぜ優秀な生徒が薬に走るのか？〟とある。内容は、脳機能と記憶力を高める新薬が違法なマーケットに大量に流れこみ、学校を汚染しているというものだった。ニューリトルという名のこの新薬は、これまでに出まわっていたピラセタムやアニラセタムといった向知性系のサプリメントよりも多大な効果が得られるのと同時に、人体に悪影響を及ぼす副作用もまた大きいのが特徴だという。記事によると、エミリー・ムニズは喘息の薬の吸入器に入ったニューリトルを同級生から買い、数学の試験中に意識を失ってボルティモア・ワシントン医療センターに担ぎこまれていた。彼女が助かる確率は、記事が書かれた時点――つまり、今朝早く――で五分五分ということだ。

再度メロディのオフィスに行ってみたが、彼女はもういなくなっていた。デスクに戻ってコンピューターの画面を眺めても、どうにも目の焦点が合わず、画面の中でぼんやりとした単語が漂っているだけだ。ショーネシーは正しかった。何が起きているかわかったところで、ぼくにはどうすることもできない。無力な自分にいらだち、度を越したおせっかいぶりに罪悪感を覚えつつ、とりあえずは仕事に没頭することにした。ぼくがあれこれと考えているあいだもショーネシーのソフトは順調に作動し、翻訳ずみのメッセージを大量に生みだしている。

強い娘のいる村にたくさんの銃を二日以内に【解読不能】雨が降りはじめるとき

【解読不能】狩りに出る【解読不能】子ども・犬・アリ・ゴキブリ・ヤシの棒が川を離れたあとジャングルの精霊と名前交換しウイスキーをたくさん飲む

翻訳ずみといっても、ほとんど意味をなさない文章ばかりだ。ぼくとしては、数がそろっていくうちに何かしら意味の通る文が増えてくることを願うばかりだった。そうでなければ、この言葉を理解している数少ない言語学者を探しだし、一時的な機密取り扱い許可を出して改めてメッセージの翻訳をしてもらわなくてはならなくなる。

夕食の時間になると、ショーネシーが発泡スチロールの容器を開け、タイ料理の刺激的なにおいをオフィスじゅうに漂わせた。食欲を刺激されたぼくは、彼女に声をかける。「すごくおいしそうなにおいだ。どこでそんなものを?」

「カフェテリアでテイクアウトを頼んだの。出前もやっているわよ」

「すごいな。そんなことまで?」

「ええ。ここじゃ施設の外にピザやら何やらを頼むことは許されていないのよ。でも、数千人がここで生活しているわけだし、遅くまで仕事をしている人も千人単位でいる。その解決法が、内輪でのテイクアウトというわけ」ショーネシーが容器を掲げる。「これをつくっている人は、タイで十年もCIAの情報提供者をしていたらしいわよ」

二十分後、ぼくは自分のチキン・カオ・パット【注1】をかきこんでいた。

「それで? お父さんの跡を継いでどんな気分?」ショーネシーが尋ねた。「お父さんは仕事上の秘密をずっと話せなかったわけでしょう? それがいまはあなたもここにいる」

「複雑な気分だよ。ぼくはずっと父みたいになりたかった。でも、父はアルツハイマー病だからね。ぼくがここで働いていることを本当の意味では理解できない」

「つらいことをきいてしまったわね。ごめんなさい」

「父はぼくの英雄だったんだ。母がいなくなってからは特にその思いも強くなった。ただ、ポールはぼくと違って、いつだって母の味方だった。学問の道に進んで博士号をとったし、いまでは母が昔していたように、メリーランド大で研究を続けている」

「お母さんは大学の教授だったの?」

「天体物理学のね。いまでもいくつか講義を受け持っているよ。父の世話をするためにかなり時間を減らしたけどね」

ショーネシーがナプキンで顎についたヌードルのかすをぬぐう。「両親は別れたって言ってなかった?」

「言ったよ」ぼくは力なく手を振った。「いろいろとややこしいんだ」

「悪かったわ。詮索すべきじゃなかったわね」

「いや、いいよ。昔の話だし。ぼくが五歳でポールが六歳の頃、父がブラジルに行くことになったんだ。母は自分の仕事を持っていて、中性子星とブラックホールの研究をしながら高エネルギーの天体物理学を教えていたから、国を離れたがらなかった」

「だからお父さんは、お母さんを置いてブラジルへ?」

「ポールならそう言うだろうね。でも、そうじゃないんだ。最初は母も一緒に来ることになっていた。引っ越しの計画だって夫婦で立てていたし。でも、いざ仕事をやめるときになって、腰が引けてしまったのさ。まず夏までに終わらせる仕事があるから、それが片づいたらブラジルに行くという話になって、結局はそれきりだった」ぼくは肩をすくめた。「母からきけばまた違う話になるんだろうけど、母の本心はぼくにはわからない」

「その頃のことをどのくらい覚えているの?」

「全部だよ。少なくとも、そのときに見て理解したことは記憶している。五歳にもなれば、いっぱしに根に持つことだってできるさ。ぼくはしばらく母を許さなかったし、母をかばう兄も嫌いだった」

「ブラジルにはどのくらいいたの?」

ぼくはライスをかきまわしながら答えた。「履歴書を見ただろう? ほぼ十年だよ。三年くらいして、いきなり母がブラジルにやってきたこともあったな。ミナスジェライス州のピコ・ドス・ディアスという大きな天体観測所での共同研究をすることになったと言ってね。週末はブラジリアから車で十二時間もかかるその観測所に隔週でこもっていたよ。三年ほどそんな生活を続けて、またいなくなった。アメリカに帰ったんだ」

「つらかったでしょうね」

食べ終えた容器を捨てるごみ箱を探す。環境指針とやらに従い、NSAのオフィス内のごみ箱は、すべて分別が可能なものに入れ替えられていた。リサイクルごみを入れる大きな部分と、それ以外を捨てる小さな部分に分かれたごみ箱だ。発泡スチロールの容器はそのままではごみ箱に入らなかったので、ぼくは容器を小さくちぎってひとつひとつ捨てていった。

「いまはお母さんがお父さんの世話をしているの?」ショーネシーが尋ねる。

「ほとんどね。もともとは家族で分担していたけど、ぼくがここで働きはじめて、手伝うのも難しくなってしまったから」自分の言葉に罪悪感がこみあげてくる。NSAに来る前は、ほかの誰より父と一緒にいたのはぼくだったのだ。「知り合いでアルツハイマー病にかかった人は？」ぼくはきいた。

ショーネシーが首を横に振る。

「子どもの成長みたいなものだよ。進むのは反対方向だけどね」ぼくは説明した。「精神の機能を失うだけじゃない。アルツハイマー病にかかると、実際に髄鞘【注2】が形成されていく道を逆にたどることになるんだ。脳の中枢が発達していったのと反対に進んで少しずつだめになっていく。長期間の記憶を定着させる能力は、子どもが成長期の最後のほうに発達させるんだが、まずそれが失われる。それから語彙と言葉を構成する能力がなくなって、さらに金の管理もきちんとした格好もできなくなる。それから徐々にトイレも使えなくなって、歩くことも話すことも不可能になり、最後には笑ったり手を上げたりすることすらできなくなってしまうんだ。赤ん坊に戻っていくのとおなじさ」気がつけば、ぼくの目には涙が浮かんでいた。「誰にもとめられない」

その夜、ぼくがひとりだけ残って仕事をしているところへメロディが戻ってきて、疲れきった表情できいた。「口笛言語の翻訳は進んだ？」

「はい。単語の意味だけはたくさん。ただ、文章になるとだめですね。意味は相変わらずよくわかりません」

「言語学者を見つけたわ」メロディが重大なことをさらりと言った。「キャサリン・ワイアット、引退したキリスト教の宣教師よ。彼女と彼女の夫がいまからおよそ四十年前、世界で初めて外部の人間としてジョウラの言語を理解したの。明日、マサチューセッツから飛行機で到着するわ」

ぼくとしては感心するほかない。メロディは孫娘の命が危ない状況にある中で時間をつくり、NSAが手にしているメッセージを解読できる唯一の人物であろうアメリカ人を探しだしてしまったのだ。しかも、旅の手配まで終わらせている。

少しためらってから、ぼくは言った。「エミリーの件、大変ですね」

メロディの体から目に見えて力が抜けていく。いまにも倒れてしまいそうだ。プロフェッショナルな外見がはがれ落ち、彼女はショーネシーの椅子に座りこんだ。「まったく、あの子は何を考えていたのかしらね」

「子どもでいるのが大変なときもありますよ。期待に応えようと無理をするんです」

「本当のところ、わたしのせいなのよ」メロディがぼそりと言った。

「あなたの？」とてもそうは思えない。彼女が孫娘に違法な薬を買い与えるなど、ぼくには想像もできなかった。

「わたしがあの子の母親に科学と数学の勉強を無理強いしすぎたのがまずかったのね。結局、反発した娘は大学を中退して自分の道を進んでいったわ。でも、その娘がいまは自分の子どもたちにわたしとおなじことをしている。エミリーは優秀で成績もトップクラスなの。母親はアイビー・リーグの大学に行かせたがっているわ。重圧は相当なものよ」

「エミリーは大丈夫なんですか？」ぼくは遠慮がちにきいた。

メロディが一度だけうなずく。「たぶんね。わたしもさっきまで病院にいて、持ち直しそうだと言われたわ」

「それはよかったです」

メロディは無言のまま、頭を左右に振った。

「あなたも少し眠ったほうがいいと思いますよ」ぼくは言った。


その日、ぼくは八時前――その週でいちばん早い時間だ――に家に戻り、父とポールと三人でスクラブルをした。途中で父が眠ってしまったので、ふたりでゲームを続ける。ブラジルから戻って以来めっきり増えたように、その夜も兄はぼくを徹底的に打ち負かした。こちらの調子が悪かったと言いたいところだが、実際のところ、ぼくはかつてないくらい調子がよかったと思う。それでも、ぼくを蹴散らすポールをとめることはできなかった。

「研究室の仕事でめざましい進展がたくさんあったんだ。話しても信じないだろうな」よほど余裕があるのか、ポールがゲームの最中に切りだした。「それこそノーベル賞級の発見の連続だよ」

大げさな兄の言葉を真剣に受けとめるべきかどうかわからず、ぼくはとりあえず笑顔をつくる。「菌類の研究でノーベル賞をとった科学者がいるのかい?」

「いるとも。一九四五年にサー・アレクサンダー・フレミングがペニシリンの発見でとっている」

「ペニシリンって菌類なのか?」

「もちろんだ。ペニシリンはカビだからね。カビは菌類だよ」

「なるほど。つまり、兄さんは次代のペニシリンを開発しているわけだ」

ポールの目がいたずらっぽく輝き、顔に不敵な笑みが浮かぶ。「それは言えないな」

「いいじゃないか! ぼくは弟だぞ」

兄は首を横に振った。「いや、だめだ」

「誰かに話したのか?」

「まだ誰にも。公表するまでは話すつもりもないよ」

「それはいつになるんだ?」

「こういうことは時間がかかる。一年くらいかな」

「秘密だと言うなら、それでいいさ。仕事について話していないのは、お互いさまだしね。こっちも悪いけど最高機密だ」

兄がぼくにデスティニーの話を――こちらが知りたいと思っている以上に――し、ぼくは同僚たちのこと――奇行や彼らにまつわる噂話も含めて――や、メロディの孫娘がニューリトルの過剰摂取で病院に運ばれた件を話した。

「個人的には、ああいった薬は合法化すべきだと思うな」エミリー・ムニズの事件の話を聞いたあと、ポールが意外なことを言いだした。「薬のおかげで明瞭な思考ができるようになり、記憶力も上がるんだろう？　どうして禁止する必要がある？　合法にしたほうが筋も通るよ。その子だって親の許しを得たうえで、医者の処方を受けて正しく薬を使っていたら、過剰摂取なんてしなかった可能性が高い」

「違法なのには理由があるんだ」ぼくは反論する。「脳の働きを大きく変える薬なんて、恐ろしいじゃないか。痛み止めや血圧をさげる薬とはわけが違う。人格や精神状態、倫理観まで変えてしまうかもしれない薬だぞ。ぼくだったら、自分の娘に使ってほしいとは思わない」

「アルツハイマー病を治せる薬があったら？　父さんに使ってほしいと思わないか？」

ぼくはいやなところを突かれていらだち、上を見あげて答えた。「思うに決まっているじゃないか」

「その薬だって脳の働きを変えるものだ。なら、なぜ人を賢くする薬はだめなんだ？」

「それとこれとは話が別だよ。たとえば、父さんには失うものは何もない。でも、ニューリトルをはじめとする脳の薬は、深刻な副作用をもたらす恐れがあるんだ。エミリーが身をもって証明したじゃないか」

　ポールが肩をすくめる。「副作用が起こる可能性がまったくない薬なんて存在しないよ。効果とリスクを天秤にかけるだけの話だ」

「それを言うなら、エミリーは賢くなる必要なんてなかった。優秀な子で成績はクラストップだったんだぞ。理想の水準に到達するために化学物質の力で自分を変えるなんて、彼女がそんな状況に追いこまれるのがそもそもおかしい」

「化学物質の力で自分を変える？　まるで失敗した実験みたいな言い方だな。コーラを飲んだって、化学の力で自分を変えているようなものなのに」

　ぼくは腕を組んだ。「ニューリトルを飲むのと、コーラを飲むのはおなじじゃない」

「たしかに違うね。ずっと役に立つし、効果だって長く続く。恐れることはないのさ。この世界は適者生存が原則だし、人類はまだ進化の可能性の頂点に達していない。人類をよりよくできるなら、それは試す価値のあることなんじゃないかな」

【注1】タイ料理の一種
【注2】神経細胞の軸索をとり囲む膜構造

11

次の日の朝、キャサリン・ワイアットがボルティモア・ワシントン国際空港に到着し、迎えにきたNSAの車で三キロほど離れたFANXの三号館にやってきた。ぼくたちと会議室で顔を合わせた彼女は、やや猫背で髪が白く、しみの目立つ顔の皮膚はたるんでいる。年齢は七十五歳だが、こちらを見る瞳は知的で若々しく、きらきらと明るい輝きを発していた。

ぼくが前もって調べたところによると、ミセス・ワイアットは夫や三人の子どもたちと一緒に、ジョウラの人々の中で三十年も暮らしていたらしい。夫を十年前に亡くし、三人の子どもたちのうち、ふたりが宣教師として外国で暮らしていて、残りのひとりはニューイングランドで牧師をしている。彼女はぼくたちを手伝って知り得たメッセージの内容を外部にもらさないことに合意し、それを明記した書類にサインした。だが、こういった場合にサインを拒んだらNSAがどう対応するのか、ぼくにはよくわかっていない。

「ミセス・ワイアット」最初に話したのはメロディだった。「ご協力に感謝します」

「NSAの内部は初めて見たわ」ミセス・ワイアットが応じる。「ちょっとした冒険ね」

ぼくにとっても、NSAでの日々の経験はまだ冒険みたいなものだ。ただ、現代社会の恩恵と無縁のアマゾンの片隅で何十年と生きてきた女性がそうした感想を口にするのは、その生きざま自体が冒険だと思えるぼくにしてみれば少々意外だった。

メロディとぼくは、テーブル越しにミセス・ワイアットと向かい合って座っている。「ジョウラの言語を使ったメッセージをいくつか傍受しました」もちろん会話を主導するのはメロディだ。「当然、翻訳には苦労しています。準備はよろしいですか？　水かコーヒーでもお持ちしましょうか？」

「結構よ」ミセス・ワイアットが答えた。「それより、実はメッセージの翻訳をするかどうか、まだ決めていないの」

メロディの眉が上がる。

ぼくは予期せぬ展開に唖然とし、不満をぶちまけた。「NSAがあなたをわざわざここまで連れてきたんですよ？　なんのためだと思っているんですか？　物見遊山の見学だとでも？　国の安全保障に関わる事態なのに！」

メロディが気色ばむぼくの腕に手を置いて制し、ミセス・ワイアットに言った。「むろん、あなたにわたしたちを手伝う義務はありません。ですが、もしよかったらためらう理由を聞かせてもらえませんか？」

〝手伝う気がないのなら、なぜここに来ることに同意したんですか？〟ぼくは喉まで出かかった言葉を、どうにか飲みこんだ。

「ジョウラは、独特の複雑さを持った人々よ」ミセス・ワイアットが答える。「でも、自分たちの共同体の外の世界については何も知らないし、関心もない。アメリカの脅威になんてなるわけがないわ。そもそも、アメリカが国の名前だという認識すらないのよ。ジョウラの人たちにしてみれば、外国なんて天国とおなじくらいの現実味しかないでしょうね。精霊たちの世界のほうが断然、現実に近いはずよ。だから、あなたたちが彼らに関心を抱いていること自体、誤解か搾取目的のどちらかにしか思えないの」彼女はすまなそうに微笑み、さらに言葉を続けた。

「わたしは人生のいちばんいいときをジョウラの人々に捧げたわ。いまでは年に一度しか訪れないけれど、それでもわたしにとっては親友にいちばん近い存在よ。わたしにしてみれば、そもそもあなたたちが傍受したメッセージがジョウラの言葉だというのも疑わしく思えるの。あの人たちはおよそ通信とは無縁で、電話やコンピューターのたぐいは持っていないし、持っていたとしても使う相手がいないわ。もし万が一、相手がいて実際にやりとりをしているのだとしても、無条件であなたたちのために翻訳をするわけにはいかない。友人たちの私的なメッセージ——それもあなたたちとは無関係のメッセージ——を、彼らを理解する素地を持たないアメリカ人たちが自由に詮索できるようにする理由がないもの」

おそらく事前にしっかり考えてきたのだろう。ミセス・ワイアットの言いまわしは正確で、内容は慎重に練られたもののように感じられる。彼女の主張に対し、メロディはおだやかに微笑んで答えた。「NSAが入手したメッセージにジョウラの言語が使われているのは間違いありません。その点については疑う余地がないとわたしたちは考えています。それから、ジョウラの人々がみずからの自由な意思で、通信という手段によってメッセージを交わすことはあり得ないというのも同感です」

メロディがそれとなくにおわせた裏の事情が部屋の雰囲気を重くする。ミセス・ワイアットの表情が険しいものに変わった。「つまり、あなたが言いたいのは……」

小さくうなずき、メロディはあとを引きとった。「ジョウラのうちの何人かが、彼らの独特な言語を使ってメッセージの交信をするよう強制されている可能性があります。メッセージのやりとりをしているのは、おそらく麻薬のカルテルでしょう」

「そんなこと、簡単にはできないわ」ミセス・ワイアットが信じられないと言いたげな表情で反論する。「ジョウラの言語は翻訳がとても難しいうえに、彼らは自分たちが体験できる範囲外のことは知らないし、興味もないのよ。ある内容を伝えさせようとしても、相手に届いたときにそれがまったく別の意味になってしまうかもしれない」

「真相をはっきりさせる方法はひとつしかありません」ぼくは会話に割りこんだが、メロディににらまれて口をつぐんだ。

ミセス・ワイアットが黙りこんで考えをめぐらせる。結構な時間が経ち、眠ってしまったか、あるいは体に変調でもきたしたのかとぼくが心配しはじめた矢先に、彼女はようやく口を開いた。「わかりました。メッセージを音にしたものを聞かせてちょうだい。でも、もしあなた方がわたしをかついでいるか、わたしから得た情報を使ってジョウラの人たちを傷つけようとしている気配を少しでも感じたら、その時点でおしまいにするわ」

メロディが表情を変えないまま、身振りで合図を送ってくる。ぼくは初期に傍受したメッセージを選んで再生し、耳を傾けているミセス・ワイアットに現時点での訳文を見せた。

たくさんの矢【解読不能】上流のゆがんだ頭たちがやってくる

ミセス・ワイアットが噴きだす。「単純そうで難しいでしょう?」

ぼくは少しばかり侮辱された気分になった。現状を考えれば、自分はよくやったほうだと思っていたからだ。

「手伝っていただけますか?」メロディが言った。

「もう一度聞かせてもらえるかしら」

ふたたびメッセージを再生すると、ミセス・ワイアットが今度は頭を傾けて聞き入り、短いセンテンスの再生が終わると、自分自身で口笛を吹いてみせた。ぼくたちのつくった音よりも低い音域のやさしい音だ。「悪くないわ。ほとんどの単語をちゃんととらえている。把握できていないのは意味だけね。最初の部分は距離を言い表しているの。話し手は、これから伝える出来事が数キロ先で起きていると言っているわ。意味が漠然としている単語だから、どの距離でもおなじ言いまわしが使われるの。ただし、この言葉が使われるのは、彼らの口笛が届かない距離の場合ね。ジョウラの口笛がはっきり聞こえるのが一キロ半以内といったところだから、そこから狩りのあいだに動ける範囲までを指すのがこの単語よ。それ以上離れてしまうと、彼らの中ではもう〝遠く〟という認識しかないの。それから、あなたたちが解読できなかった部分は、ジョウラの人たちが船の種類を指す単語よ。〝ゆがんだ頭〟っていうのはね――」いったん言葉を切り、楽しげに微笑んで続ける。「よそ者という意味よ。彼らが自分たちを指す言葉は、まっすぐな線という単語からきているわ。ジョウラの人々にすると、自分たちはまっすぐな思考で生きているけれど、それ以外の人間――まれに出会うよそ者たち――は、ちょっとばかり風変りで、頭の中がゆがんでいるふうに見えるのよ。それで外部の人間を指す言葉になったというわけ」

「ということは、このメッセージの実際の意味は、〝数キロ先、よそ者たちが船に乗って川をのぼってくる〟という感じでしょうか?」ぼくは確認した。

「そうね」ミセス・ワイアットが答える。

「その外部の人間たちがどのあたりにいるかを具体的に指している言葉はありませんか?」続けて、メロディが尋ねた。「どの川だとか、どの位置だとか、どの方角に向かって進んでいるとか。あるいは、よそ者というのがどんな人間かを説明する言葉は？」

「ないわね」ミセス・ワイアットが即座に答える。「ジョウラの人たちは、そういった細かい話はしないし、情報を詳しく伝えるだけの語彙もないの。それも、わたしがあなた方の言うような事態が起こるはずがないと考える理由のひとつよ」

「このメッセージから、送り手であるジョウラの人間について何かわかりますか？」メロディは質問を変えた。

ミセス・ワイアットが椅子の背に体を預ける。「送ったのはジョウラの人間じゃないと思うわ」

「なぜそう思うのです？」

「メッセージが伝えようとしている概念よ。ジョウラの人間ならこういう話し方はしないわ。たとえば、送り手は〝シャオーイ・ピーボー・シャーボーパイタハシビガ〟という表現を使っているわ」ミセス・ワイアットが人間の口から出たとは思えない音で言った。ぼくが口笛ではなく言葉でジョウラの言語を聞いたのはこれが初めてだが、とても言葉とは思えない、まるで咳と鳥の鳴き声をかけ合わせたような不思議な音だ。「メッセージの後半、よそ者が川をのぼってくる部分ね。でも、動詞の使い方からして、話し手が進行形で見ているということになるわ。ジョウラの動詞はとても複雑で、語形の変化で意味の微妙な違いを表すの。でも、この場合は動詞の語形が間違っているのよ。話し手は前半部分で数キロ先の出来事について語っているわけだから、それを現在進行形で見るのは不可能だわ」

「カメラで見ている可能性は？」メロディが指摘する。「ジョウラの人間が川の様子をカメラで撮った映像を通して見ていたら、進行形で見ていることに……」

メロディが話し終える前に、ミセス・ワイアットが首を横に振った。「そうは考えないでしょうね。カメラの映像じゃ、たとえそれがどんなものだか認識していたとしても、現場で見ていることにはならないわ。〝シャーボーパティークシサ〟つまり精霊を通じて見たと言うか、でなかったら、なぜそれを知ったかは省いて〝シャーボーパイ〟つまり外部の人間が来たと事実をそのまま表現するはずよ」

「要するにどういうことなんです？」ぼくはまたしても口をはさんだ。「ネイティブじゃない人間がジョウラの言語を口笛で伝えられるまで習得したが、動詞を正しく使えるほどには精通していないと？」

ミセス・ワイアットが肩をすくめる。「そうは言ってないわ。わたしはただ、疑問点を口にしただけよ。ネイティブ以外でジョウラの言語を話せるのはたぶん二十人くらいで、そのうちのほとんどは、金属製の道具とかウイスキーを何かと交換するためのいくつかの単語を知っている程度だと思う。ジョウラの外の人間でこれほど器用に話せるのは、わたしとうちの子どもたちだけだし、わたしたちはネイティブ同様、こんな間違いはしないわ。それに、自分の子どもがこのメッセージの送り手なら、わたしにはすぐにわかるわよ」

ぼくは言わずにはいられなかった。「でも、ただの口笛ですよ。どうしてそんなことがわかるんです?」

年老いたミセス・ワイアットの顔のしわが深くなり、彼女は恐ろしく迫力のある表情でぼくを見据えた。ジャングルの中という特殊な環境で子どもたちが母親の言うことを聞いてまっとうに育ったのも、この表情があったからに違いない。そういえば、通信士どうしはモールス信号の打ち方で相手が誰かを判別できるという話を聞いたことがある。ぼくはその話を思いだし、それ以上は追求しないことにした。

「ミセス・ワイアット、あなたの情報はとても重要です」メロディが言った。「協力していただけるのであれば、あなたにはできるだけ多くのメッセージを翻訳していただきたいと考えています。普通でない使われ方をしている言葉や意味上のニュアンスなどについて、あなたの思うところも付け加えていただければ、大いに助かるのですが」

ミセス・ワイアットが真剣な表情で応じる。「あなたを信用しましょう。正しい選択かどうかはわからないけれど、何かがおかしいのは事実だわ。ジョウラの人々の身にわたしの理解できない、あり得ないはずの何かが起きているのかもしれない。もしあの人たちが利用されるかだまされるかしていて、あなたがその状況をどうにかできるなら、わたしは全面的に協力します」

それからの数日、キャサリン・ワイアットの助けを得たぼくたちは、ようやく南米で起きていることの全体像を把握しはじめた。FARCとELNは、かつてないほどの深い協力関係にあり、資源を分け合ったり、以前は争っていた地域を共同で支配したりしている。また、ふたつの組織はおなじジョウラの口笛言語を使い、センデロ・ルミノソ【注1】とも連絡をとり合っていた。ただし、できあがりつつある像をもってしても、なぜジョウラなのかという謎についてはほとんどわからないままだ。

反政府組織がこれほどの水準の協力体制をつくりあげるという状況は前例がなかったが、まったく理解できない話でもなかった。この三つの組織は、それぞれ共産主義を標榜する革命活動を何十年も続けてきた点も、麻薬を活動の資金源としてきた点も共通している。その組織が手をとり合って行動するというのは不安材料には違いない。だが、アメリカのマフィアがメキシコの麻薬カルテルと協力関係を築くのとおなじだと考えれば、彼らの行動には筋が通っているようにも感じられた。

わからないのは、ジョウラがなぜその連携に関わることになったのかだ。三つの組織は、いずれもアマゾンのジャングルを活動領域としている。とはいえ距離的には離れていて、ロサンゼルスと香港がおなじ海をはさんで存在していると言うのと大差ない。ジョウラの人々が住むマイシ川流域は、ブラジルのロンドニア州に位置していた。この州は人口もきわめて少なく、広さはフランスの国土とほぼおなじで、コロンビアからもペルーからも離れている。また、ゲリラ組織の活動領域は互いに近いわけでもなく、ジョウラとも飛行機で二時間ほどの距離で隔てられていた。この地球上でもっとも人間の手が入っていないジャングルの上空を、千キロ以上も飛ばなくてはならないのだ。それほど隔絶した環境にある言語がテロ組織の連絡手段に使われている。どういう状況になればそうなるのか、ぼくには見当もつかなかった。

一方、メロディの上司たちはメッセージがどのように符号化されたかにはまったく興味がなく、ぼくたちが解読している情報の政治的な意味合いだけをひたすら気にしていた。いまやこの一件は大きくなり、ぼくが所属する小さなチームの枠を超え、NSAの南米関連の部署が総出で――言うまでもなく、CIA内にある彼らの競争相手にあたる部署も――増えつづける情報に対し、意見や分析を加えている。メッセージがもはや解読不能ではなくなったことで、ぼくたちのチームは急速に脇へと追いやられていった。ふたりの言語学者がキャサリン・ワイアットのもとでジョウラ語を学ぶことも決定し、ぼくが彼女と顔を合わせることもなくなった。

だが困ったことに、ぼくは疑問を放っておけない性格だ。ほかの解読不能なメッセージにとりかかっても、どうしてもなぜジョウラなのかという疑問が頭から離れなかった。コロンビアとペルーでゲリラ活動を展開する三つの組織が、ブラジル国内でもっとも隔絶した環境にある部族の言語を連絡手段として使いはじめる。いったいどんな状況なら、そんな荒唐無稽な話に筋の通る説明がつくのだろう？　それに、ジョウラの言語を使ったメッセージは正確性の欠如という厄介な特徴がある。距離や位置については漠然としているし、人の集団を特定することもできず、数字にいたっては存在すらしていないのだ。それほど抽象的な言語をなぜ暗号に使ったのかという点については、分析官たちも気が狂わんばかりに悩んでいた。ゲリラたちが正確性の欠如したメッセージを使用しているということはつまり、そうした細かい内容を伝達する別の連絡手段があることを示唆している。そうした補助的な手段がない限り、ジョウラ語のメッセージは本当にまったく役に立たないということになってしまうからだ。

頭を悩ませる疑問が残ってはいるが、ぼくはこの大騒ぎのきっかけをつくったのが自分であることに誇りを感じてもいた。ぼくの仕事のおかげで、NSAが世界規模の異変の正体を解き明かす最前線に立ったのだ。NSAはきっとゲリラ組織の秘められた狙いを突きとめるだろうし、その狙いに対応する方法も熟知している。ぼくはそう確信していた。結局のところ、NSAは、世界最大の規模と予算を誇る情報組織なのだ。

だがそのわずか一週間後、世界最大の規模を誇るNSAが懸命な努力を続けたにもかかわらず、なんの警告もなく、おなじ日にコロンビアとペルーの大統領が暗殺された。

【注1】コカイン取引にも深く関わる古い毛沢東主義ゲリラ組織。別名〝輝ける道〟

12

大統領暗殺のあと、複数のテロ組織から犯行声明が出され、その中にはブラジルでポールの船が襲われた事件に関与したと思われるリガドスも含まれていた。アマゾンの治安が安定していた地域で観光船を襲う武装ゲリラが続々と登場し、FARCとELNは活動を活発化させてセンデロ・ルミノソとも接触している。そんな情勢の中、南米で指導者ふたりがおなじ日に暗殺されたのだ。いまや、これらの事象は、すべてつながったひとつの流れのように見えはじめていた。何かとてつもなく大きな出来事が起きつつある。だが、ぼくたちはまだその表面をなぞっているにすぎなかった。

「これを見て」ショーネシーが公開ネットワークにつながったコンピューターで動画を再生した。画面の中心には、深刻な表情をした軍人らしき男たちと国旗がとり囲む屋外の演壇が映っている。やがて大柄で迫力のある顔つきをしたベネズエラの大統領が演壇に進みでて、肉付きのいい指を振りながら演説を始めた。

「ベネズエラは、自由の闘士たちの勇敢な行動を称賛する」大統領が話しているのはスペイン語だが、ぼくにはじゅうぶん理解できる。「貧しき民衆がファシストの圧政者たちを放逐するのは簡単ではないだろう。われわれは、コロンビアとペルーの人民に対し、長きにわたり人民を支配してきた右翼の過激派に抵抗し、公正な選挙を求めるよう強く呼びかけたい。FARCの戦士たちに代表される英雄たちは、世界じゅうの自由の民のために道を照らしつづけているのだ」

「大胆な声明だ」ぼくは思わずつぶやいた。

「こんなのは初めてだな」アンドリューがぼくの肩越しに言う。「何十年ものあいだ、ベネズエラはFARCを支援しているとコロンビアから非難されてきたが、一貫して否定してきた。だが、これじゃ認めたも同然だ」

「その事実は何を意味しているんです？」ぼくはきいた。「戦争ですか？」

アンドリューが回転椅子に腰をおろし、椅子がきしむ音を響かせる。「いまそれを言うのは早計だな。まずは政府のお偉方かホワイトハウスがわれわれに答えを求めてくる前に、現地で何が起きているのかを把握しておくことだ」

メロディが仕切りの向こうから姿を現した。目のまわりのしわが緊張でこわばり、いつもはきちんとしている髪も乱れている。「いますぐ一緒に来てちょうだい。DIRNSAのオフィスに呼ばれたわ」

アンドリューとショーネシー、そしてぼくの三人は一様に戸惑い、互いに顔を見合わせた。「誰が呼ばれたんです？」ぼくは尋ねた。

「呼ばれたのはわたしだけよ。でも、あなたたち三人も一緒に来てもらうわ」

NSA長官のマーク・キルパトリックは、情報畑を歩んできた空軍大将だ。年齢は五十歳だが、鍛えあげた長身の体軀のせいか周囲に与える印象はそれよりもさらに若々しく、多くの勲章で飾られたしわひとつない制服姿のまま、バスケットボールのコートに飛びだしていきそうにさえ見える。その長官が深刻な表情を浮かべ、ぼくたちが紹介されるのも待たずにメロディに声をかけた。

「ハーヴィンからきみが何かを知っていると聞いたが」

「知っているというのは言いすぎかと」

「どういうことかね？　情報の出し惜しみはきみたちのためにならないぞ」

メロディは現状でぼくたちが把握していることを簡潔に説明した。長官のたびたびの質問に話をさえぎられても、いらだちをみじんも見せずに淡々と答える。まるでテニスの試合みたいだ。観客気分でふたりの忙しい言葉の応酬を眺めているうちに会話が終わり、ぼくは気がつけばほかのみんなと一緒に長官室の外に出ていた。

「すごいわ」ショーネシーが話している。「これも初めてね」

「きみも長官室に入ったのは初めてだったのか？」ぼくは尋ねてみた。

「長官室どころか、この階に来たのも初めてよ」

全員そろって地下室に戻ると、メロディがぼくたちに向かって言った。「よく聞いて。事態は深刻よ。コロンビア政府はベネズエラが侵攻してきた場合のアメリカの立場を尋ねてきているわ。コロンビア国内はＦＡＲＣのデモが三倍に増加し、主要幹線道路のいくつかが地雷で寸断されている。ＦＡＲＣがこの事態を支配権を奪取する絶好の機会と見ているのは確実ね」

「現実的に、コロンビア政府が勝つ確率はどのくらいあるんですか？」ぼくはきいた。「これまでのところ政府軍はＦＡＲＣを潰せてこそいませんが、武力では政府軍のほうが圧倒的に優位なはずですよね？」

「賭けがしたいなら、オッズはＣＩＡにきくしかないわね」メロディが答える。「わたしたちの仕事は、この混乱の裏で誰が糸を引いているのか突きとめて、その連中の最終目的を暴くことよ。今回の二件の暗殺事件は、統制のとれたひとつの攻撃と見て間違いないわ。ことを進めた組織が必ず背後にいる。これからはその組織の公式名称を、その正体が何者であれ、リガドスで統一することになったから、そのつもりでいてちょうだい。わたし個人としては、うちが解読中のジョウラ語のメッセージが一連の出来事と直接関係していると思う。でも、まだわからないことがあまりにも多すぎるわね」

「暗殺事件の詳細は？」ショーネシーが質問した。「もうわかったんですか？」

「両国の警察が捜査中よ。でも、どちらの事件でも高い地位にある側近が爆弾を服の下にくくりつけて、自爆したようね。共犯と見られる犯人を素通りさせた爆発物探知の担当者たちは、事件直後から行方をくらましているわ。ふたつの暗殺事件はやり方が酷似しているうえ、どちらも慎重に練りあげられた計画的な犯行よ。わからないのは、身辺や思想信条を徹底的に調べられているはずの政府高官をリガドスがどうやって寝返らせたのかということね。どちらの国もこの手の脅威には慣れているから対策は万全なはずなのに」

ぼくたちはまたしても夜遅くまで仕事を続けたが、八時過ぎになるとさすがにチームのメンバーたちが帰りはじめ、十時になると残っているのはメロディとぼくだけになった。彼女がぼくのデスクに歩み寄り、クリップでとめた分厚い書類をキーボードの横に置く。NSAは途方もない数のコンピューターを備えているにもかかわらず、いまだに膨大な量の紙を消費しつづけているようだ。多くの木々を殺しているこの組織の人間たちの中でも、おそらく最悪の部類に入るであろうメロディが言った。「手が空いたら見てちょうだい。データ調査チームがまとめた分析よ」

書類の束を手にとり、紙をめくってみる。主にスペイン語圏とポルトガル語圏の数カ国の新聞記事を集めたもので、ほとんどはアマゾン流域にある小さな地方紙の記事だった。ぼくは適当にひとつの記事を選び、目を通してみた。

記事には〝アマゾンに天才出現〟という見出しがつけられている。ジャングルからひょっこり出てきたサテレ・マウェ族の男が数学で天才レベルの能力を示し、ポルトガル語をわずか数日で習得してしまったうえ、そのあとに受けた知能テストで知能指数が百八十もあることが判明したという内容だった。四十歳代と思われる――本人も正確な年齢を知らない――男はその直前まで素足で狩りをし、ガラナを栽培する生活を送っていたらしい。

表現は扇情的で、内容の多くは疑わしい記事だ。ぼくはほかの記事にも目を通し、どれも内容が似通っているのに気がついた。場所と詳細こそ異なるが、公的な教育を受けていない原住民が驚くべき知性を示したという大筋では一致している。個別に見れば真剣にとり合う気にもなれない記事だ。だが、これだけ似た内容がまとまっているとなると、それなりの重要性があるようにも思えてくる。

「これが二件の暗殺事件と関係があるんですか?」ぼくは尋ねた。

メロディが肩をすくめる。わずかな仕草からも彼女の疲労が見てとれた。「ないかもしれない。でも、ジョウラのメッセージのことを考えると、無視する気にもなれないのよ」

たしかに彼女の言うとおりだ。ぼくは書類の束を振ってきいた。「この資料をもとに作成した地図はあるんですか?」

「いいえ。まだないわ」

「帰って寝てください。地図はぼくがつくっておきます。続きは明日の朝にしましょう」

首を横に振ったメロディが、ぼくの隣の椅子に座る。「ふたりでやれば半分の時間ですむわ。来年になったらたっぷり眠らせてもらうわよ」

ぼくたちは、地下室の隣にある巨大なサーバールームのどこかにつながっているグーグルアースのNSA版を使って作業を進めた。画面上に表示された地球儀の画像には、グーグルが商業衛星から得たものだけではなく、機密扱いの画像も加えられている。更新は政府の国家地球空間情報局が担当しており、NSAの者なら誰でも、日時を明示したうえで情報を書きこむことが可能だ。その結果、地球上のどこであっても、その場所の画像が確認でき、そこで起きている出来事に関してNSAが把握しているすべての情報が即座に入手できるようになっている。

もっとも、このNSA版もすぐれてはいるが完璧ではない。面倒がってデータを書きこんでいなかったり、無関係あるいは不正確な情報を片っ端から書きこんだりする部署も中には存在するからだ。だが全体として見れば、この地球儀ソフトがこれまでぼくが使ったどのソフトよりも面白いものであることは間違いなかった。なんといっても、指先ひとつで世界じゅうの重要機密に触れられるのだから当然だ。

それからの一時間、ぼくたちはデータ調査チームがまとめた記事を出来事が発生した場所に振り分けていき、出来事が明らかになった日時も入力していった。話題となった原住民の国籍や出自が明らかな場合は、出身の村までたどって画面に反映させる。すると、すべての入力を終える頃には、ある明確な構図が浮かびあがっていた。

アマゾン全域が映しだされた画面には、中央から外側に向かって放射状に点や線が表示されている。初期の記事は、伐採拠点のキャンプやジャングル内の小さな町での話に集中していた。記事が出た時点では、劇的な知性を発揮した原住民たちはオカイナ族、ティクナ族、クリナ族、シャラナフア族、ヌキニ族、ポヤナワ族、アシェニンカ・カンパ族の一員としてそれぞれの集落で暮らしていたようだ。それらの集落はブラジルとペルーの国境近く、文明から遠く離れたジャングルの中に位置していた。

時間とともに、これらの部族の人々がより大きな町や都市に出現しはじめ、記事の内容もアマゾンの周辺部へと広がっていく。リガドスによる殺人と誘拐に関する記事が出はじめたのはそのあとだ。それからコロンビアとペルー国内でのゲリラ活動が活発化し、ジョウラの口笛言語を使ったFARCとELN、そしてセンデロ・ルミノソの連絡が増えていく。

「広がってますね」ぼくは言った。「時間の経過とともに内から外に広がっている」

広がりの起点を特定するのは難しかったが、ジョウラ族が住むマイシ川流域である可能性が高いようにも見えた。そこは世界でもっとも隔絶していて到達するのが難しい土地であり、画面で見てもただただ緑色が広がっている。衛星やドローンのカメラでは、うっそうと生い茂るジャングルの内部までは確認できないので、それ以上のことは何もわからない。

すでに時刻は十二時になっている。ぼくがあくびをすると、メロディもあとに続いた。「よくやったわ。続きは明日にしましょう」

メロディと一緒に地下室を出るときも、ぼくの頭の中には、ここまで整理したデータが暗示するさまざまな結論が、明確な形をとらないまま渦巻いていた。原住民たちが集落を飛びだし、やがて異常な才能を披露する舞台となる町や都市へと散っていったのには、必ず理由があるはずだ。彼らはもともとそうした天才的な才能の持ち主で、才能が花開く機会を待っていただけだったのか？　それとも、彼らを劇的に変える何かが起こったのか？

ぼくたちは金属探知機を通過し、駐車場へと向かった。涼しく心地いい夜で、空には満天の星が輝いている。西の地平線の少し上に、ひときわ明るく光る金星が見えた。ボルティモア・ワシントン国際空港に着陸するために上空で列をつくっている飛行機の照明も、きれいに並んで光っている。

「お孫さんの具合はどうですか？」ぼくはきいた。

「元気になったようね」メロディが頭を左右に振った。「もっとあの子と話す時間があったらよかったのに。成功するために薬なんか必要ないと伝えてあげたかったわ。もっとも、あの子はどのみちわたしの言うことなんか聞かないでしょうけど」

「過剰摂取の副作用は大丈夫なんですか？」

彼女はまたしても頭を左右に振った。「それどころか、アドバンスド・プレイスメント【注1】の試験を今週受けるそうよ。六つもね」

ぼくは父の家へと車を走らせながら、ポールがブラジルで遭遇した事件について考えた。船が襲われたのはマイシ川流域から九百キロほど離れたところで、時期的には天才的な才能を示した原住民たちの話の広がりと一致する。ぼくの頭にスクラブルでツークツワンクという単語を並べたときの兄の勝ち誇った顔が浮かび、続けて退院後の兄に一方的に打ち負かされたゲームの内容が次々とよみがえってきた。

家に到着し、敷地に車を入れると、タイヤが小石を踏む音がした。驚いたことに、両親が眠っているはずの時間にもかかわらず、一階から照明の光がもれている。ポールにしても少し前にメリーランド大の近くに借りたアパートメントに戻っていて、ぼくとはかれこれ一週間ほど会っていなかった。

玄関のドアを開けて中に入り、うしろ手でそっと閉じる。明かりがもれている裏庭のテラスへ向かうと、そこでポールが編み細工の椅子に座り、膝の上に置いたパソコンのキーを一心不乱に打っていた。テーブルランプの照明が黄色いカバー越しにぼんやりと光っていたが、テラスでいちばん明るく光っているのは、パソコンの光が反射したポールの白い顔だ。ぼくはクッションを張った椅子にそっと腰をおろし、兄を見つめて声をかけた。

「夜遅くまで仕事かい？　それとも、ネットでチェスでも？」

ポールが驚き、パソコンを膝から落としそうになる。

ぼくは声をあげて笑った。「入ってきたのが見えなかったのか？」

「集中していたんだよ」兄が画面から目をそらさず、さらに何度かキーを叩く。

「どうしてここに？」

「父さんに会いに来たんだ。大丈夫かどうか見に来た。母さんからおまえがほとんど家にいないと聞いたからな」

「遅くまで働いているんだよ。やらないといけないことが山ほどあるんだ」

ポールは返事をせず、まだキーを打ちつづけている。

「体調はどうだい、ポール？」

ようやくパソコンを閉じた兄が疑わしげな視線を投げる。「やぶから棒にどうした？」

「呼吸とか睡眠は？　おかしいところはないかい？」

「ぼくなら大丈夫だよ」

「抗真菌薬は？」

「正直に言うと、薬は飲んでない」

ぼくはいらだちまじりの声をあげた。「飲まないとまずいじゃないか。医者は三年飲みつづけないとだめだと言っていたぞ。症状がぶり返すかもしれないって」

「ぼくは病気に見えるか？」

「いま具合が悪いかどうかは問題じゃないだろう。この病気を甘く見たらいけないよ。また発症したら、今度は治療が最初よりも大変になる」

「平気だよ。なんだってそんなにしつこくきく？」

「パラで真菌感染症が大流行しているから心配なんだ」

「その話なら何週間も前から知っているはずだぞ。ほかにもあるんだろう?」ポールの目がぼくをじっと見つめる。「仕事でぼくが心配になるような何かが判明したんだな?」

兄の鋭さに、ぼくは寒気を覚えた。これはただの勘だろうか?「南米でろくに教育を受けていない人々がいきなり数学の才能を発揮したり、新しい言葉を数日で覚えたりしたというニュースが続いているんだ。その中の数人が、本人の意思かどうかはわからないけれど、よからぬことに巻きこまれている可能性がある。兄さんを襲った連中もおそらく関係しているはずだ」

「それがどうした? ぼくとなんの関係が……ああ」ポールがにんまりと笑い、納得した顔でうなずいた。「スクラブルのせいだな」

ぼくの顔が赤くなっていく。「別に兄さんが勝つのがおかしいとか、傲慢なことを言うつもりはないんだ。でも、あのゲームに関して言えば、つねに勝っていたのはぼくだった」

「なるほどな。スクラブルがおまえよりも上手になったから、ぼくが世界的な陰謀か何かに巻きこまれていると思ったわけだ。違うか?」

ぼくはしばらく口をつぐみ、それから言った。「ポール、研究室でいったい何を研究しているんだ?」

【注1】優秀な学生を対象にした、高校で受けられる大学の講義

13

ポールの菌類学研究室があるメリーランド大学は、渋滞で悪名高いワシントン環状道路の内側にある。ぼくとポールは、研究室のある棟まで徒歩二分と近いカレッジパーク駅まで、電車で行くことにした。

「研究室で見たことは、絶対に誰にも話すなよ」兄がまたしても念を押した。おなじ言葉をもう十回は聞いた気がする。

「わかったよ」ぼくはなかばうんざりしつつ答えた。「話さないと言ったじゃないか。約束は守るよ。何も秘密を暴こうというわけじゃない。兄さんの体が心配なだけだ」

ポールがばかばかしいと言いたげに、声をあげて笑う。「ぼくの体は絶好調だよ」兄はそう言ったが、ぼくの耳には笑い声も含めてどこか無理をしているようにも聞こえた。

研究室があるのは、赤レンガと白い窓枠が印象的な植物科学棟で、まだ完成してから日も浅い。〈植物科学〉と記されたレリーフを見て、ぼくは思わず苦笑してしまった。ポールから十万以上の種を擁する菌界は植物界とは異なる分野であり、専門の棟を持つに値すると何度も愚痴を聞かされたことを思いだしたからだ。

ポールの身分証を使い、植物科学棟の中に入っていく。恐ろしくセキュリティが甘いように感じられたのは、フォート・ミードに出入りすることに慣れてしまったせいだろう。廊下を歩いていると、ペンキが塗られたブロックの壁に足音がこだました。ぼくの記憶にある高校の廊下に響く足音とそっくりだ。やがて兄が〝シャヴェッリ菌類学研究室〟と書かれたドアの鍵を開けて中に入り、ぼくもそのあとに続いた。

研究室の内部は、消毒処理までしていそうに思えるほど、きれいで整然としていた。複数のコンピューターが等間隔で並んでいて、それぞれのコンピューターのそばに置かれた顕微鏡の角度までぴったりとそろっている。コンピューターも顕微鏡も、部屋にあるほかのものと同様に白く輝いていた。いくつかある台の上にはガスバーナーや三角フラスコなど、高校の化学の授業で使った記憶がある器具がたくさんあり、そのうしろには小さなプラスチック製の引き出しがずらりと並んでいる。引き出しのひとつひとつには、几帳面な字が小さく書きこまれたラベルがきちんと貼られていた。専門の研究室だけにぼくからすればめずらしいものもあり、ある台の下には、初めて目にする洗濯機によく似た装置が設置されている。中央のテーブルの上に並んでいるペトリ皿に目をやると、引き出しのそれと比べるといくぶん雑に見える字が書かれたラベルが貼ってあり、〝ブレイン・ハート・インフュージョン寒天培地、羊血五％〟だの〝コーンミール・グルコース・スクロース・酵母エキス寒天培地〟だのと書かれていた。

ポールが顔をほころばせる。「羊の血は菌の初期の分離と培養のために使うんだ。それ
から胞子の形成を促進するためにコーンミールのほうに移す」

ぼくは皿の中をのぞいてみた。パンに生えたカビと似ている白い斑点が中央から外側に
向かって広がり、無数の細い線が皿の周縁部に向かって伸びている。線の色は途中で白か
ら緑がかった茶色に変わっていた。

「これが研究の主役かい？」

ひとつうなずいてから、ポールが答える。「病院でドクター・チューがパラコクシジオ
イデス症と言っていただろう？　つまり、パラコクシジオイデス・ブラジリエンシスとい
う菌に感染した可能性が高いという意味だ。でもこのサンプルを調べたところ、いくつか
の類似点はあるが、違うものであることがわかった」

「違うもの？　じゃあ、こいつはいったいなんなんだ？」

「新しい何かだよ。この分野では〝新しい〟ということ自体はめずらしくないんだ。五歳
児にバケツを持たせてアマゾンに送りこんだら、未分類のキノコを山ほど持ち帰ってくる
だろうさ。こいつも人間を宿主にする菌に限れば、文献では報告されていない」

ぼくは並んでいるペトリ皿を順番に見た。おなじ菌を異なる培地で培養しているらしく、
複数の黒っぽいしみが点在しているものもあれば、まったく育っていないものもある。

「この菌は三形成なんだ」ポールが興奮もあらわな声で説明した。「つまり、温度と宿主

204

の性質によって、三つの異なる形態に変わるということだ。みずからを複製するために増殖する単細胞の酵母菌形態か、二種類の異なる多細胞の糸状形態に変わる」

「それはめずらしいのか?」

「いや、そうでもない。三形成の菌による一般的な血液感染症もあるからね。ちなみにパラコクシジオイデス・ブラジリエンシスはといえば、ほかの病気を引き起こす種の多くとおなじように二形成だ。こうした形態を変える能力があるからこそ、菌は殺すのが難しいし、人間にとって危険が大きい。ぼくは、この種が宿主を選ばないと考えている。植物でも動物でも、どちらでも宿主にできるんじゃないかとね」

「それで……この話は兄さんが薬を飲むのをやめた理由の説明になっているのかい?」

「まず見てほしいものがある」

ポールが大型のモニター二台とつながっているコンピューターにログインする。しばらくファイルをいじったあと、兄は胎児の超音波画像のような灰色の画像を何枚か画面に表示させた。

「これは、病院を出た二日後に撮ったぼくの肺の画像だ」自分が何を見ているのかよくわかっていないぼくのために、ポールは画像を指し示した。

「丸い形をしているのが肺の内部の病変だ。これがこの菌の酵母菌形態だよ。このあと糸状形態に変わって菌糸を細胞のあいだに送りこんだ」

「そいつが兄さんの呼吸を妨げたわけだ」

「間接的にはそうだ。だが正確に言えば、ぼくの呼吸を妨げたのは、ぼく自身の免疫システムだよ。免疫システムが菌を攻撃して、その過程で出た液体が肺にたまったんだ」

「どうしたらその話が薬を飲まないほうがいいという結論につながるのか、ぼくにはまださっぱりわからない」

「もう少し我慢してくれ」ポールが次の画像を表示させる。「これが二週間後だ」

「丸い形がなくなっているね」

「そうだ。酵母菌形態がなくなった。それで免疫システムも攻撃をやめ、液体も出なくなったわけだ」

「薬が効いたのか？」

ポールが肩をすくめる。「酵母菌形態がなくなるプロセスを早める効果はあったかもしれないな。ただし、ほかの形態、つまり糸状形態のほうはなくなったわけじゃないんだ。見てくれ」画面に現れたのは、肺をより大きく映した画像だった。「菌糸が見えるだろう？」

「この線が全部そうなのか？　これが全部菌だと？」

「成長しているんだよ。すべての細胞のあいだに入りこんでいる。ときには細胞から栄養をとりこみながらね」

「それじゃ寄生体じゃないか。兄さんの中で生きているんだろう？　食われているんだぞ」

兄はあきれ顔で上を向いた。「人間が腸の中に宿しているバクテリアの細胞は、自身の体を構成している細胞より多いんだぞ。外部の微生物を必要以上に恐れることはないよ」

「バクテリアはいるべきものだからそこにいるんだ。人間の役に立っているし、必要ですらある。でも、こいつは感染して入りこんできたんだぞ。自分の研究のために体内で成長させているんだろう？　ぼくにはよくわからないが、その手の実験に関する倫理的な一線みたいなものがあるんじゃないのか？」

兄が両手を頭のうしろで組み、椅子の背に寄りかかった。「自分の体を使った実験には長い歴史があるし、それこそ語り草になった有名な例も多い。重要な発見だってなされているんだ。ヴェルナー・フォルスマンは、自分の心臓に初めてカテーテルを通してノーベル賞をとった。バリー・マーシャルだって、自分を実験台にヘリコバクター・ピロリ菌が胃潰瘍を引き起こすことを証明して、ノーベル賞を獲得した」

ぼくはポールに疑いのまなざしを向けた。「コレラ菌を飲んだ男もいたはずだ」

「いた！　マックス・フォン・ペッテンコーファーだ。コレラは空気感染によって広がるもので、液体接触では感染しないという自説を証明するために菌を飲んだんだ。彼は……まあ……間違っていた」

ぼくはあえて返事をせず、しばらく兄に自分の行為を考えさせた。

「それじゃ、あとは飛ばして最後の画像を見てもらおう」ポールがまだたくさんある画像の中から目当ての一枚を選び、画面に表示させる。その最後の画像は、回転させられる三次元のカラー画像で、ぼくには何を映したものなのかよくわからなかった。

「これは、ぼくの小脳の前葉を映した画像だ」難しい顔をしたぼくにポールが説明する。

「ちょっと待った。これが脳だって？　いったいどうやってこんな画像を？」

「PETスキャンさ」

「あれはばかみたいに高いんじゃなかったっけ？　父さんが撮ったときだって、一回で千ドルもとられたぞ」

「この棟の三階にいる知り合いが新しい断層映像の撮影技術を研究していてね。撮った画像をくれるなら、ぼくが実験台になってもいいと言って撮ってもらった」

「わかった。それで？　こいつには何が映っているんだい？　まさか、菌が脳にまで？」

「そのとおりだよ。ただし、いい意味でだ」

ぼくは言葉を失い、しばらくのあいだ、呆然とポールを見つめた。兄が笑いだし、すっかりかつがれたぼくに向かって勝ち誇った表情を見せるのを待つ。だが、いつまで経っても兄の顔は真剣そのものだ。やっとのことで口を開き、ぼくは尋ねた。「菌が脳に入りこんだ状態が、なぜいい意味になるんだ？」

ポールがマウスを操り、画像を回転させてある部分を拡大する。「菌糸が成長して広がっているのがわかるだろう？　神経細胞をたどって伸びて、構造全体に及んでいる」

ぼくは恐ろしくなって言った。「髄膜炎《ずいまくえん》とおなじじゃないか」

自分の頭を指さし、ポールが答える。「それは違うよ。炎症も痛みも、混乱もないんだ。それどころか、受けた知能テストの結果はいままでで最高を記録した。菌糸が神経伝達の効率を高めているんだよ。それだけじゃない、ぼくの脳のある部分の構造を、機能はそのままに効率を高めてリマップしたんだ」

「リマップって、コンピューターで言うところのキー入力をほかのキー入力に入れ替えるあれかい？」

「そうだ。脳というやつはすばらしく優秀で、自然に神経の伝達路をつくりあげる。だから非効率に仕上がってしまうことも多々あるんだ。ハードドライブのディスク最適化と一緒だと思えばいい。菌糸がこまごまとしたものを整理することで、脳の働きがずっとよくなるわけさ」

「機能が変わっていないとなぜわかる？」

ポールが声をあげて笑う。「そういえば、昔からぼくらきょうだいではおまえのほうが用心深かったな。たしかに、その点についてはわからない。でも、だからこそぼくも慎重に研究を続けているし、この新発見についてもまだ公表していないんだ。誰にも害がないと確信が持てるまでは、成功だと主張するつもりもないよ」

「でも自分自身には害があっても構わない。そういうことか？」

「そうだな。そのくらいのリスクは承知の上だ。それに、ここまでの経過は奇跡そのものと言っていい。ぼくの脳はいま、複雑なデータを大量に記憶できるし、コンピューターの手を借りずにそのデータを瞬時にグラフ化することだってできる。考えただけで図が浮かぶんだぞ。ごく自然にすべてがつながるんだ。いままでなら考えられないようなひらめきだって、一日に二回は訪れる。長い目で見た場合の影響はたしかにわからないし、公表すれば大変な論争が巻き起こるだろう。政府に法整備を求める声があがり、さらに多くの研究がなされて、ネット上でも子どものワクチン接種とは比較にならないほどの大騒ぎになるはずだ。でもな、ニール。こいつは効く。それは紛れもない事実なんだよ」

疑っているにもかかわらず、ぼくは自分がポールの興奮にあてられているのを感じていた。菌類に関していえば、兄はぼくよりもはるかに多くの知識を持っている。本人が安全だと言うのなら……いや、安全かどうか、本人にだってわかりようもないのではないか？ 以前に誰かが研究していた例があるわけではないのだ。ぼくは、兄が無謀な自己実験の犠牲者として歴史に名を刻むのだけは、なんとしても避けたかった。

「メイシーは亡くなったんだぞ？」問いを発した瞬間、後悔がぼくの胸にこみあげる。

ポールはうつむいてしまった。「メイシーがどうだっていうんだ？ 彼女は感染初期で死んだ。肉体の免疫反応で肺に出た血と水に溺れてね。さっきも言ったとおり、厳密には菌のせいじゃない」声は冷静そのものだが、こわばった顎が兄の怒りを表している。

「悪かった」ぼくは謝った。「ただ、兄さん以外の人間がこの寄生体から利益を得られるようにしたいと思っているのなら……」

「リスクはあるよ。それは認める。だが、危険性は最小限にできるはずだ。胞子を吸引する代わりに、培養した形態を注射するか口から摂取するとかね。抗真菌薬と一緒に体に入れれば、初期段階の成長ペースを抑えて免疫反応を弱められるかもしれない」

「この菌は、ニューリトルと関係があるのか？」ぼくはきいた。

ポールが眉をひそめる。「おまえの上司の孫が過剰摂取したスマートドラッグか？」

ぼくはうなずいた。

「その質問は興味深いな。ぼくはその薬については知らない。原料に菌が使われているのか？」

それはすぐにでも調べる必要がある。ぼくは兄の言葉を脳裏に刻んだ。「ジャングルに突如出現した、原住民のアインシュタインたちについてはどう思う？」

兄が椅子から立ちあがり、体を伸ばす。「わからないな。たしかに広いブラジルで感染者がメイシーとぼくのふたりだけというのも考えにくい。だが、この感染症について書かれた文献がこれまで存在しないのも事実だ。つまり、ぼくたちがとてもめずらしい菌か、まったく新しい菌のどちらかに偶然感染したのは事実で、そのどちらにしても、もっと多くの感染者がいてもなんら不思議はない。いまはそれくらいしか言えないよ」

211

「わかったよ。今日はいろいろと見せてくれてありがとう」

兄が目を細くしてぼくを見る。「誰にも話したりしないよな？　おまえを信用して見せたんだ。ぼくが公表するまで、この件はくれぐれも内密にしてくれよ」

ぼくは指を二本立て、ボーイスカウト式に誓った。「誰にも言わないよ。でも、兄さんの口から話してほしい人が何人かいる」

「いちおう断っておくが、倫理委員会か何かに報告しろと言うなら、その気はないぞ」

「そんなことは考えてもいないよ。兄さんをＮＳＡの同僚たちに紹介したいんだ」

14

「最高の気分だよ」ポールが無邪気にはしゃいで言った。

ぼくたちの車は、フォート・ミードのゲート前に並んで検問の順番を待っているところだ。助手席に座る兄は、これからキャサリン・ワイアットとおなじくコンサルタントとして当日限り、同伴義務つきの許可証を発給され、施設に入ることになっている。通常であれば、システムに登録されていない部外者は許可がおりるまで数週間かかるところだが、そこはすでにメロディが手をまわしていた。

感心しきりのポールを見ていると、自分がNSAで働きはじめてからの短い期間で軍用犬や鉄条網、武装したMPといった存在に慣れてしまっているのがよくわかる。ぼくはその事実に驚くのと同時に、この施設の内部の人間として兄を案内していることを誇らしくも感じていた。

「不安にならないのか?」ポールが尋ねる。「ぼくなんて、いつ身分詐称か何かで車から引きずりだされないか、気が気でないよ」

「すぐに慣れるさ」ぼくは答えた。

車を駐車場にとめてから金属探知機を通過するまで、ポールはずっと銃を持ったMPたちとおなじ深刻な表情を顔に貼りつけたままで、無事に通過して赤いストライプの入った許可証を手渡されたときなどは、まるで名誉勲章をもらうかのごとくうやうやしく受けとった。ぼくもいまでは知っているのだが、許可証は建物内の追跡が可能で、所持者がどこにいるかがつねにわかるようになっており、許可されていない区画に入ったり、同伴義務があるにもかかわらず単独で行動していたりすると、警備担当者に知らせが入るシステムになっている。つまり、エージェントのベンジャミン・ハリソンが講師だった最初の講習でぼくが挑んだちょっとした冒険は、廊下を反対側に歩きだした瞬間から失敗が決まっていたわけだ。刑務所に入れられなかったのは、単に運がよかっただけにすぎない。

ぼくはそのまま兄を地下へと連れていき、会議室へと案内した。小さな会議室では、メロディとショーネシー、アンドリューとほかに何人かが待っている。室内に足を踏み入れると、機密情報に触れる資格のない人間が入ってきたことを知らせる赤い照明が点灯した。これが光ると、局員は機密書類をしまい、機密情報を扱うコンピューターの電源も切らなくてはならず、機密に関わる話も厳禁となる。水漏れの修理や新しいエレベーターの設置など、外部から契約業者を呼ばなくてはならないときも、これとおなじ措置が講じられる決まりだ。ぼくはひととおりの紹介を終えたあと、詳しい説明をポールに任せた。

ポールが事前に準備した表や画像のデータはすでにセキュリティチェックを受け、コンピューターにアップロードされている。兄はそのデータを使い、ぼくにしたのとおなじ説明を同僚たちに施した。ポールは秘密にこだわっていたが、兄が気にするまでもなく、NSAには職務中に聞いた内容を外部にもらして経済的な見返りを得るといった行為を防止するための法的文書がすでに用意されている。室内にいる全員がすでにここで話される内容を外部に公表しないという文書に署名していた。

「この話とコロンビアのゲリラどもの動きになんの関係があるっていうんだ?」ポールの説明を聞き、最初に口を開いたのはアンドリューだ。「まさか、組織のメンバーが……」

メロディが立ちあがり、口を滑らせた彼をさえぎって言った。「情報の提供に感謝します、ジョーンズ博士。何か科学的な質問がある人はいるかしら?」

アンドリューがわずかに顔を赤らめて沈黙する。NSAの内輪話を期待していたポールはがっかりしたようだったが、すぐに気をとり直して笑みを浮かべ、期待をこめた視線で一同を見まわした。

「感染はどうやって広がるんですか?」ショーネシーが尋ねる。

「胞子の吸引です」ポールは答えた。「成長した菌が胞子を形成し、その胞子が風に乗って拡散します。人間が胞子を吸いこむと、肺の粘膜に付着して成長する」

「人から人への感染は?」

「いまのところはないと思われます。菌の宿主になった人間の体内で胞子が形成される兆

215

候は示されていません。この菌糸は半数体、つまり染色体のコピーがひとつきりですから、おなじ種で性的に適合する菌糸と遭遇しない限り、複製は不可能です。そうした遭遇の機会が多いジャングルの中でないと複製は起こらないと、ぼくは考えています」

「人間の知性を向上させる理由は？」

「昔ながらの共生関係ですよ。宿主にした動物の知的水準が高いほど、菌の生存の可能性も高まる。また、菌が動物にもたらすものの価値が高いほど、動物は菌を守ろうとし、体内での培養さえ許してしまうわけです。つまり相互利益というやつですね」

質問がそこで途切れると、メロディが改めてポールに礼を言い、ぼくのほうを見た。

「行こう」兄に声をかける。「帰る前に、サーバールームを見せてあげるよ」

「なんだ。結局、秘密は教えてもらえずじまいか」会議室から退出しながら、兄がつぶやいた。赤い照明は無音の警報のように、まだ点灯したままだ。

「本気でそんなことを期待していたのかい？」

「誰かが何かをうっかりもらすかもと思っていたんだよ。たとえばほら、ケネディ暗殺の真犯人とか、異星人の技術の隠し場所とか」

ぼくは肩をすくめた。「そいつは残念だ。でも、ここを出る前にひとつだけご褒美がある」

身分証をキーパッドの上にかざして番号を打ちこむ。電磁式のロックが音をたてたのを聞き、力をこめてドアを押し開けた。

気圧差で流れてくる冷たい風がぼくたちの髪を揺らす。ラックに置かれた無数のサーバーがうなる音を耳にしたポールは、傑作としか言いようがないほどうれしそうな表情を浮かべた。目を輝かせて広い空間に足を踏み入れ、どこまでも続くサーバーのラックを唖然として見つめている。

ぼくたちは階段をおり、サーバールームの床に立った。ぼく自身、用事もなかったので、メロディに案内されて以降は一、二度しかこの部屋には入っていない。ポールが体を回転させ、室内全体を見まわして言った。「世界じゅうの情報がここにあるわけだ」

「言いすぎだよ。まあでもたしかに、かなりの量の情報ではあるかな」

ポールが身をかがめ——ぼくは最初つまずいたのかと思った——、床にはめこまれた鉄の格子をのぞきこむ。サーバーと建物内とのあいだで情報を伝達する床下のケーブルの束を見つめているようだ。「すごいな」

「よだれを垂らさないでくれよ」

兄は立ちあがり、両手についたほこりを払った。「おまえもここの一員なんだな。どんなデータにもアクセスできるし、世界を監視することも、すべてのメールを見ることもできる」

「ほんの一部だよ。すべては無理だ」

「悪いやつらのメールだけか」

「まあ、そんな感じかな」

ポールの顔に笑みが浮かぶ。「連れてきてくれてありがとう。いいものを見せてもらったよ。テレパシーで発射する光線銃は見せてもらえなかったが」

「どういたしまして。光線銃は次のお楽しみだ」ぼくは冗談を返した。

サーバールームを出てすぐ、ぼくたちはメロディと出くわした。

「改めて感謝します、ジョーンズ博士」

「お孫さんの体調はどうです？」ポールが尋ねる。「ニールから事件のことを聞きました」

ぼくは内心で眉をひそめた。若者たちが成績向上のために薬を飲むのを認めるべきだなどという突拍子もない意見を、兄が口に出さないよう祈るばかりだ。

「大丈夫ですよ」メロディが答える。「心配してくれてありがとう」

「ひとつきかせてください。彼女は治療でどんな薬を？」

「わたしは母親じゃありませんから。そこまでは知りません」

「長期間にわたって服用しなくてはならない薬はありますか？　危険な状態が去ったいまでも飲みつづけているものが？」

メロディが奇妙な表情を浮かべ、ポールをじっと見つめた。「そういえば、あったような気がします。あの子の母親が、ずっと飲みつづけないといけないと言っていましたね。たしか二、三年だったかしら。そんな薬の話は初めて聞いたので覚えています」

抗真菌薬だろうか？　ぼくの背筋に冷たいものが走った。ポールがうなずき、前に身を乗りだして質問を続ける。「それからニューリトルですが、いったいどこから？」

「別の生徒から手に……」

「そうではなくて、もともとの出どころです。誰が製造を？　供給ルートは？」

メロディが腕を組んだ。「なぜそんな質問を？　何か知っているのですか？」

「すみません」ポールは謝ったが、なおも質問を続ける。「もうひとつだけ。回復してから彼女の知能が向上していませんか？　ずば抜けた記憶力や驚くような直感力など、すぐれた知性の特徴を見せているようなことは？　テストの点はどうです？　一気に上がってはいないですか？」

ポールの問いを聞くうちにその意味を悟ったのだろう。メロディの目の色が変わった。

「おなじなんですね？　ニューリトルが南米で広がっている感染症をアメリカでも引き起こしていると？」

「わかりません。でも、可能性はあります。何者かが南米で広がる感染症の原因となっている菌の胞子をとりだして、薬にしているのかもしれない」

「その作業は難しいのですか？」

ポールが肩をすくめる。「それほどでも。ぼくでもできますよ」

ぼくは〝やる気はないだろうな〟という言葉を飲みこみ、代わりに言った。「もしこの感染症がアメリカに入ってきているのなら、調べないと」

「そうね」メロディが動じた様子もなく平然と答える。「注意を喚起していただき感謝します、ジョーンズ博士。詳細について疑問が出てきたら、ニールを通じて連絡をしても構いませんか？」

「もちろんです」

ぼくとポールは連れだって出口に向かった。ポールが金属探知機を抜け、制服姿のMPに許可証を返却する。ぼくは自由の身となった兄がNSAの手配した車に乗りこみ、ゲートに向かって走り去っていくのを見送った。どこからか電話の鳴る音が聞こえてくる。近くにいたMPが金属探知機の近くにある警備ブースに駆け寄り、受話器をとった。

「ニール・ジョーンズ？」MPがぼくを見て尋ねた。

「そうです」

「ミス・ムニズがすぐオフィスに戻るようにと」

廊下を走り、地下室へと急ぐ。「何事ですか？」部屋に戻ったぼくは、息を切らしながらメロディにきいた。

「DIRNSAから電話があったわ」

「また全員で行くんですか？」

「いいえ。呼ばれたのはあなただけよ」

ぼくが部屋に入ったとき、キルパトリック長官は赤い受話器を手に話をしていた。「早く調べろ。これ以上、放置しておくわけにはいかない」

電話を切った長官が、よく動く落ち着きのない視線をぼくに向けた。「きみは？」

「ニール・ジョーンズです、長官」

「そうだったな。きみがジョーンズか。ムニズから期待の星だと聞いている」

「彼女がそう言うなら、そうなのかもしれません」褒められて悪い気はしないが、それが何を意味しているのかを考えると恐ろしくもある。世界でもっとも力のある情報機関の長官が、ただ頭をなでて褒め称えるためだけに、わざわざ部下を呼びつけるとは思えないからだ。

だが、ぼくが呼ばれた理由はすぐに明らかになった。「明朝、わたしと一緒にブラジルに行ってもらう」長官が単刀直入に命じる。「飛行機は九時三十分発だ」

たちまちぼくの頭が混乱状態におちいった。「どういうことですか？」

「きみの経歴も、父親がここで働いていたことも知っている。ジョーンズ、父親と一緒にブラジルにいたあいだ、いまブラジル情報庁の長官代理を務めているフリオ・エドゥアルド・デ・アルメイダの息子と親しかったな」

長官のポルトガル語の発音はひどいものだ。だが、もちろんそれを指摘するほどぼくも愚かではないし、NSAが自分の少年時代の友人関係を把握している事実に驚いたふりをしても意味がないこともわかっている。「セルソとはもう五年も会っていません。それに、情報機関の中枢にいるのは父親で、セルソはエンジニアリングを学ぶ学生です。機密に触れる資格も持っていないはずですが」

「きみは古い友人と旧交をあたためてくれればそれでいい。できるな?」

ぼくはつばを飲みこんだ。十五歳のときを最後にブラジルには戻っていないことだし、セルソとふたたび親交を持つのは悪くない。だが、長官が狙っているのは情報だ。つまり、ただ再会するだけではなく、相手を利用しなくてはならない。それに、そもそも長官は頼み事をしているわけでもなかった。命令しているのだ。

「はい、長官」

「よし。BWI、九時三十分出発だ」

「滞在はどのくらいになりますか?」

長官が肩をすくめる。「数日だ。コートニーからチケットを受けとれ」

コートニーというのは長官秘書の女性の名だ。彼女が無言でチケットをぼくに手渡し、こうしてぼくは、久しぶりにブラジルを訪れることになった。


その日、ぼくは早めに職場を出た。何が必要なのかはさっぱりわからなかったが、とにかく荷づくりをしてブラジル行きに備えなくてはならなかったからだ。車を運転しながらキルパトリック長官が肩をすくめる仕草を思いだす。〝数日〟と言うからには、一週間もみておけばじゅうぶんだろう。そんなことを考えているうちに、携帯電話の呼び出し音が鳴った。運転中に電話で話すのはメリーランドの州法に反している。だが、相手がメロディかキルパトリック長官かもしれない以上、出ないわけにもいかなかった。

電話は母からだった。「たったいま伝言を聞いたところよ。大丈夫なの?」

「どうかしたのかい?　誰が大丈夫だって?」

「お父さんよ。ポールから病院に連れていくって連絡があったの」

「いつ?　理由は?」携帯電話の画面に目をやると、着信が八件になっていた。

「今日の午後よ。わたしは講義があったから、ポールがあなたとの用事が終わったら、お父さんを見てくれることになっていたの。伝言だと、救急救命室に向かっているということしかわからなくて。ポールから何も聞いていないの?」

「電話はあったらしいけど、出られなかったんだ。行き先はボルティモア・ワシントン医療センターかな?」

「たぶん」

「十分で行くよ」

「こっちは急いでも三十分はかかるわ」

「わかった。何かあれば連絡する」

電話を助手席に放り、アクセルを踏みこむ。心臓発作、脳卒中、アルツハイマー病の悪化、頭にさまざまなシナリオが浮かんできた。ストーブの事故だろうか？ それとも、ポールが目を離した隙に、父が車かボートに乗ろうとして大惨事に？ 五分後、ぼくは車を救急救命室の駐車場に入れ、標識の確認もせず最初に目についたスペースにとめた。建物に向かって走りながら、兄に電話をかける。

「救急救命室の待合室で落ち合おう」ポールは言った。

受付で父の病室の番号をきいていると、一分もしないうちにポールがやってきてぼくに声をかけた。「来たか、ニール。携帯電話がずいぶんと嫌いみたいだな」

「建物に入ったら出られないんだよ。知っているだろう？ 直通でかけてくれればよかったのに」

「そうしたさ。誰も出なかったんだ」

「母さんもこっちに向かっている」

「そうか。父さんの病室に行こう。案内するよ」ポールがそう言って歩きだす。ぼくたちは両開きのドアを抜け、廊下をしばらく進んでいった。「この先の左の病室だ」

ポールの表情には〝何か〟が浮かんでいる。恐怖と心配、そのほかにも〝何か〟……そう、罪悪感だ。それと同時に、ほんのかすかだが挑戦的な気配も漂っている。その瞬間、ぼくは何が起きたのかを理解した。

「冗談じゃない。父さんに菌を感染させたな。そうなんだろう？」

「なんの話だ？」兄のうしろめたい表情が、ぼくの知りたいすべてを物語っている。

「あの寄生体だ！　わざと感染させたな。注射か、食事にまぜるか何かしたんだろう？　いったい何が起きると思ったんだ？　父さんのアルツハイマー病を菌で治せるとでも思ったのか！　あの病気は世界有数の神経変性疾患なんだぞ。それを家庭療法でどうにかするつもりだなんて！」

ポールが挑むような顔つきで答えた。「ぼくの話を聞け」

「話を聞け？　言い訳と自己正当化をか？　兄さんは父さんを人体実験に使ったんだ。話なんて聞きたくもない」

「ニール、少し落ち着け。ぼくは……」

ポールを押しのけ、父の病室に入る。父は仰向けにされ、ベルクロの拘束具で片方の腕をベッドに固定された状態で首に力をこめ、頭を上げていた。左右の耳からまわされた酸素チューブが鼻に入れられ、白いテープでとめられている。父のかたわらには看護師が立ち、おだやかな声で話しかけながら、もう片方の腕を固定しようとしていた。

「わたしから離れろ！」父が自由なほうの手で看護師の女性を叩き、腕に刺さった点滴の針を力任せに抜こうとする。

「何事ですか?」ぼくはきいた。

「点滴を抜こうとするんです」看護師が答える。「ご家族の方ですね? 手伝ってもらってもいいですか?」

「父さん、大丈夫だよ。この人は父さんを助けようとしているんだ。落ち着いてくれ」ぼくは父の手首をつかみ、腕を固定しやすいようにした。

「おまえは誰だ? わたしをどうするつもりだ?」父の叫び声が病室に響く。

「ぼくだよ。息子のニールだ。父さんは病気なんだ。ちゃんと投薬を受けないと」

父が両手でベッド側面のレールを叩き、ストラップを力任せに引っ張った。着せられた拘束着のストラップはレールにしっかりとつないであるので、叩こうが引っ張ろうが、ベッドから起きあがるのは不可能だ。

「薬なんかいらん! 仕事に行かなくてはならないんだ。もう時間に遅れているし、だいいち、貴様らはわたしを意思に反して拘束している」

「仕事には行かなくてもいいんだ」ぼくはできるだけやさしい声で告げた。「さっき電話で病欠の連絡をしていたじゃないか」

父の動きがぴたりととまる。「そうなのか?」

「そうとも。今日、父さんが休みなのは職場のみんなも知っている。仕事ならカバーしてくれているさ」

やっと落ち着かせられたと思った瞬間、父がいきなり全身を右側に動かした。ものすごい力が加わってレールが大きな音をたてる。あまりの勢いにベッド全体が揺れ、わずかに右へとずれた。

「このまま落ち着かせられなかったら、鎮静剤を使います」看護師がいかにもプロらしい、冷静な声で告げる。「十分前は、顔をベッドにこすりつけて鼻のチューブを外してしまったんですよ」

「拷問しても無駄だぞ」父がまたしても大きな声を出した。「わたしは何もしゃべらない。おまえたちが何をしてもだ。口を割る前に死ぬとボスに伝えろ」

ぼくはベッドの横にある椅子に座り、そっと父の頭をなでた。「ここはアメリカだ。あなたは口を割らずに帰ってきた。これからは、ぼくたちに世話をさせてくれ」

父はまだ視線をあちこちへ動かしているが、少しだけおとなしくなった。「おまえは何者だ？」

「ニール・ジョーンズ、ＮＳＡのエージェントだ。あなたの世話をしに来た」父の耳元でささやく。

「わたしは何も言わなかった」父が答えた。「口を割らなかったぞ」

子どもの頃、父が夜を怖がるぼくにしてくれたように、ぼくは父の髪をなでた。「わかっているよ、父さん。わかってる」

看護師が部屋を出たあと、ポールが入ってこようとしたが、ぼくはにらみつけて拒絶した。「来るな。出ていってくれ」

ポールがぼくの言葉を無視して言う。「ぼくは父さんを助けようとしたんだ。出ていけとは何様のつもりだ？　おまえはいまの仕事を始めてから、ろくに顔も合わせていないじゃないか」

「少なくとも、ぼくは父さんを殺しかけたりしていない」

「最近の父さんの病状は悪化していた。それも、ものすごい速さでだ。ぼくが誰なのかもほとんどわかっていなかったんだぞ。そんな状況を父さんが望んでいると思うか？」

首の筋肉が痛いほどにこわばっている。ぼくはポールを殴ってやりたかったし、髪をつかんで自分のしたことをよく見せてやりたかった。「望んでいるわけがないだろう。誰が妄想なんか望んで見たがる？　でも、それを言うなら真菌感染症だって誰も望んじゃいない。兄さんは父さんを殺していたかもしれないんだぞ」

「でも、可能性があるんだ！　ほんのわずかだが、よくなる見こみがある。だったら、父さんだってぼくたちに試してもらいたいと思うはずだ。違うか？　これ以上、父さんには失うものなんてないだろう？」

点滴の袋を吊るしたスタンドが電子音を発しつづけ、液体が落ちるタイミングを知らせている。「先に父さんに確認したんだろうな？」

ポールが両手を上げた。「確認なんかしてどうなる？　父さんには理解できないんだ」

「尋ねるくらいできたはずだ。母さんかぼくにきいてもよかったじゃないか。家族で決めることだってできた」

「何を決める？　選択肢は、ゆっくりと訪れる悲惨な死か、状況が改善する可能性かのふたつしかないんだ。それに、父さんにはもう失うものも残されていない」

ぼくは椅子がうしろに倒れるほどの勢いで立ちあがり、ポールと顔を突き合わせた。握ったこぶしを兄の顔面に叩きつけなかったのは、ひとえに父がすぐそこに横たわっていたからだ。「失うものなら、父さんにだってたくさんある。父さんの人生は父さんのものだ。たしかに病気かもしれない。それでもまだ父さんの人生には意味があるんだよ。兄さんが勝手に賭けの対象にしていいものじゃない」

そのとき母が病室に入ってきて、対峙しているぼくたちきょうだいを目のあたりにした。「何をしているの？　お父さんがどうかした？　電話するって約束したじゃない！」

ぼくはあとずさった。「ごめん、母さん」

母はベッドに拘束され、鼻にチューブを入れられて目をぎらつかせている父を見て駆け寄った。「いったいどうしてこんなことに？」

「真菌感染症だよ」ぼくはポールをにらみながら、平静を装った声で答えた。「ポールがアマゾンでかかったのとおなじ病気みたいだ」

「具合はどうなの？　薬はちゃんと効いてる？」

父の攻撃的なふるまいとポールへの怒りのせいで、ぼくは確認するのをすっかり忘れていた。「よくなる可能性は高いと医者は言っていたよ」答えたのはポールだ。「ただ、父さんはここがどこか、自分の身に何が起きているかわかっていない。ずっとここから逃げだそうとしているんだ」

ぼくが起こした椅子に腰をおろし、母が父の手をしっかりと握る。「わたしはここにいるわよ、チャールズ。もう大丈夫」

攻撃的な衝動こそおさまったようだが、父の混乱はおさまっておらず、息も乱れたままだ。「わたしはそんな名前じゃない。人違いだ。きみのことも知らない」

母は瞳を濡らし、ぼくがしたように父の髪をそっとなでた。「それでもいいわ。あなたが誰か、わたしはよく知っているもの」

空が暗くなると、父はふたたび暴れはじめ、ストラップを引っ張り、ぼくたちに向かって声を張りあげた。夕方になると状態が悪化するのは、アルツハイマー病の患者によく見られる傾向だ。夕暮れ症候群と呼ばれるパターンだが、なぜそうなるのかは誰にもわかっていない。面会時間が終わると看護師がやってきて、父を落ち着かせておくためにひとりは残ってもいいが、あとのふたりは朝また来るようにとぼくたちに告げた。ポールもぼくも残ると主張したが、父のもとを絶対に離れないと言い張る母にかなうはずもない。結局、母がひとりで残ることになった。

車で誰もいない両親の家に戻る。もう時間も遅かったが、ポールは自宅であるカレッジパークのアパートメントに帰っていき、ぼくもあえて引きとめようとしなかった。ブラジル行きの荷づくりをしなくてはならないことを思いだしたのは、家に着いて中に入ってからだ。そういえば、母にもポールにも、これから自分がどこに行くのかを話していない。

現地で何が必要になるかを考えながら、ぼくは着替えをスーツケースに詰めていった。セルソと会うだけなら、普段着でじゅうぶんだろう。しかし、外国の外交官や情報機関の人間との会議に呼ばれるのであれば、それなりの格好をしなくてはならない。どんな状況にも対応できるよう、いろいろなものを少しずつ用意した。

翌朝、とぎれとぎれの睡眠のあと、ぼくは早い時間にベッドから起きだした。飛行機に乗る前に父の顔を見ておきたかったからだ。スーツケースを積んだ車を運転し、病院に到着したのは七時前のことだった。

「チャールズ・ジョーンズの面会に来たんですが」ぼくは受付の女性に声をかけた。

女性が振り向き、虫を眺めるような目でぼくを見る。「面会時間は八時からです」

「八時までに空港に行かなきゃいけないんです」ぼくは語気を強めた。「出発前に顔を見て、大丈夫なのを確認できればそれでいい」

前に何度も聞いた台詞なのだろう。女性はきっと口を結び、それから答えた。「面会時間は八時からです」

「頼むよ。あなたが規則をつくる立場にないのはわかってる」ぼくは満面に愛想笑いを浮かべ、頼みこんだ。「でも、ブラジル行きの飛行機があと二時間ちょっとで出てしまうんだ。いつ戻ってこられるかもわからない。出発前に少しだけ会わせてくれないか？」

受付の女性の表情はまったく変わらない。「面会時間は八時からです」

このまま先に進んだらどうなるだろう。ぼくは病院の奥に目をやった。この先にある廊下に入るためには金属探知機を通過しなくてはならないが、いまは探知機が作動するような金属は身につけていないはずだ。父の病室への道順は覚えているから、誰かにとめられる前に中へ駆けこんでしまえばいい。

だが、受付の女性は警備員を呼ぶだろうし、すでに父の名を出してしまったので、行き先も知られている。下手に警察でも呼ばれたりしたら、飛行機が出発する時間までに空港へたどり着くのも難しくなるだろう。もっといい方法を考えなくてはならない。

ぼくはひとまず外に出て、建物のまわりを歩いていった。長い年月をかけて増築を繰り返した建物はとても大きく、もはや建築当初の面影はない。小さな入口はいくつもあるがどれも閉まっていて、中に入るにはＩＤカードか何かをスキャンする必要があった。荷物の搬出入口やガレージも同様だ。

しばらくそのまま歩き、やっとのことでトラックがうしろ向きに停車している荷物の搬出入口を発見した。男性が三人、荷台を行ったり来たりしながら荷物の箱をおろしている。白いトラックの側面には〝ガルフ・メディカル・サプライ〟と書かれていた。荷物を運びこむドアのかたわらには警備員がいて、作業の様子に目を光らせている。ぼくはNSAの身分証――もちろんブラジルに持っていくために携帯していた――を入れたケースのひもを首にかけ、本体のほうを手に持って、はっきりとは見えない位置に持っていった。

トラックに近寄り、大声を出す。「やっとご到着か。もう検体の容器が足りないんだ。患者の尿を採取するのに、自分のマグカップを使わないといけないところだったぞ」

警備員に向かってあきれた表情を浮かべてみせ、はっきりと見えない程度の速さで身分証をひらひらと振って示す。それから作業中の男たちのひとりに向き直り、声をかけた。「ひと箱は三階だぞ。ちゃんと持っていってくれよ」

「おれたちの仕事は、荷物をここにおろすまでだよ」男がオーストラリア訛りの英語で答える。「それに、運んできたのは医療用の手袋とパッドだ」

ぼくはいらだちをこめてうなってみせた。「まったく、世の中、無能なやつばっかりだ」捨て台詞を吐き、そのまま開いているドアから建物に入ろうと歩きだす。

「どこに行くんです?」警備員が尋ねてきた。

「自分のオフィスだよ。戻ったときに淹れたてのコーヒーのポットがなかったら、うちのスタッフは今日から職探しをすることになる。誓ってもいい」

息をとめ、そのまま警備員の脇を通り過ぎる。ぼくは内心、いつ呼びとめられるかと気が気でなかったが、幸いそんなことにはならなかった。奥にあるもうひとつのドアも抜け、病院の奥へと入っていく。

しかし、まだ窮地は続いていた。今度は、父の病室を発見しなければならない。ぼくのような部外者にとっては、この病院はまるで迷宮のようだった。しかも、誰かに病室の場所を尋ねるどころか、迷っているそぶりを見せるわけにもいかない。ぼくは堂々としたふうを装って廊下から廊下へと渡り歩き、誰も見ていないときにこっそりと案内表示を確認しながら病室をめざした。

一度などはうっかり手術の準備室に入りこみ、手術衣を着て手袋をはめた五人の男女をたいそう驚かせてしまった。「誰かハリーを見なかったか?」ぼくは勢いまかせに尋ね、女性のひとりが首を横に振ったのを見て、存在もしないハリーに悪態をつきながら準備室から逃げだした。

しばらく院内をさまよううちにようやく理解できる案内表示が現れ、見覚えのある廊下に出ることができた。内心の安堵をひた隠し、堂々とした態度を崩さずにナースステーションの横を抜け、父の病室に入っていく。

だが、ベッドは空っぽだった。シーツはきちんとしわが伸ばされ、その上に枕がきちんと置かれている。ベルクロのストラップはレールから外されていて、拘束着もちゃんとたたんであった。呆然としてベッドを見つめているうちにアドレナリンがわきだしてきて、心泊数が急上昇していく。父が死んだ。夜のあいだに死んでしまったのだ。だが、そんな事態になっていたのだとしたら、母からなんの連絡もないのはおかしい。そこまで考えて、ぼくはようやく病室の隅に置かれた椅子に座っている人影に気づいた。

「父さん？　いったいどうしたんだい？　大丈夫なの？」ぼくは驚きとともに尋ねた。

父は身動きひとつしない。眠っているのだ。ぼくは部屋を横切って歩き、父の横に立った。おだやかな呼吸とともに、父の胸が上下している。かたわらにあるテーブルにはクロスワードパズルを上にしてたたまれた新聞が置かれていた。パズルのマスはすべて埋められており、よく見ると父は片方の手にペンを握り、もう片方で病院のメモ用紙を握ったまま眠っている。メモにはかつてブラジルで使われていたポルトガル語のアルファベット――政府がポルトガル語のつづり字と一貫性を持たせるために変更する前の古いアルファベットだ――が書かれていて、それぞれの字に下線が引かれている。アルファベットの下にはやはりポルトガル語で〝おせっかいな小さな亀は十羽の幸せなコウノトリを見た〟と書いてあった。ぼくの注意を引いたのは、その短い文の意味ではない。一文の中に、アルファベットのすべての文字が最低でも一度は使われているという点だった。これはパングラム【注1】だ。昔、ぼくがまだ幼かった頃、父がよく英語とポルトガル語の両方でやっていたのを覚えている。

　そのとき、ぼくは背後の人の気配に気づいた。振り返ってみると、輝かんばかりの笑みを浮かべた母が立っている。

「父さんは大丈夫なのかい？」ぼくはきいた。

「大丈夫かですって？　ニール、大丈夫なんてものじゃないわよ。信じられないわ」

　ぼくが視線を向けるのと同時に、父の目が開いた。ぼくを見る瞳には、はっきりと知性の光が宿っている。

「やあ、ニール」父はぼくに向かって言った。


【注1】すべてのアルファベットを使ってつくる短文。重複は可能な限り少なくする

15

飛行機が出発する時間が迫っているのはわかっている。だが、父が戻ってきたという驚きは、そんな自覚を吹き飛ばしてしまうほど大きかった。目の前にいる父は、意識がはっきりしていて隙もなく、ぼくが何者かもきちんと理解していて、しかも以前の記憶をとり戻している。母に笑顔を向け、冗談を言って看護師を笑わせている姿を見ていると、アルツハイマー病などはじめからなかったかのような気さえした。父も母も、いまにも爆発してしまいそうなほど喜んでいるのがありありと伝わってくる。

「NSAで働いているのだろう？」父がぼくに向かって尋ねた。

ぼくの胸が誇らしさでじんわりと熱くなっていく。「うん。暗号を解く仕事をしている」

「うまくやっていけそうか？」

「いまのところは順調だよ。ぼくが最近解読した暗号の話をしたいところだけど……」

「どの部署で働いているんだ？」父はわかっていると言わんばかりに質問を変えた。

「組織の主流から外れたちょっと特殊なチームなんだ。メロディがどこから予算を引っ張ってくるのかは知らないけど――」

「メロディ？　まさか、メロディ・ムニズと一緒に働いているのか？」

「そうだよ」ぼくは驚きつつ答えた。「メロディを覚えているのかい？　彼女も父さんの評判を聞いたことがあると言っていたよ。優秀な同僚だってね」

父が唇をすぼめてちらりと母の顔をうかがう。「少し関わりがあったんだ。仕事でな」

「あの人はすごいね」ぼくはメロディの話を続けた。「本当に鋭いよ。がちがちの官僚主義にもいともたやすく切りこんでいくんだ。彼女にかかると、ＮＳＡがまるでバターみたいに見える」

「気に入られているのか？」

今度は気恥ずかしさがこみあげてきた。ぼくは照れ隠しの笑みを浮かべて答える。「たぶんね。長官にも期待の星だと言ってくれたみたいだよ」

「用心しろ」父が真剣な表情のまま、頭を左右に振った。「注目を浴びないようにしたほうがいい。いい仕事をするのはもちろん大事だが、できるだけ目立たないようにしているんだ。上層部の連中に名が知られたら、面倒なことになる。平穏な時間なんて一瞬たりとも与えてもらえなくなるぞ」

たしかにそうかもしれない。ぼくは気弱に笑って言った。「ひょっとしたらもう手遅れかな。今朝はこれから長官と一緒にブラジルへ飛ぶんだ。じきじきの命令でね」自分の言葉が耳に入った瞬間、頭に混乱が押し寄せてきた。時刻はもう八時だ。いくら空港が近いとはいえ、セキュリティチェックに要する時間を考えると、すぐにでもここを出ないと飛行機に乗り遅れてしまうかもしれない。

あわてて両親に別れを告げてドアへ向かうと、そこにちょうどポールが入ってきた。車で夜を明かしたかのように目が血走り、髪も服も乱れている。ぼくは、父を見て呆然としている兄の体を押しのけ、すれ違いざまに言った。「それでも兄さんは間違っている」そのまま廊下へ出て腕時計に目をやり、時間を確認して走りだす。

ブラジルに滞在中、母の車をずっと空港の駐車場にとめ置くのは気が進まなかったので、ぼくは病院からタクシーに乗った。車は母に乗って帰ってもらえばいいだろう。タクシーが空港の入口に到着したとき、時刻は八時四十五分になっていた。飛行機の搭乗開始は九時、出発は九時三十分だ。じりじりしながらスーツケースを預けるための列を進んでいく。受付の男性がぼくの搭乗券を確認し、頭を左右に振って言った。「急いだほうがいい」

階段を駆けのぼり、廊下を走っていく。ぼくは保安検査場へとたどり着き、三十秒ごとに腕時計を確認しながら自分の番を待った。辛抱しきれずに手荷物の検査機に靴を投げ入れ、職員の男性の準備が終わるのを待たずに金属探知機を通り抜けようとする。すかさず職員がぼくを制止し、ちゃんと順番を待つよう注意した。

「もう飛行機が出てしまうんだ！」思わず必死の声が口をつく。

男性は首を傾けて答えた。「ボルティモア・ワシントン国際空港は、遅くとも出発の九十分前に空港に到着するよう、すすめているはずだ」

「頼むよ」

ぼくの懇願がきいたのか、男性が身振りで通るよう合図をした。検査機の反対側に出てきた靴をつかみ、手に持ったまま出発ロビーを駆けていく。こういう切迫した状況でのお約束どおり、ぼくの搭乗口はいちばん奥にあった。ようやく搭乗口にたどり着き、肩で息をしながら腕時計を見る。九時二十七分だ。青い制服姿の女性が、いままさに搭乗口のドアを閉じようとしていた。

「待って！」ぼくは大声で言った。

女性が手をとめてこちらを見る。「ブラジリア行きのデルタ便ですか？」

息を切らしながらうなずいて搭乗券を見せると、彼女はやれやれと言いたげに頭を左右に振った。「乗り遅れるところでしたよ。急いで席に着いてください」

ほかに誰もいないタラップを駆け抜け、機内に乗りこむ。先にファーストクラスの区画に立ち寄ると、制服姿のキルパトリック長官がいかにも快適そうに座席におさまっていた。正面にある小さなテーブルには開いたノートパソコンが置かれていて、すでに仕事の準備まで整っているようだ。「来ないのかと思ったぞ」長官はぼくが手に持ったままの靴をじろりと見たものの、それについては何も言わなかった。ぼくもあえて理由は話さずに、そのままエコノミーの区画に向かう。自分の席を見つけたぼくは、倒れるように座りこんだ。

今回のフライトはアトランタを経由する十二時間の空の旅だったが、ぼくは到着するずっと前からすでに疲れきっていた。全身がこわばって筋肉痛もひどい。急いで荷づくりをしたので本は持ってこなかったたし、アトランタで買ったスリラー小説は残念ながらぼくの好みには合わなかった。そのうえ機内で流される映画といえば、前に観たことのある、しかもさして面白いとも思わなかった作品ばかりだ。ある程度の時間、集中できる対象が何ひとつないというのはなかなかにつらかった。

そもそも、自分の意思でこの飛行機に乗っているわけでもなく、気分的にはまわり道をしているようなものだった。ぼくの人生はメリーランドにある。NSAでの仕事にもようやく慣れてきたところだったし、父だって出発の直前に何年かぶりに本来の姿へ戻ったばかりだ。それなのに、ぼくはこうして飛行機に乗り、毛ほども理解していない情報戦の最前線である子ども時代の思い出の地へと向かっている。ものごとの展開が速すぎて、とてもついていけなかった。

ぼくはまだ父の回復をどうとらえるべきなのかわかっていない。その一方で、ぼくの中には喜びに舞いあがっている自分もいた。一度は完全に失われたと思っていた本来の姿が戻ってきたのだから、死者が復活を果たしたような奇跡には違いないだろう。ただし、手放しで喜べる状況ではないのもじゅうぶんにわかっている。父にしてもこれから失った年月と向き合い、いまの自分に慣れていくしかないのだから大変なはずだ。しかし、父が思慮深く理性的で、記憶力もちゃんとある状態、つまりぼくが知っているとおりの姿でふたたびそばにいてくれるのは、やはりうれしいことだった。

その喜びとは裏腹に、ポールがぼくに隠してすべてを進めていたことについては、激しい怒りがおさまりそうもない。兄の行為は、最悪の結末を招き寄せていたかもしれないだけでなく、これから先にとんでもない悲劇を引き起こす可能性をまだ残していた。父の回復した状態がいつまで続くのかは誰にもわからず、ポールの治療の効果が尻すぼみになった場合にどうなるのかもわからない。長期的な影響はあるのか？　ポールの注射を受けつづけなくてはならないのか？　続けるとして、最初とおなじ効果が得られるのか？　とにかく、不明なことが多すぎるのだ。

ぼくは、ふと父が『アルジャーノンに花束を』を読んでいたことを思いだした。ポールが父に与えたのは治療薬なのか、それとも一時的な対処薬なのか、ぼくにはわからない。だがあの小説のように、ふたたびゆっくりと妄想の世界に戻っていく結果に終わる薬なのだとしたら、父はそれを与えたポールに感謝するだろうか？

とりわけぼくが腹を立てていたのは、事前に何も聞かされていなかったという点だ。ポールは科学者らしくふるまうべきだったのだ。薬を検証するための委員会や論文、動物実験や連邦法が存在するのにはそれなりの理由があり、ただどうなるか見たいからという理由で新しい薬を試すなど、とうてい許されるものではないだろう。試す対象が自分の父親で、漠然とうまくいったように見えるからといって、正当化できるはずもなかった。

考えれば考えるほど、頭がこんがらがっていく。ポールは決して無茶をしないはずの男で、どんなときでも危ない橋を渡らないからこそ、ぼくら家族の中で科学者として認められていたのだ。兄は、きょうだいのうちで慎重なのはぼくのほうだと言ったが、実際は違う。警備員に嘘をついて荷物運搬用のドアから病院に忍びこんだのはぼくで、兄は看護師に言われたとおり、八時まで病院へ来るのをちゃんと我慢していた。ぼくはトラブルメーカーの弟で、仕事の初日に講師の身分証のＩＤ番号を盗むような人間だ。それに比べ、ポールはいつだって型どおりにものごとを進める人間だった。それなのになぜいまさら、父を菌に感染させるなどというカウボーイじみた真似をしたのだろう？

こんなとき、メロディかショーネシーが一緒だったらどれだけよかったろう。ぼくはとにかく誰かと話し、心のうちにある不安をぶちまけたかった。黙ってじっくりと考えるのは、ぼくの得意とするところではない。少なくとも感情が関わる問題についてはそうだった。数学の問題ならなんなく頭の中で考えられるのだが、感情にもとづく決断を下したり、人間関係の危機に折り合いをつけたりという話になると、いつもなんの解決も得られないまま、おなじ思考を何度も繰り返してしまう。本当のところ、ぼくは自分が何を考えているのか、言葉にして人に説明し、それを自分自身で聞くまでわからないのだ。

南米大陸の北部は、どこまでも緑色のジャングルが続いている。ぼくたちを乗せた飛行機は、ときおりうねりを描いて流れる川以外にはさえぎるもののないジャングルの上を何時間も飛びつづけ、スリナムを通過し、それからブラジルに入った。アマゾンのジャングルの広大さは言葉ではうまく伝えられない。こればかりは実際に上空を飛んだ者でないとわからないだろう。濃い緑色の上に明るいライム色が渦を巻くジャングルは、まだら模様のカーペットのように見える。ジャングルを切り裂く川が視界の中にないときには、木々の頂上部がつくる模様が広い海のさざ波を思わせ、平坦な景色が水面のように見えることもあった。

やがて森が少しずつ平野へと変わっていき、網のような道路も見えるようになっていった。建物がちらほらと姿を見せはじめ、続けて建物が集まる小さな街が現れる。さらに光景が村の点在する巨大な渇いた平野部に変わる頃には、太陽が機体の右側に大きく傾き、その光景に長い影を映しだしていた。

そして、唐突にブラジリアが現れた。ブラジルの首都は砂漠の中心で行われているカーニバルのように光り輝き、その街外れの明かりが鳥の翼さながらに横に伸びている。海岸近くに点在する人口密集地から数百キロも離れているうえ、歴史も地理的な重要性もないという一国の首都としては考えられないような土地につくられたのが、このブラジリアだ。一九五〇年代後半、ブラジルという国が歴史を書き換え、ゼロからのスタートを切るために新首都の計画と建設を進めた際には、そのしがらみのなさもこの地が選ばれる理由のひとつとなった。新生ブラジルの新しい首都というわけだ。

飛行機がタイヤを鳴らし、空気をかき乱して着陸した。疲れた体に鞭打って通路を急ぎ、ターミナルへと向かう。ターミナルではたっぷりと昼寝をして上等な食事を満喫したのか、旅の疲れをまったく感じさせないどころか、むしろ活力に満ちているように見えるキルパトリック長官が警護の者を従えてぼくを待っていた。もちろん、長官の制服にはしわひとつ残っていない。

機内に持ちこんだ小さなバッグをひとつ持ったきりの長官は、ぼくがおそるおそるスーツケースを受けとらないといけないと申し出ると、驚いたような表情を浮かべた。出てきたぼくのスーツケースの大きさを見て眉を上げたが、やはり言葉は発しない。

「何が必要かわからなかったので、いろいろと持ってきてしまったんです」自分でも情けなく聞こえる声で言い訳をし、ベルトコンベアから苦労して重たいスーツケースを引きずりおろす。その途中で顔を向けると、ちょうどぼくの姿を見物していた長官が苦笑して顔をそむけるところだった。

空港からホテルへと向かうタクシーの中で、ぼくは自分の役割や、どんな会議があるのか、セルソからどんな情報を聞きだせばよいのかを立てつづけに質問した。だが、長官はひとつも答えず、無言で首を横に振って目で運転手を示し、指を口に持っていって黙れという仕草をつくっただけだ。

ＮＳＡの長官と一緒に現場に出て、スパイの真似事をしているのだ。境遇が少しでも違っていれば、ぼくも任務に心をかきたてられていたかもしれない。ところが、疲れきっているうえにとてつもない重圧を感じ、おまけに父の心配までしているとあって、いまはただいらだつばかりだった。おかげで気分が高揚するどころか、頭の中ではいっそ飛行機に乗り遅れるか、長官に電話して父の入院を告げ、家族の急用ということでブラジル行きを断ればよかったという思いが強くなりはじめている。そうしていれば、タクシーで権力者の隣に座り、がちがちに緊張しながらこれからどう動くか、自分が何を期待されているのかを思い悩むこともない。いま頃は家で父とじっくり話をし、ポールがまた愚かな真似をしないよう目を光らせていられたはずだった。

16

翌朝、ぼくが目を覚ますと、外は雨が降っていた。ブラジルはまだ雨期なのでたいていの日には雨が降るのだが、長時間降りつづくことは滅多にない。それに、気温はメリーランドよりもゆうに十五度は高く、こちらはむしろありがたいくらいの変化だった。

ホテルのレストランに行ってみると、キルパトリック長官が朝食をとっていた。長官の皿には、卵にハム、クスクスにサワークリームたっぷりのタピオカクレープ、さらに果物がたっぷりと盛りつけられている。ぼくは長官の向かいの椅子に腰かけて尋ねた。「ぼくは今日、何をすればいいんですか？」

「わかっているはずだ」

「でも、ぼくは何を探ったらいいんでしょう？　セルソに何をきけば？」

「きみは頭がいい。きみの判断を信じるよ」長官は制服の隠しポケットからペンを出し、紙のナプキンに何かを書きつけてぼくのほうによこした。ナプキンには〝聞かれているかもしれない〟と書かれている。

ぼくは眉をひそめた。そもそも、今回の任務については事前にまともな説明を受けていない。そのうえ今度は自由に話せないときた。「長官は何をなさるんですか？」

　長官はぼくの問いには答えず、卵を口に運んでフォーク越しにこちらをじろりと見ただけだ。あきらめて窓の外に目をやると、雨はやみ、濡れた道路に霧が立ちこめはじめていた。国民会議の議事堂であるツインタワーと、その後方にある真っ青なパラノア湖も見える。ここからだと遠くて見えないが、この方角にはブラジルの大統領が住むアルヴォラーダ宮殿もあるはずだった。

　ブラジリアは、車が主要な移動手段であることを前提につくられたせいか、歩いて移動するのはかなり難しい街だ。道路のほとんどが信号や横断歩道のない高速道路で、歩行者向けにはショッピングモールなどをつなぐ環状の通路や、高速道路の地下を通る長いトンネルなどが専用道として整備されているが、土地勘のない旅行者が徒歩で移動するのはまず不可能と言っていいだろう。ただし、ぼくは純粋な旅行者ではなく、ここで育ったという経験がある。三十分後には目的地のブラジリア大学に到着し、緑の木々が並ぶ敷地内を歩いていた。キャンパスの光景は、人種がはるかに多様である点と、黄色いサッカーのユニフォームを着た学生が断然多い点を除けば、アメリカとさして変わらない。

　セルソには、ぼくが来ることを知らせていなかった。アメリカを出発する前もブラジルに着いたあとも、何回かメールをしようと思ったが、そのたびに間が悪い気がして先延ばしにしてしまったのだ。大学の事務室で彼の寮の場所をきき、教えられたとおりに歩いているうちに、いっそセルソを見つけられなければいいという思いが徐々に大きくなっていった。講義中かサッカーでもしていてくれればありがたいし、あるいは一週間ほど旅に出ていてくれればもっといい。嘘をついて友人に会うのも、だまして政府の機密情報を話させるのも不誠実な行為には違いなく、どうしても気が進まなかった。

最後にセルソに会ったのは五年も前だ。それでも実際に顔を見た瞬間、すぐに彼だとぴんときた。寮の正面に広がる芝の上で、学生たちが普通の五倍ほどもある大きなサッカーボールを蹴って陽気に遊んでいる。セルソはその中にいて、ポルトガル語で大声を出しながら笑顔で六人の若い男女とボールを奪い合い、大きなボールを無理に足で操ろうとしては、ほかの者とぶつかったり、芝の上に倒れこんだりしていた。

ぼくが声をかけるより先に、セルソがこちらを見つけた。大声をあげてゲームから抜け、なかばタックルみたいにぼくに抱きついてくる。「久しぶりじゃないか！　ここで何をしているんだ？」

友人の肩を叩き、ぼくは言った。「元気そうだな。ちっとも変わってない」セルソは赤と黒の縞模様のシャツを着てヤンキースのキャップをうしろ前にかぶり、汗と芝のにおいを立ちのぼらせながら、ぼくの記憶にあるとおりの陽気で人懐こい笑みを浮かべている。身長こそぼくよりも低いが、いかにも運動神経の塊といった感じのしなやかな体格だ。

セルソが友人たちにぼくを紹介する。ところがおかしなことに、アメリカ人だと聞いたとたんに顔を曇らせた者がほとんどで、笑顔で手を握ってくれたのは数人しかいなかった。中にはあからさまに敵意のこもった表情を向けてくる者もいる。

「いったいなんなんだ?」ぼくは予想外の反応に驚き、セルソに小声で尋ねた。「ゲームの邪魔をしたから怒っているのかな?」

セルソが肩をすくめ、友人たちをゲームに戻す。「アメリカ人が気に入らないのさ」

「本当かい? なんでまた?」

「最近、急に大学でアマゾンがらみの反米思想が流行りだしたんだよ。この国に来るアメリカ人が、ジャングルが自分たちのものか、世界全体のものみたいな態度をとるのが気に入らないそうだ。ブラジルの国内問題にあれこれ指図するのに我慢ならないんだとさ」

昔、ぼくがブラジルに住んでいた頃は、都市部でジャングルについて熱心に語られるようなことはなかったはずだ。そういえば、この国の北部でも観光に反対する動きが明らかに加速しつつある。「きみはどう思っているんだ?」

またしても肩をすくめ、セルソが答える。「そんな理由で三億もの人を嫌うなんて、ばかげていると思うね」

「アメリカ人と親しくしていたら、あとでいやな思いをさせられるんじゃないか?」

「本当の友だちはそんなことを気にしないよ」

十五分後、ぼくたちはブラジリアにたくさんある公園のような芝の空間に座り、屋台で買ったシュラスコを食べていた。ここの料理がどれだけ好きだったか、ぼくはすっかり忘れていたようだ。薄い霧を通過して顔まで届く太陽の光もじゅうぶんにあたたかく、心地いい。ぼくたちは、セルソの白いピットブルの子犬にいたずらをしたことや、彼の家の屋根にのぼってきょうだいたちに水を入れた風船を投げつけたこと、学校の倉庫からサッカーボールを全部盗みだし、体育教師の車の中に詰めこんだことなど、昔の思い出話に花を咲かせた。やはり古い友人はいいものだ。両親ときょうだいたちは元気かときかれたので、ぼくはみんな元気だと答え、最近ジュリアが子どもを産んだことを話した。

ぼくたちはほとんど英語で話し、うまい表現やぴったりの単語がないときだけポルトガル語を使った。話の内容は、セルソの父親やリガドス、ブラジルの国家機密とはなんの関係もないことばかりだったにもかかわらず、胃がきりきりと締めつけられる感覚はずっと消えてくれない。ついに我慢も限界を迎え、ぼくは正直に打ち明けることにした。

「話がある」ぼくは告白した。「実は、いまＮＳＡで働いているんだ。ここへは長官と一緒に来た。ぼくが連れてこられた理由はひとつしかない。きみの友人だったからだ」

セルソはわずかに眉を上げただけで、おだやかな笑みを浮かべつづけている。「つまり、長官はきみにぼくを探らせて、何を知っているのかを把握しようとしているわけだ」

「そうだと思う」

「父さんがぼくに秘密を明かすと、本気で思っているのかな」

「思っているんだろう。でも、長官が何を知りたがっているのか、なぜきみがぼくにそれを話すと考えているのか、そのあたりはさっぱりわからないんだよ。だから、ぼくはきみに秘密を教えてくれとは頼まないことにする。きみもぼくに何も教えないでいい。そうすれば、安心して昔を思いだしながらシュラスコを食べられる」

セルソの表情が緩み、ぼくも初めて見るような晴れやかで親しみのある顔になった。そういえば、事前に知らせもなくいきなり現れたのに、彼はぼくがブラジリアに何をしに来たのかを尋ねようともしなかった。

「知っていたのか?」ぼくはきいた。

「何を?」

「ぼくがNSAで働いているのを知っていたな? ぼくがブラジルに来たのも、会う前から知っていた」

セルソがにんまりと笑ってうなずき、両腕を大きく広げて降参の仕草をする。「ばれたか。でも、当然じゃないか。何を期待していたんだ? きみはNSAの長官と一緒に来たんだぞ。誰にも見られていないと思っていたのかい?」いったん言葉を切り、声をあげて笑ってから続けた。「マーク・キルパトリック長官が数カ月前にNSAに入ったばかりのニール・ジョーンズを従えてブラジリアに姿を見せたんだ。なぜ雇われたばかりの新入りが長官に連れられてブラジリアまでやってくる? 誰だって興味を持つさ。少し調べれば、その新入りがブラジル情報庁の長官代理の息子と友人だったということくらいすぐにわかる。きみがキャンパスに現れたところで、誰も驚きはしないよ」

「ぼくが接触してくると言ったのは、親父さんだな？」

「ああ、ちょっとした警告をいただいた」

ぼくは周囲を見まわした。「ぼくたちは見張られているのか？」

「まず間違いなくね」

周囲に学生は大勢いるが、黒いスーツ姿の者も、サングラスをかけている者もいない。それどころか、ぼくたちに注意を払う者さえいないように思える。実際にはホテルからずっとあとをつけられ、いまも見張られているというのだから空恐ろしい話だ。その一方で、このうえない興奮を感じたのも事実だった。実際には友人と芝の上でシュラスコを食べているだけだというのに、まるで自分がいっぱしのスパイになった気分がこみあげてくる。

「面倒をかけてすまない」ぼくは言った。「まったく、ぼくはうかつだったな」

セルソが輝かんばかりの笑みを浮かべて答える。「気にするなって。ぼくの父さんはたいがいろくでもない人間だし、きみのところの長官も似たようなものなんだろうさ」

ぼくたちはキャンパスを歩き、途中でコーヒーを買って話を続けた。セルソが学ぶエンジニアリングや、なぜぼくたちはふたりとも恋人がいないのかといった他愛もない話だ。ぼくが大学に三回も挑戦して失敗したことを打ち明けると、セルソも自分の父親をろくでなしだと思う理由をもれなくあげていく。特に彼の告白が熱を帯びたのは、父親が母親をどう扱ったかについてだった。会話が進むにつれ、五年間の空白がみるみるうちに埋まっていく。気がつけばぼくたちは、一緒にいるだけで安心できる親友の間柄に戻っていた。

セルソが改めて家族について尋ねてくる。父の病気について、自分の中で結論を出せずにいたぼくは、堰を切ったようにすべてを語りだした。アマゾンでポールが感染症にかかり、現地で知り合った友人が帰国後に亡くなったこと。感染症の回復後、兄の知能が唐突で説明のつかない覚醒を見せたこと。そして、いま兄が研究室でしていること。兄が誰にも相談せず、アルツハイマー病の父を菌に感染させ、その結果として奇跡としか思えない回復が見られたことも話した。話しているあいだも、ポールに対する怒りといらだちがふつふつとわきあがってくる。ぼくはNSAとリガドス、そしてメロディの孫に関することを除いて、友人にすべてを打ち明けた。

人に話すというのは気分のいいものだ。「ポールのやつ、どうしていきなり賢くなったんだろう？　それに、せっかく賢くなったのに、なぜあんなばかな真似をするんだ？」ぼくはなおも語りつづけた。「自分の父親を実験台にするなんて、まともな人間のすることじゃないよ。頭がよくなったのなら思慮深くなるものだろう？　リスクに敏感になって当然じゃないか。それなのに、ポールはまるで十代の子どもみたいな真似をしている。間違いなんて起きるはずもないと信じこんでいるんだ」

「でなければ、リスクよりも研究が重要だと信じているんだろうね」セルソが付け足した。「そう、そうなんだよ。でも、そんなのポールらしくない。兄さんにとって研究が大事なのはわかる。ただ、もともと慎重で、準備がすっかり整うまでは人に話したり、行動に移したりしない性格のはずなんだ」

「何かほかに奇妙なところはあるのかい？」

ぼくは肩をすくめた。「そういえば、このところほとんど眠っていない気がするな。それに、以前はぼくが勝っていたゲームで、ぼくをこてんぱんに負かすようにもなった」

セルソが黙りこむ。何かを考えこんでいるようだったが、ぼくがどうしたと尋ねても、たださわやかな笑みが返ってくるばかりだった。

その日の夜、ぼくたちは〈ポル・ド・ソル〉という、大学の近くにある学生たちが集まるバーに落ち着いた。赤く四角いテーブルを確保して、ハイネケンとブラジルのバーの定番であるチキンコロッケを注文する。ビールが届くまでに、セルソの友人のガブリエラとタリタという女性たちもぼくたちのテーブルに合流した。タリタは、髪を細く編みこんだ黒人で、どことなくショーネシーに似ている気がしないでもない。

彼女たちは明るくてよく笑ういい子たちだったが、まわりにいるほかの学生たちの視線は異様に冷たかった。ひとりなどは肩をいからせ、強引に脇を通り抜けようとしてぼくにぶつかり、危うくビールを倒しそうになったほどだ。ＮＳＡに入って初の現場での任務で喧嘩沙汰など起こしたくなかったので無視したが、周囲の敵意はあまりにもあからさまで、ぼくの不安はつのるばかりだった。この街で十年間暮らした経験とは、まったく正反対の雰囲気があたりを支配している。アマゾンの環境保全への情熱だけでは、この状況を説明しきれない気がしてならなかった。

ぼくたちはしばらく場を明るくしようと努めていたが、セルソがもはや遊ぶ気分でないのは明らかだ。結局、ぼくたちは女の子たちを店に残し、学生たちでいっぱいの通りに出ることにした。みんな酒を飲んで笑い、どこかのスピーカーから流れてくるセルタネージョ・ウニベルシターリオ【注1】のリズムに乗って踊っている。セルソは学生たちが目に入っていないかのように歩きつづけ、通りのいちばん奥を左に曲がって急な勾配をのぼっていった。

ぼくが追いついたとき、セルソは街をまっすぐに走る大通りの脇に設置された柵のかたわらに立っていた。猛スピードで次々に通り過ぎていく車が風を巻き起こし、ぼくたちの体を揺さぶりつづける。この位置からだと、主要な政府の建物が集まる首都の行政地区が一望できた。だが、セルソの瞳は目の前の六車線の大通りだけをじっと見つめている。いまにも飛びこんでしまいそうな表情だ。

ぼくは親友の肩に手を置いて声をかけた。「どうした?」

セルソがぼくのほうを見ずに答える。「きみに話すべきじゃない話があるんだ。父さんは誰にも話してほしくないと思っているだろうし、相手がアメリカのエージェントとなればなおさらだ」

「なら話さなければいい」

ぼくのほうを見たセルソの顔から人懐こい笑みが消えていた。それどころか、まるで呪われているような目をしている。「父さんは変わった。きみも知っているとおり、昔からいい人ではなかったけどね。とにかく厳しくて短気だったし。でもいまは……」彼は身をこわばらせ、大通りに視線を戻した。「父さんが仕事上の権限を使って、議員たちを操っている気がするんだ。監視や脅迫、もしかしたら殺人にも関わっているかもしれない」

「何か心あたりがあるのか？」

「疑っているだけさ。最近の父さんの行動は、あまりにも筋が通らないんだよ。いきなり自然環境を気にしだしたと思ったら、アマゾンの保護措置を強化しようとしたり、伐採の権利を廃止したりしはじめたんだ。いまはアマゾンへの外国人観光客の立ち入りを禁止しようとしている。あの父さんがだぞ？　信じられるかい？」

「そのために人を殺していると？」

「今年になるまで、父さんは環境問題に露ほどの関心も示していなかったんだ。でも、おかしいのはそれだけじゃない」セルソの顔からはすっかり血の気が引いている。通り過ぎていく車のライトが、その白い顔に形の変わる奇妙な影をつくっていた。「母さんが二カ月前から行方不明なんだ」

「きみのお母さんが行方不明？」ぼくはどうにか普通の口調を保とうとしたが、とてもまくやれているとは思えない。「警察には知らせたのか？」

「警察は父さんを怖がっている……気がする。父さんは警察に母さんがサルヴァドールに住む妹のラファエラのところにいるから心配ないと説明していた。でも、そこにいないのを、ぼくは知っている。それに、母さんがぼくに黙って父さんのもとを去るはずがないんだ」セルソはそこで言葉を切り、そこから導きだされる不吉な結論を沈黙で暗示した。母親が父親の手で殺されたと思っているのだ。

ぼくは衝撃のあまり、しばらくのあいだ言葉を見つけられないまま、セルソを見つめた。

「上のほうに頼れる人間はいないのかい？　話を聞いてくれる人は？」

「それとなくあたってはみたさ。だが、権力の座にある人間はみんな忙しいか、父さんの支持を必要としている。だいいちどう話せばいい？　証拠は何もないんだ。母さんが死んでいることすら証明できない」

「セルソ、残念だよ」突然、ぼくの父に対する心配が些細なことに思えてきた。友人が途方もない重圧を背負って苦しんでいるときに、とるに足りない打ち明け話をしてしまった自分が恥ずかしい。

「まだある」セルソがさらに告白を続けた。「父さんの頭がどうにも切れすぎるんだ。きみの兄さんとまったく一緒だよ。読んだ内容はすべて覚えているし、数字は全部頭の中で計算してしまう。睡眠もとっていないようだし、ぼくが口に出すよりも先に、こっちの考えていることを先読みしている気さえするんだ」

「ほかの人は気づいていないのか？　お父さんにはきょうだいがいたじゃないか。彼らはなんと言っている？」

「わからないよ。みんなサンパウロで暮らしているんだ。もっとも、そのままそこにいてくれたほうが、ぼくとしてはいちばん安心できる」セルソがてのひらで柵を叩いた。「正直、ぼくは父さんが怖いよ。たぶん母さんは殺されているし、次はぼくの番かもしれないと思うと、恐ろしくてたまらない」

「母方の親戚は？　妹のところにいないというのも知っているはずだろう？」

「いや、母方の親戚はほとんどみんなここに住んでいるんだよ。それに、ラファエラがカンドンブレ【注2】の牧師と結婚してからは、ほとんど口をきこうともしない。みんな父さんを信じているんだ。でなければ、恐れている」

そのとき、空気中にくぐもった破裂音が響いた。雷に似た、胸を揺さぶる重くて低い音だ。

「なんだいまの？」ぼくは声をあげ、事故でもあったのかと道路のほうに目をやる。しかし、セルソがぼくの袖をつかみ、政府の建物が集まる南東の方角を指さした。黒い煙がひとすじ、空に向かって立ちのぼっていく。

「あれは?」ぼくは尋ねた。「火事かな?」

「爆発みたいだったけど」

「あれは議事堂だよな?」遠くてはっきりとは見えないが、方角は間違いない。次の瞬間、またしても爆発音がぼくの全身の骨を震わせた。今度の音はさっきよりもずっと大きい。周囲の建物のガラスまでもがびりびりと音をたて、ふたつ目の煙の柱が、空に向かって伸びていった。最初の煙よりも真東に近い方角、湖の外れあたりだ。

「まずいぞ」セルソが悪態をつく。「アルヴォラーダ宮殿だ」彼はブラジルの大統領官邸の名を口にした。

いまや大通りを走っていた車も路上にとまり、乗っていた人々が車外に出て立ちのぼる煙を眺めていた。続けて、三度目の爆発音が響く。今度はずっと遠くからのようで、最初の二発がなければ気づかなかった程度の音だ。少し間を置いて、南の地平線に三本目の煙が上がるのが見えた。

「わからないな」セルソの声が震えている。「あれはどこだろう、大聖堂かな?」

ぼくは首を横に振った。「いや、もっと遠いよ」

「じゃあどこだ?」

「難しいな。でも、どうしても答えろと言われたら、ぼくならブラジル情報庁だと答える」

「父さんがいる」セルソが言った。

ぼくは口を一文字に結び、それから答えた。「ああそうだ。ＮＳＡの長官もいる」

【注1】土着音楽セルタネージョを現代風にアレンジした音楽
【注2】ブラジルの民間信仰のひとつ

17

ぼくは本能的に爆発現場へと駆けだしていた。迷路のような歩道を進むぼくのうしろをセルソもついてくる。しかし、現場は数キロも離れているうえ、それほど進まないうちに野次馬と出動した警察のせいで近づけないことが明らかになった。セルソの言葉に従って大学の寮に向かい、彼の部屋でニュースを見ながらNSAに連絡をとろうと試みる。

何度目かの電話でようやくショーネシーをつかまえられたが、彼女もぼく同様、ほとんど事情を把握していないようだった。時間がなくてブラジルで使えるSIMカードを入手していなかったので、自分の携帯電話は役に立たない。ぼくは連絡先としてセルソの番号を彼女に教えた。

十分後、セルソの携帯に電話がかかってきた。驚いたことにかけてきたのはNSA長官代理のミシェル・クラークだ。クラーク長官代理は民間人の出世組で、ぼくとは顔を合わせたこともない。彼女の声は、緊急通報の交換手かNASAの管制官ばりに冷静そのものだった。「いまの状況は、ジョーンズ?」

自分が見聞きしたすべてをそのまま報告する。

「キルパトリック長官が亡くなったというのはたしかなの?」

「わかりません。ぼくがいたのは現場から数キロ離れた場所ですし、現場から直接得た情報は何もないんです。いまだって、ここでニュースを見ているだけですから」

「重要なのは、あなたが無事だったということよ」クラークはそう言ってくれた。「頑張りなさい。じきに救援を差し向けるから」

最初、ニュース番組から流れてくるのは、立ちのぼる煙と破壊された建物、群衆とそれを押し戻す警官隊など、混乱した内容の映像ばかりだった。しかし時間が経つにつれ、しだいに具体的な情報が入りはじめ、ブラジルの大統領と閣僚の大半、そして上院議員の多くが爆発で亡くなったことも報じられた。立てつづけに起きた爆発は統制のとれた一連の攻撃だったらしく、いまやブラジルは頭をもがれてのたうちまわっている状況に追いこまれている。国全体が混乱して将来がまるで見通せない中、いまやニュースキャスターたちでさえ反米感情を漂わせ、ブラジルでテロ組織が急成長したのはアメリカのせいだと主張しはじめていた。

ニュース番組によると、驚くべき規模で暴動も発生しているようだ。暴徒が店に流れこんで略奪を繰り広げ、公共物を破壊し、路上でアメリカ人を襲っている衝撃的な映像が数多く流れ、ブラジリアだけでなく、サンパウロやサルヴァドール、リオデジャネイロといったほかの大都市も同様の状況だと報じていた。爆発があったとき副大統領はサンパウロにいたらしいが、どの番組でも副大統領の生死は不明で、スタッフからの声明も出ていないとしている。

「無事なら声明を出しているはずだよな？」ぼくはセルソに言った。「大統領職を引き継いで権力を掌握していることを示さないと」

「次に命を狙われるのを恐れているのかもしれないね」セルソが答える。

いきなりドアを叩く音がした。たじろいだぼくを横目に、セルソがドアを少しだけ開く。それ以上開かないよう足でドアを押さえると、彼はポルトガル語で言った。「何か用か、エミリオ？」

「あの白い外国人《グリンゴ》はどうした？」ドアの向こうから聞こえる声からして、どうやら相手は酔っているようだ。

「グリンゴ？　なんのことだ？」

またしてもドアを乱暴に叩く音が響いた。「おまえのアメリカ人のお友だちのことさ」

「おい、少し落ち着けって。ここにはぼくしかいないよ」

「あいつにもう二度とキャンパスには近づくなと言っておけ。このあたりをうろついてほしくない」

ドアの向こうにエミリオの仲間が何人いるのだろう？　ぼくは不安でしかたなかった。

「心配いらないさ」セルソがエミリオに答える。「あいつなら爆発があってすぐ、ウサギみたいに逃げていったよ。アメリカに戻ると言っていた」

「そうか。もうグリンゴを連れてくるなよ。いいな？」

「わかったよ、エミリオ」

「あいつらに指図されるのはたくさんだ」

「ああ、同感だよ」セルソがドアを閉じて鍵をかけ、背中で寄りかかった。

「いつまでもここにいるわけにはいかないな」ぼくは言った。

「何を言っている。いていいに決まっているじゃないか。必要なだけいればいい」

「きみはいい友人だよ。でも、早くアメリカに戻らないといけない。できれば明日、飛行機で帰るよ」そう口にするあいだも、ぼくの頭の中には、そう簡単にことが運ぶだろうかという疑問がくすぶっていた。


ニュース番組ではキャスターがひと晩じゅう話しつづけていた。新しい情報が入ると呼吸を忘れたかのような緊迫感で原稿を読みあげ、何もないときには言葉を変えておなじニュースをひたすら繰り返す。そうして時間が流れていき、やがて三件の連続爆破事件が大規模な攻撃の一部でしかなかったことが明らかになっていった。マナウスに近い空軍基地の司令官が軍上層部からの命令に従うことを拒否して基地が〝帝国主義者の支配から解き放たれた〟と宣言し、ときをおなじくして、ベレンのヴァル・デ・カンス海軍基地も独断でパラとアマゾンの河川に艦艇を派遣した。派遣された艦艇はすでに観光船を追い払う措置を実行しはじめているという。軍のどの部隊が誰の統制下にあるのかという問題が、新たに浮上していた。

そして、連邦裁判所長官セザール・ナジフが首都の大聖堂の前で記者会見を行った。副大統領の所在が明らかになるまで、大統領職継承順位四位の自分が大統領代行として国を率いると宣言するためだ。テレビの画面に映った彼の背後には、セルソの父、フリオ・エドゥアルド・デ・アルメイダが堂々とした立ち姿で控えていた。


ようやく朝になり、ぼくは空港に電話をかけた。電話がすぐ通じたまではよかったが、残念なことに、ぼくのいやな予感はあたっていたらしい。ナジフ大統領代行の命により、緊急のフライトを除き、旅客便をはじめとするあらゆる便の飛行が差し止めになったというのだ。

「ホテルに戻って待つよ」電話を終えたぼくはセルソに言った。「ホテルなら上司と連絡がとれるだろうし、そこでじっとしていれば、きみに迷惑をかけることも、きみを危ない目にあわせることもないはずだ」

セルソは改めてここにいても構わないと主張したが、すぐにぼくの意見が理にかなっていることを理解し、受け入れてくれた。

「ホテルまで送ろう」セルソが申し出る。

「やめたほうがいい」

「きみを無事にホテルへ送り届けたいんだ」結局、ぼくは押しきられる形で、友人の厚意を受けることにした。

道を歩いているだけで、ブラジリアの変化がよくわかった。子どもたちや家族連れの姿は見あたらず、芝の上でサッカーや日光浴をする人々もいない。その代わりに目につくのが男たち、特に若い男たちだった。その中には隠した銃でシャツをふくらませている者までいる。何が起きているにせよ、すべてがひと晩で豹変したとは思えなかった。きっと長い時間をかけ、なんらかの勢力が育っていたのだろう。今回の爆破事件は、ブラジルが変化する前触れを示す火花のようなものにすぎず、パワーバランスが大きく傾いたいま、変化を望む者にとっては、前に進みでて機会をつかみとるだけでいい状況が生まれていた。

ふたりでホテルに到着し、フロントに向かう。ところが、ぼくはフロントの男性からよそよそしい早口で、ゆうべ泊まった部屋が不在のために予約をとり消されたうえ、すでにほかの客が入ってしまったと告げられた。別の部屋を頼んでも、相手は満室で空いている部屋がないと繰り返すばかりだ。さっき見かけた駐車場の状況からして信じがたい話だが、こちらでホテルの宿泊状況を証明できるはずもない。しかたなくスーツケースや所持品を返してくれと頼むと、安全のために保管庫に入れてあり、身元確認にパスポートを見せれば従業員にとりに行かせると言われた。ろくに考えもせずパスポートを渡し、コピーをとると言って事務所に入った男性が戻るのを待つ。

ぼくはデスクに寄りかかり、ロビーのシャンデリアや贅沢なソファに視線をさまよわせた。コーヒーテーブルの上に、ゆうべの爆発で中断したままなのか、やりかけのチェス盤が放置されている。次に目に入ってきたのは、上等なソファのひとつに腰かけているブラジル人のビジネスマンとおぼしき男性の姿だ。髪が薄くて眼鏡をかけた男性がこちらを見て立ちあがり、ぼくと視線を合わせる。しばらくそうしているうちに、ぼくは自分がいかに愚かな真似をしているのかをはっきりと認識した。

「行こう」セルソに声をかける。

「パスポートはどうするんだよ？」

「どのみち返ってこない気がする。それどころか、あと九十秒でここを出ないと、たぶんぼくたちはブラジル情報庁につかまる」

正面のドアを避けてビジネスマンとは反対方向に体を向け、適当な廊下を駆けていく。どこかで外に出られるだろうと期待しての行動だったが、幸いその期待は裏切られずにすんだ。開いていたドアからプールの脇に出て、そこからホテルの裏手へとまわる。ぼくは映画の主人公のように視線を走らせて黒いセダンが待ち伏せていないかと探したが、実際のところブラジル情報庁が黒いセダンを使っているかどうかも知らないのだから、気休めにもならなかった。先ほどロビーで見た男が諜報機関のエージェントだという証拠はないし、キルパトリック長官が死んだと決まったわけでもない。だが、ブラジル情報庁がぼくや長官の部屋に入って荷物を押さえ、ぼくが現れたときのためにフロントへ連絡先を残していたのは間違いないと見ていいだろう。もっと早く気づかなかったとは、われながら愚かとしか言いようがなかった。

「どこに行く?」一緒に走るセルソが尋ねてくる。「ぼくのところに戻るかい?」

ぼくは首を横に振った。「いや、アメリカ大使館に行く」

ナソエンス通りにある大使館までは、直線距離なら遠くはない。だが、あいだには首都の重要な建物がいくつもあるうえ、最短ルート上にはナジフが大統領代行職の就任を宣言した大聖堂もある。ぼくたちは、人が多いであろう最短ルートを避け、大通りや政府の建物を迂回する道を選んで大使館をめざした。首都の中心部で大通りや政府の建物をよけて走るのはなかなか難しいものだ。そのうえ、一時間ばかり大変な思いをしてようやく到着してみると、大使館はアメリカの帝国主義に抗議するデモ隊に囲まれていて、日中はいつも開いているはずの正面ゲートがきっちりと閉じられてしまっていた。ぼくは『アルゴ』という映画を観ていたし、関連する本を何冊も読んでいたので、その昔、武装勢力がイランのアメリカ大使館に乱入した事件についてはそれなりに知っている。目の前で展開している殺気だった状況は、そのときとおなじくらい悪いのではないかという気さえした。

デモ隊の群衆のあいだにすり抜けられそうな隙間はない。門に駆け寄ってとりつけば、群衆につかまる前に、向こう側にいるはずの海兵隊が中に入れてくれるだろうか。そんなことを考えているうちに、群衆の中にいた若者のひとりが大使館に向かって火炎瓶を投げつけ、建物を囲む塀のいちばん上に直撃して炎があがった。立ちどまっていたらどんな危険な目にあうかわからない。ぼくたちは、人目を引かないよう反対方向へと歩きだした。

ブラジルは多くの人種が共存している国で、ぼくと似た明るい肌の色をしたブラジル人も多い。着ている服はセルソのものだし、ぼくのポルトガル語は流暢そのものだ。それに、ぼくはこの街のこともよく知っている。はじめからこちらの出身国を知っている人間に出くわさない限りネイティブとして通用するはずで、すぐにアメリカ人だと看破されることはないだろう。

「みんなどうかしているよ」ぼくはセルソに不満をぶつけた。「どうしていきなりアメリカ人を憎みはじめたんだ?」

セルソがヤンキースのキャップを脱ぎ、首元からシャツの中に突っこむ。「いきなりでもないよ。きみはしばらくここにいなかったから、知らないだけだ」

ぼくたちは、何気ないふうを装って南から西へと進み、街の中心部から離れていった。

「偏見はいつだってどこだってあるさ」歩きながら、ふたたびセルソに話しかける。「アメリカ人は太っているとか、金にしか興味がないとか、家族をないがしろにするとかね。

アメリカがこの世界の支配者になりたがっているというのも根強い偏見のひとつだ」

「偏見かな？」

ぼくはちらりとセルソに視線を送り、彼の問いが冗談ではないことを確かめた。「アメリカは支配なんて望んでないよ。国益に貪欲なだけだ」

「真面目な話――」セルソの表情は真剣そのものだ。「アメリカは大国だ。世界の海とすべての航路を握って、他国に対してその国の海軍がどの航路を通るか、いつ貿易をしてもいいか、いつ隣国と戦争をしてもいいか、すべてを決定している。嫌われて当然だよ」

「わかったよ」ぼくは反論をあきらめた。「それに、アマゾンの保護に関しても、いまに始まった話じゃない。四年生のときのパルメイラ先生を覚えているかい？　あの先生ときたら、アメリカの教科書にはアマゾンがアメリカ領と書いてあるとか、ばかげたことを教えていたじゃないか。ぼくがいくらそれは違うと言っても、頑固に自分の意見を曲げなかった。ただ、パルメイラ先生は極端な例で、あの頃はほとんどの人にとってそんなことはたいした問題じゃなかった。アマゾンを理由に暴動を起こす人間なんていなかったよ」

セルソがうなずく。「たしかに、そうなったのはここ最近だ」

話しているうちに、ぼくたちは大使館から数ブロック離れたあたりまで歩いていた。いったん立ちどまり、改めてセルソに相談する。「さて、これからどこへ行こうか？」

「難しいな」セルソが自分の顔をなでて考えこんだ。「ぼくの母方の親戚ならかくまってくれるかも」

「それじゃすぐ見つかる」ぼくは答え、芝と道路を隔てる低い石の塀に腰かけた。「ラセルダの家は？　まだこのあたりに住んでいるのかい？」カルロス・ラセルダは昔、ぼくが通っていた学校の友人で、学校帰りにはよく彼の母親に焼き菓子をつくってもらった。

セルソがぼくの隣に座り、首を横に振る。「カルロスもいまじゃ、ほかのみんなと変わらないよ」

「まさか、あいつまで反米に染まっているのか？」

「環境のほうに入れあげているよ。口を開けばアマゾンの保全と観光客の追放の話ばかりしている」

「カルロスがアマゾンに関心を持っているだって？　最後に会ったとき、あいつが熱心だったのはサッカー観戦とガブリエラ・ガルシアとのキスくらいのものだったぞ。そのふたつに関しては、両方同時でもいけそうなほど入れこんでいたけど」

ぼくは冗談を言ったつもりだったが、セルソは笑わない。「最近じゃみんなアマゾンの話ばかりだよ。まるでウイルスみたいに広がっている」

「ウイルスか」友人の言葉を繰り返したぼくの頭の中で、さまざまな考えが駆けめぐっていく。ひとつの疑念が浮かびあがり、ぼくはセルソの顔を見て尋ねた。「実際にウイルスが流行らなかったか？」

「なんの話だい？」

「カルロスは病気じゃなかったか？　発熱とかひどい咳とか、肺の感染症の症状は？」

「わからないよ。今年はいろいろと起きているからね。インフルエンザだか何かの大流行もあったし」セルソが考えこんだ。「でも、そうだな。たしかにカルロスも何カ月か前、病気になったかな。何日か寝こんでいたはずだ」

「アマゾンに目覚めたのもその時期じゃないか？」

セルソがまたしても考えこむ。「うん、そうかもしれない。だったらどうなんだ？」

「きみのお父さんは？　病気には？」

「どうだったかな。たぶんなっている」セルソが考えながら答えた。「たしか二、三カ月前、ひどい風邪か何かにかかったよ。咳がとまらなくてね。ぼくは病院に行ったほうがいいと言ったんだが、父さんは行かなかった。しばらくしたら、勝手に治ったんだ」

ぼくの腕に鳥肌が立つ。まずアマゾンで真菌感染症が発生し、異常な知性の向上が見られるようになった。そしていま、南米の指導者たちに対して、警護担当者まで味方に引きこんだ、きわめて高度に計画された攻撃が行われている。これらはすべてつながっているのではないか？　アマゾン保全の異様な盛りあがりが、菌の宿主の影響だということはあり得るだろうか？　実際の感染者数はいったいどれだけに達しているのだろう？

「電話を渡せ」ポルトガル語で命じる男の声がした。

ぼくたちがあわててうしろを振り返ると、塀をはさんだすぐ近くに男が立っていた。白くも黒くもない肌の色をしているその男は、黒い髪の生え際がかなり後退していて、これといった特徴のない眼鏡をかけ、目立たない色合いの服を着ている。あまりにも印象が薄いせいで、ぼくはその男がホテルのロビーにいた〝ビジネスマン〟と同一人物であることに危うく気づかないところだった。

「電話だ」男が繰り返す。「早くしろ」

ぼくは身をこわばらせて尋ねた。「おまえは何者だ？」

「きみの友人だよ。NSAにブラジル情報庁のスパイは入りこんでいないはずだが、携帯電話は追跡される恐れがある。もし彼らがきみを探しているのだとしたら、電話をたどってすぐに見つかるぞ」

「ぼくは持ってない。ホテルに置いてきた荷物の中なんだ。それに、どのみちここで使えるSIMカードだって入れてない」

男が一歩前に進みでて、腕を伸ばす。「それじゃ、きみの友だちの電話を渡してもらおう。アメリカに電話したときに使った電話だ」

セルソがぼくと男を交互に見て、ぼくがうなずいたのを確認してから電話を男に手渡した。電話を手にした男が本体からすばやくバッテリーを抜きとり、両方を茂みの中に投げこむ。「行くぞ」彼は居丈高《いたけだか》に言うと、ぼくたちがついてくるかどうかを確認もせずに南へと歩きだした。こんないかがわしい男にとてもついていく気にはなれない。ぼくはその場にとどまって腕を組み、男の背をにらみつけた。

「あなたは誰なんです？」ぼくは改めて尋ねた。

振り返った男の表情には、あからさまないらだちが浮かんでいる。「時間がないんだ。きみをここから連れださなくてはならない」

「あなたが何者か、なぜぼくを知っているのかを教えてくれない限り、ぼくはどこにも行きませんよ」

ほんの一瞬で、男の表情からいらだちが跡形もなく消えた。代わりに不敵な笑みが浮かぶ。「いい心がけだ。まったくのばかというわけでもなさそうだな。スパイ活動のスキルは皆無だと聞いていたのでね。どのみち電話は処分する必要があったたし、ついでにきみがどれほどのものか、試させてもらった」

ぼくは少しだけ顎を上げた。「それで？」

「メイジャーから伝言だ。次にセキュリティゲートで後輪をパンクさせるときは、彼女が帰ってからにしてくれとさ」

うなずいたぼくは、組んでいた腕をおろした。「じゅうぶんです。行きましょう」

一緒に歩いている途中、男はポルトガル語で天気やその年に行われたワールドカップの話をしつづけたが、明らかに頭で考えて話しているわけではなさそうだった。これはおそらくカモフラージュで、訓練のなせるわざなのだろう。数ブロック先まで行くと、タクシーであることを示す黄色と緑色の線が入った灰色の車がエンジンをかけたまま、縁石のすぐ脇にとまっていた。「この車だ」男が車のドアを開け、ぼくに乗るように促す。

ぼくはセルソに尋ねた。「きみはどうする?」

セルソが首を横に振る。「ここはぼくの街だ。家族もここにいる」

「ぼくを助けたことがばれるかもしれないぞ」

「ぼくはどこへも行かないよ」

腕を伸ばしてセルソをきつく抱きしめると、ブラジリアと少年時代のにおいがした。「ありがとう。幸運を祈るよ」親友に感謝を伝えて体を放し、身をかがめてタクシーの後部座席に乗りこむ。生え際の後退した男がぼくの隣に腰を落ち着けると、車が動きはじめた。後部の窓から見えるセルソの姿が徐々に小さくなっていく。その姿をじっと見つめながら、ぼくは親友に会える日がふたたび来るのだろうかと考えつづけていた。

18

タクシーはサンパウロまで十一時間ばかり走りつづけ、ぼくはそのあいだにふたりのエージェントから現在の状況を聞くことができた。アメリカ政府は、ブラジルのオズヴァルド・ゴンザガ副大統領から、国をおさめる権限をとり戻すための支援を正式に要請されたらしい。副大統領は何度か暗殺されかけたと主張し、セザール・ナジフの権限奪取はクーデターでしかないと訴えているという。そして、ブラジルの田舎道を休みなしで走る車の中でぼくが眠っているあいだ、支援を決断したアメリカは武力介入のための兵力を動かしていた。

車がサンパウロに近づくにつれ、反対車線の渋滞が激しくなっていった。街に入っていくのはぼくたちくらいのもので、あとはみんな脱出を図っている。脱出の理由がここでも攻撃が行われたからなのか、それとも、ゴンザガが暫定政府の本拠地としたこの街がいずれ戦火に飲まれると予想したからなのか、そのあたりはぼくにはよくわからなかった。遠くでコマンチ・ヘリコプターが編隊を組んで飛んでいるのが見える。F‐22戦闘機も一度、ぼくたちの真上を轟音とともに通過していった。

アメリカの軍隊についてひとつ確実に言えるのは、決して小規模な動員はしないということだ。司令センターに到着するまでには、ぼくの目にも今回の作戦が大規模なものであることが明らかになっていた。まだ本国から移動中の第一陣には、大隊規模の海兵隊に偵察部隊、軽装甲機動車部隊、戦闘工兵部隊、海兵隊の航空部隊、防空部隊、対テロリズム部隊、兵站の専門家チーム、そして、陸軍の外交チームと情報部のエージェントたちが含まれている。サンパウロ派遣部隊だけでこの規模だ。アマゾン川の河口がある北部のサンルイスは、リガドスの手に落ちたベレンを攻撃するための部隊集結地とされ、サンパウロよりもさらに大規模な兵力が向かっていた。数日後に到着する第二陣にはUSSハリー・S・トルーマンとUSSエイブラハム・リンカーンの空母二隻も含まれており、それぞれが戦隊を率いて作戦に参加する予定になっている。いずれも単体で世界じゅうのほとんどの国を制圧できる強力な戦隊だ。アメリカの勝利に疑問を差しはさむ余地はない。問題は、そこにいたるまでにブラジルがどれほどの損害をこうむるかという一点に尽きた。

サンパウロの市庁舎であるアニャンガバウ宮殿では大勢の外交官やエージェント、軍のスタッフが駆けまわっていて、事態の重要性とすさまじいまでの忙しさがぼくにもありありと伝わってきた。いまの状況を正確に把握している人間がこの中にいったい何人いるのだろう？　そう考えずにはいられない。そして、驚いたことに宮殿のロビーでぼくを待っていたのは、長い髪を地味なクリップでまとめ、カーキ色のシャツを着てジーンズをはいたショーネシー・ブレナンだった。

「どうしてきみがこんなところに？」考えるより先に質問がぼくの口をついて出た。

ショーネシーが肩をすくめて答える。「メロディは現場主義なのよ。背景を正しくとらえていない情報はただのごみだっていつも言っているわ」

歩きだしたショーネシーのうしろについていきながら、ぼくは質問を重ねた。「いったい何が起きているんだ？　わかっていることはあるのかい？」

「いまは混乱のまっただ中よ。街では噂が乱れ飛んでいるわ。ベネズエラが爆弾を仕掛けたとか、ＦＡＲＣが犯人だとかね。中にはアメリカがすべてを仕組んだと言っている人たちもいるみたい。ブラジル政府も噂以上のことは知らないでしょうね。ブラジリアの大使館には八十五人のアメリカ人が閉じこめられていて、アマゾンにある各州からはアメリカ人旅行者が危険な状況にあるという報告が少なくとも五件あがってきているわ。政治的なパワーバランスが崩れて、アメリカに友好的な政権が崩壊の危機に瀕している状況よ。問題に対処するためのチームを組もうとしているんだけど、次から次へと新しい問題が起きてちっとも間に合わないの」

「キルパトリック長官は？」

ショーネシーの表情が曇った。「死亡が確認されたわ。確実な情報よ。女性エージェントが死体を目撃していたの。情報庁に仕掛けられた爆弾は時限式で、長官と何人かの高官が狙われていたみたい。偶然居合わせたという可能性も残っているけれど、攻撃全体の計画性の高さからして故意だと思うわ」

「でも、なぜなんだ？　三カ国の指導者に対するテロ攻撃だよ。どんなイデオロギーにもとづいているんだろう？　何がしたいのか、さっぱり理解できないよ」

「不安定化が狙いなら、成功しかかっているわね。悪意を抱えた組織が軒並み表に出てきて、ライフルを振りまわしているのよ。中央の統治機能は崩壊しかけているわ。南部を中心に複数の基地がゴンザガへの支持を表明して、ナジフとリガドスを支持する北部の基地と対立しているの。内戦みたいな状況になってきているわね」

「待ってくれ。ナジフとリガドスだって？　いったい、いつからそのふたつがつながったんだい？」

「ナジフが、リガドスを国家の英雄だと称えだしたのよ。よりよきブラジルの独立した主権のために戦ってきた組織だってね。国の宝、つまりアマゾンを〝外国による略奪〟から守ってきたそうよ。もしイデオロギーが関係しているのだとすれば、アマゾン関連である可能性は高いわね。口を開けばアマゾンの支配権の話ばかりだもの」

「〝略奪（Ｄｅｓｐｏｉｌｍｅｎｔ）〟？　ナジフがその言葉を使ったのかい？　最近じゃあまり使われない言葉だ」

「少なくともわたしの語彙にはないわね」

ぼくたちは、大理石の床の上にデスクやコンピューター、それに電話が多数設置された広い空間に入っていった。高い天井はアーチ状になっていて、部屋の両側にある大きな窓からは、強い日差しが差しこんでいる。ここが新たに設営されたブラジルとアメリカの連合軍の本部だ。

「情報戦で完全に後手にまわったわ」ショーネシーが言った。「これほどの影響力と武力を持ったゲリラ組織なのに半年前とおなじ程度の情報しかないなんて、お粗末もいいところよ。あなたのおかげで通信は解読できるようになったけれど、それだって始まったばかりだし。いまだに組織の構造も誰がトップなのかもわからないのよ？　リガドスがめざす理想はアマゾンの環境保全だという話だけど、それにしたって大規模なテロ組織が掲げる理想らしくないわ。もっとも、人数も把握できてないから大規模かどうかも判断しようもないし、とにかくわからないことが多すぎる。こんな状況なのにコロンビアとベネズエラは侵攻を始めるし、これじゃとても時間が足りない――」

「待った。嘘だろう？　侵攻だって？」

「忘れていたわ。あなたはずっと連絡がとれなかったから、知らないのね」

「連絡がとれなかったといっても、たいした時間じゃない。せいぜい四十八時間くらいだ」

「いまの事態の進展状況だと、トイレに行っただけでとり残されるわよ。それから、あなたの質問に対する答えはノーね。嘘じゃない。コロンビアとベネズエラが宣戦布告して、アマゾンのブラジル領へ同時に軍を侵入させたの。外国による汚染を排除するとのたまってね。現地のわたしたちの情報網は穴だらけだけど、それでもすでに未確認の虐殺の報告があがっているわ。外国人とブラジル人の両方のね」

「でも、コロンビアとベネズエラだよ?」ぼくは言った。まったく理屈に合わない話だ。「あのふたつの国はもう何年も対立関係にあるじゃないか。ベネズエラはコロンビアの反政府組織を支援してさえいる。どっちの政府も相手を哲学的にまったく相容れない存在だと思っているはずだ。それが歩調を合わせて外国に侵攻したっていうのかい?」

「それについてはわたしも同感だわ。わたしたちが知っていると思っていたことが、まるごと現実と合致しなくなっているのよ。でも、これがいま現に起きている出来事なの」

ぼくたちが角を曲がると、メロディが海兵隊の大佐と口論していた。大佐はメロディより頭ひとつ分背が高く、体重もゆうに三十キロは上まわっていそうなほど体格がいい。「もういいわ」そのいかつい大佐をメロディが叱責している。「それ以上〝組織の壁の問題〟なんて無意味な言葉を口にしないでちょうだい。こっちが必要としている情報を手に入れてくるか、組織をまたいで手に入れる度胸がないと認めるかのどちらかよ」

「そう単純な話じゃない」大佐が言い返した。「ふたつの組織がまったく異なるシステムを使ってデータをつくっているようなものなんだ。その組織が互いに口をきこうともしないんだよ」

「昨日もそのデータが必要だったときに返ってくる言葉といったら〝できません〟の一点張りだったのよ。これ以上、言い訳で誰かをうんざりさせたいのなら、ほかの人にしてちょうだい」

ぼくとショーネシーが畏敬の念をもってその光景を眺めていると、大佐が憤慨して立ち去っていった。メロディは本来、大佐の指揮命令系統の外にいる。大佐に命令などできないし、まして言うとおりにしなかったからといって大佐を怒鳴りつける権限などないのだ。だが、命令を下す地位にある人々がメロディを信頼し、彼女の意見を重宝しているのは誰もが知っている。メロディの立場が命令を下す人々にきわめて近いものとなっているのは、そのためだった。

メロディがぼくを見てにっこりと微笑む。「本当は、部下がCIAに助けられるのはあまり好きではないの。あの連中ときたら、一度借りをつくったら絶対に忘れさせてくれやしないのよ。サンパウロにようこそ」

「苦労しているみたいですね」ぼくは挨拶もそこそこに言った。

「保身に必死なごますり連中を排除しようとしているのよ」メロディが答える。「この世の中には仕事をする人もいれば、仕事の邪魔をする人もいるから、しかたないわね」

「何が問題なんです?」

「こちらでつくった相関図がまるで役に立たないの。わたしたちの仕事の半分は、知られている関連性を大きな図にしていくことで成り立っているわ。XはYの知り合いで、YはQ国の武器購入に資金を提供しているB社を雇うAという組織の一員だ、みたいにね。テロリストのネットワークや盟友関係の変化を調べるときとか、離反する可能性のある者を探るときにはこの図を使うわけ。ところが、この南米に関していえば、わたしたちがつくった相関図がまるっきり間違っているのよ。以前はまったくつながりが知られていなかった人間どうしが急に厚い友情で結ばれていたり、正反対のゴールをめざしているはずの組織どうしがいきなり一緒に活動していたりといった状況になっているの。まるで誰かが乱数発生機で操っているみたいに、古い盟友関係が崩れて新しい関係と入れ替わっているわ。わたしたちの相関図をほかの組織のデータと突き合わせて確認したいんだけど、CIAも国家偵察局《NRO》もNSAも、重要な情報を分かち合うことはできないらしいわね」

「そのことについてなんですが」ぼくは思いきって言ってみた。

「そのことってどのことかしら。機能障害を起こして損害しかもたらさない情報コミュニティの官僚主義体質のこと？」

「いいえ。相関図が役に立たないという件です。理由に心あたりがあるんですが」

「話して」

「それが、頭がおかしくなったと思われそうな内容で……」

メロディがあきれた表情をつくった。「あなたは傲慢で頑固で、自制心のかけらもない

「誰もが、らしくないふるまいをしているっていう話ですよね？　宿敵どうしが盟友になったり、警護の担当者が守るべき人間を殺したり、学のない原住民が高度な暗号に関わったりしている。それに、誰も彼もいきなりアマゾンの保護に目覚めて、そのためには殺人もいとわないほど入れあげている」

「わたしが知らない話が聞けると思っていたのだけれど？」

「菌のせいかもしれません」

あまりにもばかばかしい言葉がしばらく宙を漂う。ぼくはメロディに笑われるか首を宣告されるか、あるいは部屋からつまみ出されるかのいずれかだと覚悟したが、彼女がまったく反応を示さないので先を続けることにした。「らしくない行動をしている人々が、特定の菌の宿主だという可能性があります。ポールやあなたの孫や、メディアに知性の向上をとりあげられた原住民たちが感染した菌の話です。その菌が知性の向上以外にも、宿主になんらかの影響を与えているのだとしたらどうです？　以前は気にもとめていなかったものごとを——たとえばアマゾンの自然とかを——気にかけるようになるかもしれない。その菌の発生源もアマゾンですから、まったく考えられないことでもありません」メロディはまだ、無表情でこちらを見つめているだけだ。彼女を納得させられるよう願いつつ、さらに話を続ける。「菌は一般的にこの手のことを普段からやっています。ほかの生物に影響を及ぼして、自分たちの生存に有利な行動をとるよう操るんです。たったひとつの組織が地下数キロにわたって菌糸を伸ばし、木に宿ってその成長を操るという話をポールから聞きました。その結果、環境全体を菌にとって完璧な生息地へと変えてしまうことができるそうです」

「木の成長を操るのと、世界の政治に影響を及ぼすのとではわけが違うわよ」

「菌は動物も操れます。ひそかに食べ物の好みを変えたり生息地を変えさせたりして、宿主の生存確率を高めるわけです。たとえば、ジャングルにはアリの脳を完全に支配する菌も存在します。支配されたアリは高いところにのぼって葉にぶらさがり、そのまま菌の子実体、つまりキノコが頭を突き破って胞子を放出するまでじっとしているんだそうです。最後は悲惨ですが、アリの体内に根づくあいだ、菌は病気やほかの感染症を追い払ったりして宿主を守りつづける」

「つまり、あなたはその菌に知性があると考えているわけ？　みずからの生存環境をよくするために何人もの人間を意図的に操っていると？」ぼくのばかげた推論を真顔で聞き、真剣にこんな言葉を口にするのだから、さすがメロディだというほかはない。

「それは違うでしょう。菌は自分の行為を自覚する必要はありません。知性も必要ない」ぼくは答えた。「ただひたすら進化のプログラムに従っているだけなのかもしれません。菌が人間を宿主にしたとして、その人間が菌にとって有利になるか、不利になるかする意図を持った場合、菌がそれに対する反応としてセロトニンの分泌を調整したとしたらどうなると思います？　その人間はその意図にもとづく行動に前向きになったり、うしろ向きになったりするわけです。この方法なら、菌自体に高度な知性がなくとも、人間に影響を及ぼすことは可能だ。もっとも、すべてはただの推測ですが」

菌の人間への影響といえば、メロディにはまだ父の奇跡的な回復を知らせていない。回復を知ってすぐ飛行機に乗ってしまったので、伝える時間がなかったのだ。つられるように、まだ家に電話をしていないことも思いだした。両親はぼくを心配しているに違いない。母だけでなく、回復した父もだ。

それに、菌を中心に思考をめぐらせるうち、ポールのことも気になりだしてきた。ぼくは兄に厳しくあたりすぎたのだろうか？　父の回復はたしかに驚くべき現象だ。まだ正常にものを考えられた何年か前に回復できる治療法があると知っていれば、父だってどんな犠牲を払っても、どんなリスクを背負っても、その治療を受ける価値があると判断していただろう。だとしたら、ぼくはポールを怒鳴りつけるのではなく、祝いの言葉でもかけてやるべきだったのかもしれなかった。だがその一方で、おなじ菌がいま起きているすべての事態の元凶だという恐ろしい可能性もあるのだ。父の精神は、自身の目的のために国をまるごとゆがめてしまうような生物に乗っとられてしまったのだろうか？

「家に電話しないと。ぼくが無事だと知らせたいし、父のことも心配です」

メロディが長いため息をつく。ひどく疲れているようだ。「そうなさい」彼女は言った。「それから、いまの仮説についてもう一度考えるのよ。どうしたら仮説を証明できるかをね。それと、お兄さんにも連絡してちょうだい。そんなことが可能かどうか、菌類学者の意見が聞けると助かるわ」

ぼくは、自分の脳にからみついた菌の話に夢中になっていた研究室でのポールの姿を思いだした。

〝脳のある部分の構造を、機能はそのままに効率を高めてリマップした〟

たしかあのとき、兄はそんなことを言っていた気がする。

「本当に可能なら」ぼくは答えた。「兄がぼくたちに本当のことを話すかどうか、信用していいのかどうか、ぼくにはわかりません」

ぼくは市庁舎の中を尋ねてまわり、やっとのことで私用に使える回線を見つけて母に電話した。「もしもし?」受話器から聞こえる母の声は、走って電話に出たかのように苦しげでせっぱつまっている。

「ぼくだよ、母さん」

「ごめんなさい。ちょうど車をとめているところなの」エンジンを切ってドアを開ける音がぼくの耳まで届いた。

「ニールだよ。ぼくは無事だ。大丈夫だから安心して」

「無事？　何か危険な目にあったの？」

「ブラジリアにいたんだ。ニュースを見ていないのかい？　爆発や暴動のことは知ってる？」

「ニュースを見る時間がなかったのよ。ニール、お父さんが……その……」

急に不安がこみあげてくる。「父さんがどうかした？　まさか、また病気が？」

「いいえ、そうじゃないの。お父さんが……どう言ったらいいのかしら。その……わたしが知っているあの人とは違う気がするのよ」

「どう違うんだい？」母の言葉は、ぼくの古傷を刺激した。母が知っている父、つまり昔の父とは、母が背を向けた人間だ。父が回復したとたん、早くも不満が出てきたのだろうか？　あるいは、重い病を抱えたわがままな父のほうがいいと思っているのだろうか？

こんな疑念を持つのが公平でないのはわかっているのだが、自分でもどうしようもない。きっとぼくはいまでも、母が家族に出たり入ったりしてきた過去を受け入れられずにいるのだ。

「昔より積極的で直接的なの。看護師を口説いたりしているのよ？　やっぱり、わたしが覚えているあの人とは違うわ。ずっと荒っぽいし、なんだか少し怖いの」

母の言葉をどう受けとめればいいか、ぼくにはわからなかった。父の境遇を考えれば、多少の変化があっても、それはそれで自然な気がする。何年も妄想に悩まされたあとで急に正常に戻ったのだから、何かしらの影響があって当然だろう。失われた年月のことや、そのあいだ家族に依存してきたことを記憶しているのかもしれないし、もしかすると、病気のときは当然に思えたが実はまったく不適切だった言動を自分が行ってきたことに気づいてしまったのかもしれない。そんな状況で人生をやり直す機会を得られたとしたら、いくらか大胆になって場の主導権を握ろうとするのも理解できるし、少しばかり異性に対して積極的になるのもわからない話ではなかった。何せ夢から覚めたら周囲の世界がすっかり変わっていたというリップ・ヴァン・ウィンクル【注1】みたいな状況だ。当の本人にしてみれば、さぞかし恐ろしい体験に違いない。

車のドアを閉じる音がして、舗装道路を歩く足音が続いた。遠くのほうで車が走っている音もする。「母さん、いまどこにいるんだい？」ぼくはきいた。

「いま病院に着いたところよ」何かがきしみ、空気が流れる音がする。病院の大きな回転ドアを通り過ぎたところだろう。

「父さんはまだ入院しているのかい？」

「そうなのよ。経過観察が必要なんですって。気になる数値があるから、いま退院しても安心できないってドクター・チューに言われたわ」

「ドクター・チュー？　ポールを診てくれた女の先生かい？」

「そう、その人よ。でも、あの先生、少し偏執的なところがあるのよね。診察のときはいつも手術用のマスクをしているし、お父さんを隔離病棟に移そうともしたのよ。たしかにわたしだってあの人が心配だけど、隔離はいくらなんでもやりすぎじゃないかと思うわ。あなたはどう思う？」

「先生は理由を言っていたかい？」

「体内にまだ感染の形跡があるから心配なんですって。でも、ポールだって感染した菌は残っているけど、平気だと言っているのよ。だいいち、ポールに何年も感染と付き合っていかないといけないと言ったのは、当のドクター・チューじゃない。あの子のときは、そこまで深刻な事態だと思っているようには見えなかったわ」

「実際に深刻な事態だったんだよ。先生が心配だと言うなら、ぼくはそれを信じる。母さん、よく聞いてくれ。ポールがアマゾンで拾ってきた菌は、ただ肺の病気をもたらすよりも、ずっと深刻なものかもしれないんだ」

「ええ、あの菌が深刻なものだというのはわかっているわよ。ポールと一緒に旅をしたお嬢さんだって、とてもかわいそうな目にあってしまったんだし。でも、その菌のおかげでお父さんがどうなったかを考えると、複雑な気分だわ。たしかに別の心配をするようにはなったけれど、アルツハイマー病が後退したのは否定できない事実だもの。後退したどころか、わたしの目には病気がなくなったように見えるくらいよ」

「それじゃ、父さんはまだ正気のままなんだね？　記憶のほうはどうなんだい？」

「お父さんと代わるわ」母が言った。「自分できいてごらんなさい」

遠くのほうで両親の話す声が聞こえる。母が〝ニールよ〟と言ったのに続き、父の力強く、はっきりとした声が受話器から流れてきた。「ニールか！　いまどこにいる？」

胸にあたたかいものが広がっていき、ぼくは自分でも気づかないうちにとめていた息を吐きだした。これは現実だ。父がぼくのことをちゃんと覚えている。それはぼくにとって、父が死からよみがえったにも等しかった。「サンパウロだよ、父さん」

「急にいなくなってしまったから、おまえとはほとんど話もできなかったな。そっちでは何が起きているんだ？　クーデターか？　こっちのニュースもその話ばかりだぞ。ついていることに病院の連中、わたしのテレビをニュースチャンネルにしておいてくれた。これが昼メロだったら、アルツハイマー病のほうがまだましと思ってしまうところだ」父が幸せそうな笑い声をあげる。その声を聞いているうちに、ぼくの頭はブラジリアの家で父に学校の友だちから聞いたくだらない冗談を教えたり、ポルトガル語や英語の駄洒落を言って父を喜ばせたりしていた時代に戻っていった。

「うん、クーデターみたいだ」どれだけの情報が一般に公開されているかわからなかったので、こちらの政治状況や、ベネズエラとコロンビアが関わっている可能性があることは伏せておいたほうがいいだろう。「だから、もう少しこっちにいないといけないらしい。さっさと家に飛んで帰れたら、どれだけ楽かと思うよ。父さんにも会いたいし」

「わたしはこのばかげた病院からさっさと出してほしいと願うばかりだよ。体は健康だし、頭だってちゃんとしている。前よりよくなってはいないかもしれんが、少なくとも元どおりには機能しているんだ。ここにいなきゃいけない理由はない」

「先生の言うことをちゃんと聞いてくれよ」ぼくは忠告を試みた。「それと、ポールの話には気をつけてくれ。菌類学者がどう考えようと、菌糸が体内で成長している状態が、望ましいわけがないからね。ドクター・チューが薬を飲めと言ったら、ちゃんと飲んだほうがいい」

「わかった」父が答える。「とにかく、おまえはできるだけ早く帰ってこい。何年か分の話をしよう」


ぼくが受けた次の命令は、CIAへの任務報告だった。だが、ミーティングも五時間に及ぶと、もはや苦痛以外の何物でもない。しかもその内容ときたら、報告するというよりもむしろ尋問を受けているようなものだった。ぼくは知っていることをすべて話し、ポールの菌に関する考えもちゃんと伝えたが、CIAの反応はいまひとつで、控えめに言っても懐疑的といったところだ。もっとも、確証がないばかりか、ぼく自身もまだ半信半疑の説なので、こちらもあえて強く主張しなかった。

ようやくＣＩＡから解放されたとき、ぼくの眠気は頂点に達しつつあった。ぼくたちのいる司令センターのスタッフや政府組織の人員は、近くのホテルに泊まることになっている。だが、ぼくは自分の部屋が用意されているかどうかを確認する前にメロディに見つかり、声をかけられてしまった。「あなたに話をきいてもらいたい人がいるの」

また任務報告かと思ったぼくは、ため息をついた。「誰です？」

「名前はマリアナ・フェルナンダ・デ・アンドラーデ」メロディが答える。「最近まで大統領警護隊に所属して副大統領の警護を担当していた女性よ。宮殿にある駐車場の大統領専用車のスペースに爆弾を仕掛けているところをつかまったの」

「その人は――」

「感染しているか？　イエスよ。地元の病院で念入りに画像診断させたわ。脳組織の奥深くまで菌が侵入しているのを、医者が確認してる」

「ぼくがその人の話を聞くんですか？　取り調べなんて素人もいいところですよ？」

「尋問のプロはもうとっくに話を聞き終えているわ。あなたが彼女を見てどう感じるかを知りたいのよ」

眠気がまとわりつく目を手で強くこする。ここまで体験したところでは、どうやらＮＳＡという職場は、睡眠不足で働くことがあたりまえのようだ。「会います」ぼくは答えた。

拘置所は車で二十分ほど走った街の反対側にあった。建物は周辺のもの同様に古く、コンクリートと鉄でできている。内部では暴動用の装備に身を包んでコンバットブーツをはいた看守たちがショットガンや自動小銃を携え、周囲に目を光らせていた。ふたりの看守が枷と鎖で手足を拘束されたマリアナ・デ・アンドラーデを連れてきて、ぼくと向かい合う椅子に乱暴に座らせる。看守たちは真っ黒な制服にふさわしい険しい表情のまま、ショットガンを胸の前で斜めになるように持ち、そのまま囚人の背後に立った。アンドラーデは敵意に満ちた表情を浮かべ、ぼくではなく床をじっと見つめている。

「ここの扱いはどうだい？」まさか世間話をするわけにもいかないので、ぼくは尋ねた。

アンドラーデが両手を上げて太い鎖を示し、ひどい訛りのある英語で答える。「こんなものでつながれて、上等な扱いが期待できると思う？」

どうやら英語はそれほど得意でないようだ。ぼくはポルトガル語で話すことにした。「ぼくは警官じゃない。鎖を外すことを含めて、ここではなんの権限もないよ。ただ、大統領代行の警護が任務の職業軍人が、なぜいきなり国を裏切る決心をしたのかを知りたいだけだ」

やっとアンドラーデとぼくの視線がぶつかる。彼女もポルトガル語で応じた。「あなたはそう考えているの？　わたしが国を裏切ったと？」

「裏切りじゃなかったら、いったいなんなんだ？　大統領を守ると宣誓したのに殺そうとしたんだろう?」

「ゴンザガ副大統領は、おまえたちにすがった時点で大統領になる資格を放棄したのよ」

「〝おまえたち〟とは誰のことだい?」

「おまえたち全員よ、グリンゴの帝国主義者ども。おまえたちは世界の四分の三を手にしているのに、それに飽き足らず、今度はブラジルを支配しようとしている」

ぼくは彼女の顔を見つめ、どこか普通でないところはないか、本当のマリアナ・デ・アンドラーデと菌の影響を受けた彼女のあいだに違いがないかを見定めようとした。「要するに、きみは自分が賛成できない決断をした指導者を殺すのは正しいと思っているわけだ。それでいままで軍にいられたなんて、驚きだよ」

「あの男がしたのは、ただの決断じゃないわ。国を売る決断だからよ」

「どういう意味だ?」

「ブラジルはわたしたちの国よ。おまえたちのものじゃない。この国をおまえたちに投げ渡したとき、あの男は指導者になる権利を失ったの」

「今回の件は誰かにすすめられたのか? セザール・ナジフか彼の暫定政権になんらかの方法で促されたことは?」

「わたしたちはみんなつながっているのよ」彼女は〝リガドス〟というポルトガル語を選んで使った。

「誰がつながっているって？　きみとナジフがか？」

「ブラジルの土地と資源を守りたいと思っている人々は、みんなつながっているの」

「つまり、きみはそのつながりの中で命令されたのか？　強制されてこんなことを？」

「わたしの言葉の意味をねじ曲げないで」彼女が床に戻していた視線を、ふたたびぼくに向ける。「必要で正しいことをしたの。わたしは自分にできる唯一のことをしようとしただけ」

ぼくは、質問の矛先を変えてみることにした。「きみは、自分の脳に菌が入りこんでいるのを知っているのかい？」

アンドラーデが目を細くして、いぶかしげな表情を浮かべる。「なんですって？」

「菌だよ。きみは肺の感染症を患った。しばらくひどい咳が続いたはずだ。病院に入院したかもしれない。その記憶は？」

「三、四週間前に入院したわ。咳きこんで血を吐いたから」

「その感染症の原因だった菌がまだきみの体の中にいる。成長して脳に達しているんだ」

アンドラーデは肩をすくめた。「知っているわよ。先生が糖質をたくさんとれば成長が早まると教えてくれたわ」

一瞬言葉を失い、ぼくは啞然として彼女を見つめた。「菌が脳内で生きている状態がいいことだと、医者が言ったのか？」

「もちろんよ。先生の中にも、もう何週間も前からいると言っていたわ。食事で炭水化物と糖質を多めにとると、菌が活発になって大きく育つのを発見したってね」

何を言ったらいいのかわからない。だが、彼女は違う。ポールも菌が寄生するのを歓迎していたが、兄は菌類学者で変わり者だ。だって、そんなのは普通じゃないだろう？」

たのか？

前は？」ぼくはヘリの音に負けないよう、大きな声で尋ねた。

「それは問題じゃないわ」彼女がふいに立ちあがる。「わたしたちの味方は大勢いるのよ。おまえたちにはもうとめられないわ」

彼女の背後にいる黒ずくめの看守たちのひとりが座れと命じる。その声を聞き、ぼくはヘリが飛び去っていないのに気がついた。さっきよりも大きくなったローターの音が真上から聞こえてくる。まるで、この建物の屋上に着陸しようとしているかのようだ。

看守が武器に手をかけ、一歩前に足を踏みだした。「座れ。いますぐにだ」

「悪いわね」答える彼女の声は冷静そのものだ。「もう行かないと」

もうひとりの看守がショットガンの銃口を上げ、命令していた看守の後頭部を警告もなしに撃った。小さなコンクリートの部屋に轟音が響きわたる。看守の顔と首が吹き飛び、

アンドラーデの顔に不敵な笑みが浮かぶ。「あなたが思っているより普通よ」

海兵隊のヘリコプターが近くを飛んでいき、窓をがたがたと揺らす。「きみの医者の名

298

血と肉が向かいの壁に飛び散った。いきなりの処刑に言葉も出ない。ぼくはよろよろとあとずさり、壁際の床にへたりこんだ。心臓が激しく脈打ち、アドレナリンが全身を駆けめぐっていく。アンドラーデはまったく動じず、何が起きたのかを振り返って見ようともしなかった。

銃声による甲高い耳鳴りと、血管を血が流れる音がぼくの聴覚を支配する。ほかの音が何ひとつとして聞こえない中、看守がまるで水中にいるかのようにゆっくりとした動きで、ぼくに銃を向けた。

「そこを動くな」声は聞こえなくとも、唇の動きで看守が何を言ったのかは理解できる。彼がアンドラーデの鎖を外すあいだ、ぼくはじっとその場にとどまっていた。ふたりが部屋を出てひとりきりになっても、まだ動くことができない。少しずつ聴覚が戻ってきて耳が元どおりになったとき、室内はすっかり静まり返っていたが、遠くのほうから囚人たちが叫ぶ声とヘリが飛び去っていく音が聞こえてきた。

【注1】ワシントン・アーヴィングの小説の主人公

19

メロディは激怒していた。目の奥に宿る炎を隠そうともせず、全身から静かに怒りを発している。おそらく内輪の人間を相手にその怒りが爆発することはないだろうが、外部の人間で最初に愚かな真似をした者がその対象になるのだろう。これまでの彼女はいわば諜報の世界の女王のような存在で、官僚主義をどやしつけて効率的に動かし、解決不能なはずの難題をいくつも解決してきた。それがいま、彼女の組織は敵に対して先手が打てず、以前は有効だった戦略もまったく機能していない。怒りがみなぎるのも当然と言えた。

「全員に検査をするわよ」メロディは宣言した。「エージェントも兵隊も、幕僚クラスも全員ね。誰が味方なのかを知っておかないと話にならないわ」

メロディ、ショーネシー、そしてぼくの三人は、オフィスとしてあてがわれたクローゼット並みにせまい部屋で話している。「そんなことが現実的に可能ですか?」ぼくは尋ねた。

「PETスキャンだのMRIだのをするわけじゃないわ。必要なのは血液検査よ。結果が出るまでに一週間以内の方法が望ましいわね。その手配があなたの明日の仕事よ。それとミス・アンドラーデの検査と画像診断を担当したブラジル人の医者に連絡をして、話を聞くこと。あと陸軍の医者を探して、感染症が流行している可能性があると忠告しておいて。あなたのお兄さんがこの菌を培養したものを持っていたわね？」

ぼくはこらえきれず、あくびをした。時刻は午前二時になっており、最後に眠ったのはタクシーの後部座席だったのだからしかたない。「ええ、メリーランド大の研究室にあります。でも、兄が手放すかどうかわかりませんよ」

「手放してもらうわ。アメリカ陸軍感染症医学研究所とＦＢＩにも出張ってもらわないといけないわね。これは無視できない脅威よ」

「クラーク長官代理は、この病気について知っているわ」

「カーディフ将軍は？」カーディフというのは、ブラジルに派遣されたアメリカ軍の司令官の名だ。

「知っているわ」メロディが答えた。「でも、こっちの話を信用していないの。根拠が薄弱な話だし、あの人たちはそういう話に対処する訓練を受けていない。死者が何人も出てから感染症の大流行ですと言われたら、災害防護服を着た医者たちを大量に手配するでしょうけど、感染症のせいで国を裏切る人が続出していると言っても、あの人たちの道理にはそぐわないのよ。そもそも頭の中にそんな事態を受け入れる器が用意されていないの」

こんな状況のブラジルだが、コーヒーだけは最高だ。ぼくは、メロディが一日じゅういっぱいにしているポットから、コーヒーを発泡スチロールのコップについだ。

「話したとき、彼女の様子はどうだった?」メロディがきいた。彼女とはマリアナ・デ・アンドラーデのことを指している。「外見で何かわかった? 菌の影響が現れているとか、ハイになっているとか、どこかおかしいところは?」

「いいえ」ぼくは即答した。「ありません。それがまた薄気味悪い感じがしました。一見したところでは完全に正気で理性的に見える。それなのに、よくよく話すと脳へ菌糸を送りこむ寄生体を体内に宿している状態が普通だと完全に信じこんでいるんですよ? ぼくが疑問を呈したら向こうが驚いたくらいだ」

「ミス・アンドラーデは自分が感染しているのを知っていたのね?」

「ええ。それに、彼女が言うには具合が悪くなったときに診てもらった医者も感染しているようです。菌の成長を促す方法を教えてもらったと言っていました」

「その医者を見つけないといけないわね。ショーネシー、明日、地元の警察に連絡して。彼女の医療記録を引っ張りだすくらいはできるでしょう」

「ポールも菌が寄生することを気にしていませんでした。でも、兄が言う分には、おかしいと思わなかった……いや、違うな。おかしいとは思いましたけど、菌類は兄の専門分野ですから、爬虫類学者がヘビにキスするみたいなもので、違和感はなかった。でも、アンドラーデの場合は……」

「公平を期すなら、わたしたちはそもそも彼女の人格も何も知らないわ」メロディが指摘する。「でも、あなたの言いたいことはわかる。おかしいわよね」

「明日、朝いちばんで兄に電話します」ぼくは話を戻した。「ポールが培養した菌を手放さなかったら、父がUSAMRIIDに血液のサンプルを提供してくれるかもしれません」

「USAMRIIDには知り合いがいるわ。あなたはお父さんの了解だけもらってちょうだい。あとはわたしが手配する」

その後、ぼくはショーネシーと一緒に、アメリカ人スタッフが泊まるホテルに向かった。だが、やたら陽気なフロントの担当者によると、すでに満室でぼくが泊まれる部屋はないらしい。「行きましょう」戸惑うぼくに向かって、ショーネシーが促した。「わたしの部屋にソファベッドがあるわ。見た感じウレタンフォーム製だけど、何もないよりはましよ」

なんとなく気まずさを感じ、ぼくは言った。「いいよ、別のホテルを探すから。どこかに空いている部屋がきっと——」

「ないわよ。このあたり一帯のホテルは全部まとめて予約ずみのはずだもの。見つかる頃には朝になってしまうわ。いいじゃない。何もしないって約束してあげるから」

ぼくは笑って答えた。「きみがそう言うなら」

いよいよ起きているのも限界なのか、あくびがとまらない。エレベーターに着いた頃は、それこそ口を閉じる間もないほどだった。ショーネシーの部屋に入ってすぐ、ソファに倒れこむ。ぼくはソファをベッドにするのも忘れ、そのまま眠りに落ちた。

ぼくが目を覚ますと、朝日がカーテン越しに室内を薄暗く照らしていて、岩をも割りそうなほど大きくて耳障りな電話の音が鳴り響いていた。眠っていた時間がほんの一瞬にも感じられる。ショーネシーが受話器をとって耳にあて、ひとことの返事を何度か繰り返してから本体に戻した。

深刻な表情でぼくに向き直り、彼女は言った。「戦争が始まったわ」

ぼくたちは、毎日行われる幕僚クラスの打ち合わせに間に合う時間に、アニャンガバウ宮殿に戻った。打ち合わせが行われるのはいくつかある広い部屋のうちのひとつで、すでに室内はアメリカ人とブラジル人でいっぱいになっている。空軍の大佐がその正面に立ち、衛星やドローンで撮影した画像を使って事態の要約を報告していた。報告の形式は、情報機関が毎日行う大統領との打ち合わせであげる報告とおなじで、すでに何段階もの分析を終え、慎重に選び抜いたわかりやすい情報だけを地図や統計に結びつけた内容だ。

ぼくは、この手の報告には偏りがあるかもしれないことを知っている。

「リガドスの兵力が午前三時にサンルイスの西三十キロの地点で敵対行動を開始した」大佐の報告が続く。「敵の攻撃は陸と空で計画的に行われ、ブラジル軍とベネズエラ軍もこれに加わっている。この攻撃に対し、アメリカ軍はごく少数の犠牲で敵戦力をほぼ無力化することに成功した。味方の航空戦力は、帰投する敵航空部隊を追跡してベレンのヴァル・

デ・カンス飛行場が拠点であると特定。午前四時五十分に第十一爆撃飛行隊のB‐52Hが報復攻撃を実行し、敵航空部隊の集結地になると見られていた同飛行場を完全に破壊した」

打ち合わせの様子を見ているメロディは、いかにもまぶたが重そうで、疲れた目をしていた。服も昨日から変わっていない。徹夜したのだろうかとぼくがいぶかっているうちに、大佐がアマゾンの各州における敵のドローンの活動範囲の要約に話を移し、面積の広大さと分厚いジャングルのために敵の特定が難しくなっていると指摘した。

「要するに、自分たちが何と対峙しているのか、わたしたちにはまったくわかっていないという意味ね」メロディが言った。はなから声を落とそうという気がないので、部屋にいる半分の人間に彼女の声が届いている。

大佐は話のまとめに入り、情報としての価値よりも見た目のインパクトを重視して選ばれた〝都合のいい画像〟を画面に映した。F‐22が敵航空機を撃墜し、爆発で上がった煙から飛びだしてくるところや、破壊されたヴァル・デ・カンス飛行場の滑走路の様子、敵が無傷のアメリカ軍の攻撃から逃げ、隊列を乱して森に駆けこんでいくところなどを映した画像だ。

「待って！」メロディが目つきを鋭くし、いきなり立ちあがった。「あれは何？」彼女が画像の右上を指さす。言われてみれば、ぼんやりとした機影がふたつ映っているようにも見えた。

大佐がなぜか恩着せがましい笑みを浮かべて答える。「民間機ですよ。ひとり乗りのプロペラ機です。見たところ農業用で、軍のものでないと思われます」

「なんだって空中戦が行われている戦場のど真ん中を農業用の飛行機が二機も飛んでいるのかしら。理由は？」

「おそらく、偶然居合わせただけでしょう」

メロディはあきれ顔でそっぽを向き、カーディフ将軍の言葉も待たずに部屋を出ていってしまった。ぼくとショーネシーは顔を見合わせ、あわてて立ちあがってそのあとを追う。

「農業用の飛行機がどうかしたんですか？」メロディに追いつくやいなや、ぼくはきいた。

「わからないの？」

少し考えてから答える。「敵が民間機を軍事目的で徴発したんですかね？」

メロディが急に立ちどまって振り返り、ぼくとぶつかりそうになった。

「農業用の飛行機といったら、何をするものかしら？」

答えようと口を開いたぼくは、メロディの言わんとすることを理解して口を閉じた。自分の愚かさと思慮の浅さを痛感する。「農薬の空中散布です。菌の胞子をばらまくのに使ったんだわ」ぼくの代わりにショーネシーが答えた。「敵が感染を広げようとしているんですね？」

「たぶんそうね」メロディがゆっくりと、ひとつひとつの言葉をはっきりと発音して言っ

306

た。「敵が無茶な攻撃を仕掛けてきた目的はひとつしか考えられないわ。空中散布機をこちらの部隊に近づけるためよ」

レーダーの記録はメロディの見解の正しさを裏づけていた。その気になって見れば明らかだ。合計十機の空中散布機が二機一組になってさまざまな角度で飛んでおり、接近のタイミングは敵航空戦力の攻撃に合わせられている。十機は終始低空を飛び、直接頭上に接近することこそないが、つねにサンルイスのアメリカ軍基地の風上に位置する航路を維持している。空がまだ暗い時間だったせいで、散布した物質は確認できなかったようだ。

「これは細菌戦です」カーディフ将軍のオフィスで、メロディは言った。ノックもせず部屋に飛びこみ、将軍が側近たちと会議をしているのを無視して将軍の目の前に資料を放り投げたのは、つい先ほどのことだ。いまは、サンルイスの兵士全員を検査が終わるまで潜在的な敵と見なすよう主張している。

将軍は引き締まった体つきをした、いかにも屈強そうな六十歳の男性だった。髪はこめかみの一部が白髪になっているのを除けばまだ黒く、顔に刻まれた深いしわがいかめしい印象を与えている。ここにいる全員と同様にあまり眠っていないはずだが、ぼくの目に映る将軍は活力に満ち、何事にも対処する準備がじゅうぶん整っているように見えた。「ものごとには順序がある、ミス・ムニズ。現場には陸軍の医療研究班を配置したし、そこには戦場で細菌兵器が使用された場合は即座に発見するよう訓練を受けた医師たちがそろっているんだ。そこの責任者は、たしかに病気の兵が急増していて規則どおりの検査を行っているが、危険の兆候はないと言っている。症状の重い肺感染症が広がっているだけで、別の大陸に派遣された部隊ではめずらしくないという話だったぞ」

「今回はそうした病気とは違います」メロディがきっぱりと反論する。「ここにいるミスター・ジョーンズが実際に目撃しました」彼女の背後に立ったぼくは、高級将校たちに囲まれて緊張しきりだった。このまま床に沈んでしまいたい心境だ。ぼくの説は、一見事実に合致するように見えて、科学的な裏づけはいっさいない。そこを追及されたら、ぼくにはメロディの主張を支える材料がまったくなくなってしまうのだ。できることといえば、兄と父に対する懸念と、裏づけはないが一致する事象がたくさんあることを切々と訴えるくらいしかない。「この菌の目的は、人を殺すことではないのです」ぼくが黙っているので、メロディが続けた。「少なくとも大勢を殺すのが目的ではありません。むしろ、それよりもずっと狡猾だと言えます。人間の精神を侵して愛国心をなくさせ、意思の選択に影響を与えるのです。ミス・アンドラーデの例もありますし、検査が終わるまでは誰も信用できません」

「アンドラーデは裏切り者だ。単純な話だよ」将軍が言った。「彼女の件を説明するのに、得体の知れないウイルスなんぞを持ちだす必要はない。だいたい、いったいわたしにどうしろと言うのかね？　三千人の兵士たち全員に脳の検査を受けさせる？　そんな設備も時間もないことくらい、きみもわかっているだろう。わたしに真剣にとり合ってほしいのなら、戦場の片隅を飛んでいたプロペラ機より、もっと確実な情報を持ってきたまえ。別にきみの意見を軽視するわけじゃない。ただ、じゅうぶんではないと言っているんだ」

「では、せめて医療部隊の士官と話をさせてください」メロディが言った。

「いいとも。きみたちの持っているデータで士官を納得させてみろ。では、そろそろ――」将軍の口調が皮肉まじりに変わる。「参謀たちとの会議に戻る許可をいただいても構わないかね？」

メロディは顔を赤らめもせず、平然と答えた。「もちろんですわ、将軍閣下」

背後でドアが閉まる直前、ぼくの耳にカーディフ将軍の声が届いた。「なるほど、あれだからメイジャーと呼ばれているわけか」その言葉に続いたのは、将軍の参謀たちの笑い声だ。

将軍の声がメロディに聞こえていたかどうか、ぼくにはわからない。いずれにせよ、彼女はまったく反応を示さなかった。

ぼくは、メロディからサンルイスの医療部隊の士官であるスハルト大尉に電話をかけるよう命じられ、できる限りもっともらしく自分の推論を披露した。大尉は礼儀正しく最後まで聞いてくれたが、内容には賛同しかねたらしい。ぼくの医学的な背景や、兄の研究室でどんな検査が行われたのか、統計学的な根拠にできる発見を得た現地調査は行われたのかといった質問をひとしきり浴びせてきた。専門家としてはもっともな疑問だろう。質問に答えているうちに、ぼくの中で自信がしぼんでいき、自分の推論に対する疑いが大きくなっていった。

「カーディフ将軍の話では、肺の感染症が急増しているとのことでしたが？」ぼくは逆にきいた。「原因は自然界の菌ですか？」

「たぶんそうだ。だが、ほとんどの診断結果は推定の域を出ないよ」スハルト大尉が答える。「菌が病因だと証明するのは難しいし、一般的に症状が重いケースを除けば治療の必要もないからね。とはいえ、きみも知っていると思うが、真菌感染症はこの地域の風土病だ。湿気の多いジャングルに、そういう環境を初めて体験する人間が大量に流れこんでくれば、感染症の発症率が高くなるのは避けられないよ」

「今朝はどうです？　発症者が増えませんでしたか？」

大尉がコンピューターのキーを叩く音がする。おそらくデータを確認しているのだろう。

「たしかに増えているね。それもかなりの数だ。大流行というほどではないが、間違いなく増加している。何かわたしの知らないことを知っているのかい？」

ぼくは、空中散布機が基地に胞子をまいた可能性について説明した。

ぼくの隣では、ショーネシーが猛烈な勢いでコンピューターのキーを叩き、ぼくには理解できないソフトウエアのコードの入力を続けている。彼女が操る別の二台のモニターには、十機以上のドローンが送ってきた映像が表示されていた。ドローンを操っているのはショーネシーではなく、彼女はただストリーミングの映像データにアクセスしているだけだ。ドローンのカメラは軍の動きを追っているらしく、特定の建物にズームインしたり、遠方を映すためにズームアウトしたりを繰り返している。スハルト大尉へ電話をかける前に話したときは、ディープラーニングネットワークに異常な活動を検知できるよう学習させるとかどうだとか言っていたが、ぼくには彼女の言葉がほとんど理解できなかった。

「もしこれが細菌戦なら、敵はそれほど成功しているとは言えないな」大尉が興奮した様子もなく言った。「連絡をくれたのには感謝するし、こちらも用心しよう。だが、ちょっとした肺の感染症くらいでは、われわれの戦う意志は揺るがないよ。わたしも何日か前に感染症にかかったんだ。そのときは不快だったが、四十八時間もしたら症状はおさまった。ほとんどの兵士たちもその程度ですむはずだ」

ぼくは一瞬、言葉を失った。「あなたも感染したんですか？」

「ああ。咳がひどくてね。鼻血と高熱も出た。一日半ほどは起きるのもままならなくて、みじめな気分だったよ。しかし、それも新しい細菌の生態系に入るときに払わなくてはならない代償だ。たくさんの菌がつねに新しい宿主を探しているからね。免疫力のない宿主にとっては生命に関わる事態になる恐れもあるが、大多数にとっては深刻な害はないさ」

スハルト大尉の言葉は明快そのもので自信に満ちており、疑うのも難しい。だが、もし菌の影響を受けての発言だとしたら、本人にはそれとわかるものなのだろうか？

ふと、ある考えがぼくの頭にひらめいた。やってみる価値はあるだろう。「もっとも、カーディフ将軍のジャングル破壊作戦が実行されれば、なんの問題もなくなるでしょうけどね」

ぼくがでまかせを口にすると、ショーネシーがモニターの画面から顔を上げ、けげんな表情でこちらを見た。

「なんだって？　森を破壊する？　焼き払うということか？」大尉がひどく動揺した声で尋ねる。

「ええ。別に機密でもないので話してもいいのかな。できる限り広範囲のジャングルを焼く作戦で、燃焼促進剤を使って森林火災を発生させるみたいですね。もちろん、アメリカ本土ほどもあるアマゾン流域を全焼させるのは無理ですから、まずは敵の活動地点と思われるところを集中的に燃やして、そこから可能なだけ広げていくそうですよ。前に成果をあげた〝衝撃と畏怖〟作戦【注1】と似たようなものじゃないですかね」

「そんなことをするはずがない。できるはずがないんだ」大尉の声は、いまや震えていた。

「できると思いますけど」

「アマゾンは価値がつけられないほど貴重なものだ。独特な種の数に環境の複雑さ、光合成による地球への貢献、どれをとっても世界にふたつとない。燃やすなんてあり得ないよ。そんな手を使わないと勝てない戦争なら、負けたほうがましだ」

スハルト大尉の声音にこめられた感情の強さに、ぼくは寒気を覚えた。大尉の言葉には反論すべき点はひとつもない。アマゾンにはいま大尉が主張した以上に、もっとずっと多くの理由で価値がある。本当にジャングルを何キロ平方メートルもの範囲で燃やしたりしたら、それこそ人類に対する犯罪だろう。ただ、いま問題とすべきなのは、大尉の反応の仕方だ。感染前の大尉がどれほど環境問題に熱心だったのかを知るすべはないので、評価は難しい。だが、ちょっとしたテストのつもりがあまりにも劇的な反応を引きだしてしまったので、ぼくは自分自身で認めたくないほどの恐怖を感じた。

「ああ、すみません」テストとしてはもうじゅうぶんだ。ぼくは大尉に謝った。「いま隣の同僚に言われました。その作戦は提案されただけで、将軍に拒否されたみたいですね」

「そうであることを願うよ」大尉が答える。

「ぼくは作戦に関わる立場ではないんです。不安にさせて申し訳ありませんでした。いい教訓になりました。今度からゴシップには気をつけます」

「気にしなくていいよ」大尉の声はもう冷静さをとり戻している。「感染率には注意しておこう。だが、そっちが心配しているようなことは起きていないというのがわたしの結論だ」

ショーネシーが大きく手を振り、ぼくの注意を引いた。警戒した表情でMQ‐9リーパー【注2】のカメラが送ってくる映像のひとつをクリックし、二台のモニターのうちの一台にフルスクリーンで表示する。

「すみません。もう切らないと」ぼくは受話器に向かって言った。「質問に答えていただき、感謝します、大尉」

「いいんだ」スハルト大尉が答える。「では、失礼するよ」

ぼくは電話を切り、ショーネシーに顔を向けた。「どうかした？」

彼女が映像を指さす。リーパーのカメラ映像には、片方の翼が映りこんでいて、その下部に黒と黄色のストライプが入ったヘルファイアミサイルが搭載されているのが見えた。新たに兵装に加わったばかりの、地上の標的だけでなく航空機への攻撃も可能な百五十キロワットのレーザー照射器も少しだけ映っている。画面の背景には、三方を水に囲まれ、オフィスビルが点在する小さな街が映っていた。海の色は真っ青で、橋の向こうに広がる湾が青く輝いている。

「サンルイスかい？」ぼくは尋ねた。

「ええ」ショーネシーが答える。「でも、このドローンはベレンの監視に向かったはずなのよ。三百キロも離れているわ。なぜこんなところを飛んでいるのかしら？」

ぼくは肩をすくめた。「給油のために帰投したとか？」

彼女は画面を指で叩き、映像と重なって表示されている数字と略語の列を示した。「ここを見て。燃料なら、まだタンクに四分の三くらい残っているわ」

「故障して、修理のために呼び戻されたんじゃないか？」

ドローンが街の上空を飛び、湾を横切っていく。やがて画面上に、整然とテントが並ぶアメリカ海兵隊のキャンプが映しだされた。土嚢の壁に囲まれ、いくつもの濃い緑色のテントが列をつくっている。カメラが旋回し、映像が戦車やトラック、武装したブルドーザーや戦闘車両など、あらゆる種類の軍用車両が駐車している車両置き場へと移った。

「キャンプにいるアメリカ軍もレーダーでこのドローンを追っているはずだ」ぼくは言った。「知られないようにキャンプの一・五キロ以内に侵入するのは不可能だよ。操縦者だってたぶんキャンプの中にいる」

「わたしはそれを恐れているのよ」

「まさか……」ぼくは言いかけたが、画面の中央に白いボックスが現れ、左下の隅に赤い光が点灯したのを見て口をつぐんだ。

「だめよ」ショーネシーが連呼する。「だめ、だめ、だめ、だめ」

ぼくは受話器をとり、さっきスハルト大尉にかけた番号にかけた。現場の指揮官か、せめて戦闘部隊の士官に連絡できればいちばんいい。でも、そんな方法は知らないし、調べている時間もなかった。

「もしもし?」ぼくの声に応えたのはスハルト大尉ではなく、緊張した女性の声だ。「こちらはサンパウロの指令センターだ」ろくに考えもせず、一方的に告げる。「友軍のドローンがキャンプを狙っている。繰り返す、武装した友軍のドローンがキャンプにミサイルを発射しようとしている」

受話器の向こうから、激しい動揺が伝わる甲高い笑い声が聞こえてきた。「それだけ?」女性が尋ねる。「こっちはそれどころじゃありません」

リーパーのヘルファイアミサイルが白煙を上げて翼から離れる。地上へ向かって発射されたミサイルは数秒後、M1エイブラムス戦車の側面に命中し、車体を吹き飛ばした。画面に映る爆発は色も音もなく、ほんの小さな一瞬の輝きにすぎない。

受話器から女性の悪態が聞こえてきて、ぼくは語気を強めてきいた。「そこでいったい何が起きているんだ?」

「裏切りです」女性が苦痛に満ちた声で、うなるように答える。「キャンプじゅうで一部の兵士たちがいきなり発砲しはじめたんです。上官も友人もお構いなしに、無差別に射殺しているわ。たぶん計画的な反乱です。理由はわからないけど、きっとそうよ。わたしは医療研究所に隠れていますが、いつまでこうしていられるかわかりません」受話器の向こうで自動小銃の銃声が鳴り響いているのがぼくにも聞こえてきた。「わたしはどうしたらいいの?」

「ぼくは軍人じゃないんだ」弱々しい声でそれだけ答えるのが精一杯だ。

「そこは司令センターなんでしょう？　そう言ったじゃないですか！」

「ぼくはただの分析官だ」ぼくはうなだれ、もう一発のヘルファイアミサイルがキャンプの司令部を吹き飛ばす映像をなすすべもなく見つめた。爆撃と同時に女性とつながっていた回線が唐突に切れたが、受話器を耳から離すことができない。ぼくにできるのは、頭の中でついさっきまで話していた女性兵士の悲鳴を想像することくらいだった。隣ではショーネシーがヘッドセットのマイクに向かって大声をあげ、上の階にいる上級将校に状況を伝えている。「きみがどうすればいいか、ぼくにはわからない」ぼくは、誰ともつながっていない受話器に向かってつぶやいた。「わからないんだ」

ドローンに搭載されたカメラの広角レンズは、キャンプに五百ポンド爆弾が十発以上投下されたところをはっきりととらえていた。あとになって、このときキャンプを爆撃したのは、ヴァル・デ・カンス攻撃に参加した第十一爆撃飛行隊のB‐52Hの一機だったことが判明する。その爆撃機は目標攻撃時に積んでいた武器をいっさい使用せず、サンルイスへと戻ってからアメリカ軍のキャンプに八十一発の爆弾と二十発の巡航ミサイルを落とし、そのあとで海に突入して自爆したのだった。

このときサンルイスに駐屯していた三千人の兵士のうち、生き残ったのはわずか二百人足らずにすぎない。

衝撃と疲労で頭がくらくらとし、視界がぼやけている。ぼくは、投下された爆弾が軍のテントを灰色の粉塵と煙に変えていくのをただ眺めていた。永遠にも思えた攻撃が終わり、メロディに会うためにふらつきながら上の階へと向かう。彼女はぼくに会うなり両腕をつかみ、ぼくがちゃんと目を合わせるまで、じっとこちらを見つめつづけた。視界がようやくはっきりし、目の焦点がメロディの顔に合う。目が合ったのを確信してから、彼女は言った。「お兄さんに電話しなさい。お父さんと、お父さんを治療した医者にもね。誰でもいいから話が聞ける人を探して話すのよ。なんとしても例の菌の検査ができる態勢を整えないといけないわ。現場にいる数千人の兵士たち全員を簡単に検査できる方法か、感染者の治療法を早急に見つけないと」

「ぼくの兄と父は感染者ですよ。いずれサンルイスの反逆者たちのようになります。あのふたりには何も話せないし、向こうの話も信用できません」

「あなたのお兄さんはわたしたちが求める答えを知っているに違いないわ。彼が無理なら、大学と話してみてちょうだい。誰でもいいのよ。とにかく、この菌がどう作用するか、どう広がるかを知らないことには話にならないわ。感染者とそうでない者を見分ける方法も必要よ」

「わかりました。とにかく電話をしてみます」ぼくは答えた。

広い部屋の中で空いている電話を見つけ、受話器をとる。最初の呼び出し音が終わらぬうちに、母が電話に出た。「ニールなの?」回線を通じて聞こえてくる母の声はどこか金属音じみていて、少しばかりエコーもかかっている。

「ポールと話したいんだ。そこにいるかな?」

母が答えたが、周囲がうるさくてよく聞きとれなかった。

受話器をあてた耳を手で覆い、人々が忙しく動く音やあたりの会話の声をさえぎる。「なんだって?」

「いなくなったと言ったのよ!」

「誰が? ポールがかい?」

「ふたりともよ」感情を高ぶらせた母の声は震えていた。「前にあなたから電話をもらったあと、ふたりで病院を出てしまったの。わたしが戻ったときには、病室はもぬけの殻だったわ。ニール、帰ってきてちょうだい。あなたのお父さんが行方不明なのよ」

【注1】二〇〇三年のイラク戦争における、アメリカのイラクに対する軍事作戦

【注2】軍用ドローン

(下巻へ続く)

天才感染症　上

THE GENIUS PLAGUE

2018年8月9日　初版第一刷発行

著者　デイヴィッド・ウォルトン
翻訳　押野慎吾
装丁　坂野公一（welle design）
本文組版　岩田伸昭

発行人　後藤明信
発行所　株式会社竹書房
〒102-0072
東京都千代田区飯田橋 2-7-3
電話 03-3264-1576（代表）
03-3234-6301（編集）
http://www.takeshobo.co.jp

印刷所　中央精版印刷株式会社

ISBN978-4-8019-1554-1　C0197